2.–

HEYNE <

Ein Verzeichnis aller im
Wilhelm Heyne Verlag erschienenen
Shadowrun-Bände finden Sie
am Schluss des Bandes.

MARKUS HEITZ

JEDE WETTE

Fünfundfünfzigster Band
des
SHADOWRUN-ZYKLUS

Originalausgabe

WILHELM HEYNE VERLAG
MÜNCHEN

HEYNE SCIENCE FICTION
Band 06/6155

Umwelthinweis:
Dieses Buch wurde auf chlor- und
säurefreiem Papier gedruckt.

Originalausgabe 7/05
Redaktion: Ralf Oliver Dürr

www.heyne.de
Printed in Germany 2005
Umschlagbild: Jim Burns
Umschlaggestaltung: Nele Schütz Design, München
Satz: C. Schaber Datentechnik, Wels
Druck und Bindung: GGP Media GmbH, Pößneck

ISBN 3-453-52093-9

Danksagung

DAS IST DER VORERST LETZTE SHADOWRUN-ROMAN aus meiner Tastatur. Ich will nicht ausschließen, dass ich irgendwann wieder ins Shadowrun-Universum zurückkehre. Einige Türchen habe ich mir offen gelassen. Aber nach sechs Romanen soll es mal genug sein. Es gibt schließlich noch genügend andere Autoren.

Es hat sehr viel Spaß gemacht, mich in der Erwachten Welt zu betätigen, in der ich als Rollenspieler jahrelang zu Hause war. Dabei war die Prise Humor, die in jedem unserer Rollenspielabende vorkam (mal absichtlich, mal ungewollt durch katastrophale Würfelergebnisse), auch in den Romanen gegenwärtig. Das Leben ist ernst genug.

Mein Dank geht an die Testleser Nicole Schuhmacher, Dr. Patrick Müller, Sonja Rüther und vor allem Jan Rüther, der mich mit Regelhinweisen vor kapitalen Fehlern in den Romanen bewahrt hat. Das waren noch Zeiten, als man Zauber aus dem Astralraum durch einen aktiven Fokus in einen Charakter jagen konnte …

Nicht vergessen möchte ich Fantasy Productions, den Wilhelm Heyne Verlag und die Leserinnen und Leser, die durch Kritik und Lob Rückmeldung gaben.

»Zee ya!«

Markus Heitz

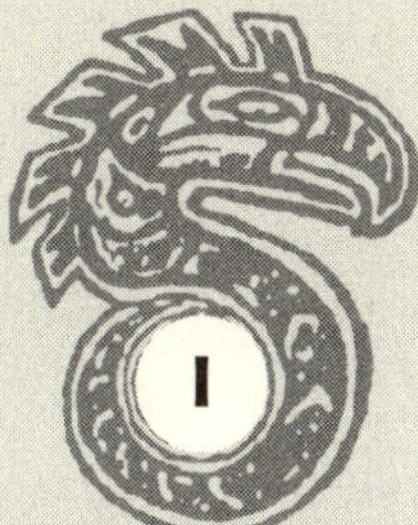

Regel 1: Maximal dürfen 14 Schläger mitgenommen werden. Ausnahmen gelten weder für Trolle noch für andere körperlich überlegene Metamenschen oder magisch Begabte.
Der Schläger muss aus Schaft und Kopf bestehen. Alle Teile des Schlägers müssen so zusammengebaut sein, dass der Schläger ein Ganzes bildet. Der Schläger darf nicht abänderbar konstruiert sein, außer in seinem Gewicht. Der Schläger darf nicht nennenswert von der herkömmlichen und üblichen Form und Machart abweichen und kein äußeres Beiwerk (Laservisier, Hydraulik, Stoßkompensator) aufweisen.
Vercyberungen, magische Fertigkeiten und andere Eigenheiten, die den Spielvorgang verfälschen, sind vorher der Spielleitung bekannt zu geben.

Auszug aus den All-Area-Combat-Golf-Regeln der International Double A Combat Golf Society

ADL, Groß-Frankfurt, Innenstadt/Zeil,
19. 9. 2059, 17:52 MEZ

»Es hängt immer von der Umgebung ab.« Holdo, die Sonnenbrille mit den grünen Gläsern auf der Nase, saß auf der Bank, hinter der ein künstlicher Brunnen in einer noch künstlicheren Mini-Dschungellandschaft plätscherte, und schlürfte einen Cappuccino aus einem Pappbecher. Er beobachtete die Menschen um ihn, die sich mit Tüten und Taschen abschleppten und ihre Ecu in der schicken Einkaufsmeile verjubelten.

Bewegte LED-Leuchtreklamen und Großbildschirmtrids um sie herum schrien ihre Werbebotschaften auf die Straße, Holoprojektoren zauberten falsche, flache Verkäufer in die Luft, die anpriesen und lockten. Es roch nach warmem Asphalt, Parfümschwaden und Fastfood, der typische Duft einer belebten Fußgängerzone.

Die rechte Hand fuhr durch die fingerlangen braunen Haare und strich sie nach hinten. Mit seinem dunkelgrünen Shirt, den braunen Hosen und Turnschuhen verschwand er in der Menge wie ein Tropfen in einem Meer. Er sah völlig entspannt aus, und das war sehr, sehr wichtig. Sicherheitsdienste achteten kaum auf entspannte Personen.

MaiTee, die blonde Frau neben ihm, die eine rote, überlange Sporttasche vor ihren Füßen stehen hatte, nestelte am Ausschnitt ihres grünen Poloshirts herum. Sie wirkte in ihrem Dress verflucht sportlich und attraktiv. »Verstehe ich nicht«, sagte sie.

»Ein Mann mit einem Aktenkoffer in einer Umkleidekabine wird ebenso Verwunderung auslösen wie ein Mann mit einer Sporttasche in einer Bank.« Holdo schaute einer Dame im kurzen Rock nach, bewunderte die langen Beine, die in auffällig bunten Synthleder-Stiefeln steckten. »Umgekehrt, also Aktenkoffer in der Bank und Sporttasche in der Umkleide, passiert gar nichts. Niemand denkt sich was dabei.« Er leerte den Cappuccino, schaute auf die Uhr und steckte den Becher in die Abfalltonne neben sich; sein langer brauner Ledermantel knirschte dabei leise. Er liebte den Geruch von echtem Leder. »Aber es gibt noch eine Steigerung. Denn meistens löst ein Mann mit einer Sporttasche in einer Bank Beunruhigung, wenn nicht sogar Sicherheitsstufe eins aus. Oftmals zu Recht.«

»Hast du einen Glückskeks verschluckt? Ist das so etwas wie eine moderne Kriegsweisheit à la Sun Tzu?«

Holdo bückte sich zur Tasche und schob die Preisschilder so, dass jeder sie sofort sah. Und jeder, inklusive des Sicherheitsdiensts, würde sofort annehmen, dass die Tasche vor kurzem in einem der exklusiven Sportgeschäfte gekauft worden war.

MaiTee grinste. »Ich verstehe.«

Auch sie schaute sich in der Fußgängerzone um. Das schillernde Einkaufszentrum erstreckte sich in seiner Gänze zwischen Konstablerwache und Opernplatz. Es hatte sich in den letzten Jahren ausgebreitet und wurde von den Reichen in Groß-Frankfurt mit Ecu gefüttert, was es zum stetigen Wachstum anregte.

Sie blickte zur nicht weit entfernten Hauptwache, wo sich der große Platz der Zeil wie ein Amphitheater öffnete und auf gleich zwei Stockwerken Geschäfte aller Art beherbergte. So ziemlich jede Luxusmarke fand hier ein Zuhause. Die Menschen, auch ein paar

Metamenschen, schwärmten umher, suchten lange, fanden wenig und bezahlten teuer.

»Unglaublich, nicht wahr?« MaiTee nickte zu einem Dessousgeschäft. »Ein String für hundertzwanzig Ecu. Wenn ich mir so kostspieliges Zeug kaufen würde, sollte es auch jeder sehen.«

Holdo lachte. »Du kannst dir einen Rock aus Transpa-Rent-Stoff kaufen.«

»Und die Männer schauen mir nur auf die Bikini-Zone oder meinen knackigen Hintern, sicher.« Sie klopfte auf ihre Sporthosen und wackelte mit ihren Laufschuhen. »Da ist mir das lieber.«

»Und was hast du drunter?«

»Wüsstest du wohl gerne.« MaiTee schaute auf die Uhr. »Es wird allmählich Zeit, oder? Ich finde, die Straßen sind schon gefährlich voll.«

»Ja, Mr. Green lässt auf sich warten. Es wird nicht einfacher durch die vielen Menschen.« Holdo ließ seinen Blick schweifen. »Da ist er, MaiTee. Es hat sich gerade die Strings angeschaut.«

Tatsächlich näherte sich ihnen ein schwarzhaariger Mann um die vierzig in einem Freizeitanzug, der leger, bequem und dennoch sehr schick aussah. Hinter ihm lief sein jüngerer Begleiter, der eine gewaltige Tasche über der Schulter schleppte.

»Ob er einen trägt?«, fragte sie sich. »Er hat eine Stoffhose an. Passen würde es.«

Holdo erhob sich, zog die Sonnenbrille ab und streckte dem Mann die Hand entgegen. »Mr. Green?«

Der andere schlug ein. »Mr. Rough. Schön, Sie kennen zu lernen. Ich habe schon viel von Ihnen gehört. Ihr Einsatz in Bad Homburg ist legendär.«

»Oh, stellen Sie Ihr Licht nicht unter den Scheffel, Mr. Green. Wer im Berliner Renraku-Stadtteil gegen vier Konkurrenten gewinnt und lebend nach Hause kommt, darf sich schon was einbilden.«

»Danke sehr, Mr. Rough.« Er nickte MaiTee zu. »Und wie ist die Lage?«

»Wir haben vier Mann vom Deutschen Sicherheitsdienst in unserem Abschnitt, und sobald es losgeht, werden sie vermutlich Verstärkung anfordern«, erklärte sie sachlich. »Uns bleiben geschätzte fünf Minuten, um es durchzuziehen, vielleicht auch sechs, wenn das Backup gut ist und sie uns die Wachgeister vom Hals halten.«

Green blies die Backen auf. »Fünf Minuten?«

»Es ist halt ordentlich was los.« Sie schaute auf seine Hose und versuchte, einen Hinweis auf seine Unterwäsche zu entdecken. Der feine Rand, der sich an den Oberschenkeln abzeichnete, bewies ihr: Boxershorts. Ein totaler Fehlgriff.

Die Armband-Koms der beiden Männer meldeten sich gleichzeitig. Sie hoben ab und hörten die sanfte Stimme einer Frau; das Bild war abgeschaltet. »Guten Tag, meine Herren. Sie sind eingetroffen, wie ich sehe. Ihr Job ist dieses Mal eine besondere Herausforderung.«

»Kann man wohl sagen«, murmelte Green.

Holdo lächelte. »Ich habe im Ausland schon Schwierigeres erledigt.«

»Wir sind auch schon alle sehr gespannt, wie es endet«, kam es aus den kleinen Lautsprechern der Koms. »Schauen Sie in Richtung Hauptwache, meine Herren, und Sie entdecken zu Ihrer Rechten im Erdgeschoss ein Porzellangeschäft von Villeboch&Roi. Das ist Ihr Ziel. Im rückwärtigen Teil des Ladens werden Sie fündig. Und versuchen Sie, möglichst nichts von den ausgestellten Produkten zu beschädigen.

Mr. Green als Ortsunkundiger beginnt. Schönes Spiel, Herrschaften.«

Holdo nahm seine Glücksbringerhandschuhe aus der Manteltasche, zog sie an und setzte die Sonnenbrille wieder auf. »Wetten Sie?«

»Sicher. Einen Tausender?« Green verzichtete auf Handschuhe, stattdessen sprühte er sich die Finger mit einer klaren Flüssigkeit ein. »Das verleiht der Haut Gripp«, erklärte er. »Ich brauche das Gefühl des Schlägergriffs.« Er atmete noch einmal durch und schaute zu seinem Begleiter. »Dann wollen wir mal. Gilbert«, er sprach den Namen mit viel französischer Betonung *Schilbäär* aus, »roter Ball und Fünfer-Eisen.«

»Exzellente Wahl«, sagte Holdo respektvoll. »Schönes Spiel, Mr. Green.«

Gilbert nahm einen Golfschläger aus der Tasche und reichte ihn an Green, dann legte er einen Ball auf den Boden und trat einen Schritt zurück. »Danke, Mr. Rough. Ebenfalls schönes Spiel.« Er visierte sein Ziel an, umfasste den Griff mit beiden Händen, schaute auf den Ball, fixierte wieder das Ziel, schaute auf den Ball, schwang den Schläger zweimal vor und zurück.

Noch kümmerte sich niemand um sie; nur ein Eis lutschendes Kind blieb stehen und wollte sehen, was der Mann Ulkiges tat.

Green hob den Schläger dieses Mal höher und explodierte förmlich. Er legte viel Kraft in den Schlag. Surrend fuhr der schwere Kopf nieder und katapultierte den Ball geschossgleich durch die Luft.

Der Ball zischte davon, prallte gegen die Fassade einer Handtaschenboutique, hinterließ eine Delle und flog von dort genau in die Auslage eines Snackstandes. Green verzog das Gesicht. »Sie sind dran, Mr. Rough.«

»Dreier-Eisen, blauer Ball«, bat er MaiTee und vollführte seinen Abschlag sehr schnell und ohne langes Zielen. Er kannte die Gegend.

Sein Ball schoss knapp über die Köpfe der Menschen hinweg und verfehlte das linke Horn eines Trolls nur um Millimeter. Er wäre mit Sicherheit vor dem Porzellanladen gelandet – wenn nicht in diesem Moment ein Lieferwagen rückwärts aus einer Einfahrt gestoßen wäre und ihn abgefälscht hätte. Mit einem leisen *Bong* schlug der Ball eine Delle ins Blech und verschwand in der Menschenmenge.

»Nicht gut.« Auch Holdo verzog das Gesicht. Für einen All-Area-Combat-Golfer, kurz ComGolfer, wie ihn oder Mr. Green kam es nicht infrage, einen Ball als verloren zu deklarieren. Erstens wegen der Ehre, zweitens wegen der zwei Strafschläge, die dafür blühten. Es ging um zu viel Geld, als dass es sich einer von ihnen erlauben konnte, leichtfertig Punkte einzubüßen.

Sie rannten los, um ihre Bälle zu erreichen, und ihre Caddies folgten ihnen durch die Menge.

Inzwischen war die merkwürdige Aktivität bemerkt worden.

Der Snackverkäufer kramte verwundert in seinem Sortiment aus Funsticks, echten Äpfeln, Sojabonbons und fettfreier Schokolade herum und suchte das, was scheinbar aus dem Himmel gefallen war.

»Halt! Treten Sie zurück. Es könnte sich um einen Sprengkörper handeln.« Green sprang elegant an dem erschrockenen Mann vorbei und auf die Auslage, stocherte zwischen den Granny Smith umher, bis er fündig geworden war. »Neuner-Eisen«, verlangte er von seinem Caddie und warf ihm den Fünfer-Schläger zu. Der Austausch verlief routiniert, danach folgten Zielen, Schwingen und der Schlag.

Es wurde ein Apfelgemetzel. Fruchtfleischfetzen trudelten durch die Luft, Saft spritzte auf die Kleidung und Gesichter der Passanten; der Ball schnellte davon, stanzte mit zweihundertfünfzig Stundenkilometern ein Loch in die Plexiglasscheibe und brach klirrend durch das Schaufenster von Villeboch&Roi. Spätestens jetzt wurden die Damen und Herren des DSD aufmerksam.

Green wackelte unzufrieden mit dem Kopf, weil er auf die offene Tür und nicht auf das Fenster gezielt hatte. Die Äpfel hatten ihn zu sehr behindert; Kiwis, Bonbons und Nüsse ließen sich einfacher wegdreschen. Er sprang auf den Boden und hetzte weiter. »Erst zwei Schläge, Mr. Rough«, sprach er in sein Kom. Es sah gut für ihn aus. »Und Sie?«

Holdo schob sich vorwärts und nahm sein Ortungsgerät aus der Mantelinnentasche. Es zeigte ihm dank der Miniaturwanze an, wo sich sein Ball befand, der anscheinend nicht zur Ruhe gekommen war. Er rollte immer noch; vermutlich wurde er von den Schuhen der Passanten achtlos umhergetreten. »Ich suche noch, Mr. Green«, gab er zurück. »Ich suche noch.«

Jeder Ball war ein kleines technisches Wunderwerk. Er besaß seine eigene Spielerfrequenz und -kennung. Er übermittelte nicht nur die Position, sondern auch die Anzahl der Schläge an den Empfänger der Spielleitung, damit ein Betrügen unmöglich wurde. Was vor allem wichtig war, wenn es um große Summen ging. Wie heute.

»Da ist er«, meldete MaiTee und zeigte nach links. »Hinter dem Abfallkorb.«

»Scheiße!« Ein Spielen war unmöglich. Nach den Golfregeln handelte es sich dabei um ein *unbeweg-*

liches Hemmnis. Holdo durfte den nächstliegenden Punkt innerhalb einer Schlägerlänge Abstand vom Abfallkorb ohne Behinderung suchen, diesen markieren und droppen. Droppen bedeutete, den Ball aufnehmen und an dem markierten Punkt fallen lassen. Wo der Ball von dort aus zur Ruhe kam, musste er ihn spielen.

»Droppen?« MaiTee sah einen DSD-Mann in seiner schwarzen Uniform, der an ihnen vorbei zum Snackstand ging, wo Green bislang genügend Aufsehen erregt hatte, damit man sie nicht bemerkte. »Aber beeil dich.«

»Nein. Droppen ist in der Menschenmenge unmöglich. Die unzähligen Schuhe erwischen den Ball auf der Stelle und kicken ihn sonst wohin.« Aber solange der Ball rollte, durfte er nicht gespielt werden. So waren eben die Regeln.

Er nahm Anlauf und sprang mit beiden Füßen voran gegen die Befestigung des Eimers, die daraufhin aus der Bodenverankerung riss und zur Seite fiel. Der Ball lag frei. »Na bitte. Geht doch.« Er reichte ihr sein Dreier-Eisen zurück. »Gib mir das Siebener.«

Sie reichte den verlangten Schläger. »Mach hin, Holdo. Einer der DSDler hat uns gesehen.«

»Nicht hetzen«, murmelte er und zielte genau, damit der Kopf des Eisens beim Schlag nicht an den Überresten der Papierkorbhalterung hängen blieb.

Er hatte gut Maß genommen. Der Ball flog in einem steilen Winkel davon und prallte wie gewollt gegen eine Werbetafel. Funkensprühend verabschiedeten sich drei Bildschirme der Anzeige, ein Projektor fiel aus, und ein großflächiges Lichtbanner über den Köpfen der Frankfurter erlosch.

Den Ball interessierte das nicht. Er setzte seinen

Weg durch die gesplitterte Scheibe ins Innere von Villeboch&Roi fort. »Zwei Schläge, Mr. Green«, funkte er.

»Glückwunsch, Mr. Rough. Sie sind ein ebenbürtiger Gegner.«

Holdo und Green stürmten beinahe gleichzeitig in den Laden, beide hielten ihre Detektoren in einer Hand und suchten ihre Bälle. Nach einem kurzen Orientierungsblick rannten sie in verschiedene Richtungen davon.

Zwei verblüffte Verkäuferinnen schauten den sich sehr merkwürdig verhaltenden Männern hinterher, und die Blonde von ihnen begriff sofort, wer für den immensen Schaden verantwortlich war.

»Hey, Sie da! Bleiben Sie sofort stehen!«, keifte sie und fiel Holdo in den Arm, als der eben seinen Ball gefunden hatte und zu seinem Schlag ausholen wollte. »Sicherheitsdienst!«, kreischte sie. »Hier sind Verrückte!«

Aus einem anderen Bereich erklang mehrfaches lautes, helles Klirren, und wie von Geisterhand zertrümmert zersprangen zwei Schaukästen samt Inhalt in Tausende Einzelteile; aus wertvollem Porzellan wurde ein wertloser Scherbenhaufen. Green spielte rücksichtslos.

Holdo schüttelte die Verkäuferin ab, die aber sogleich nachsetzte. »Caddie, würdest du das bitte übernehmen?«

»Sicher, Mr. Rough.« Von irgendwoher hatte Mai-Tee einen Taser genommen und hielt die knisternden Enden kurz gegen den Oberkörper der Verkäuferin. Einen leisen Schrei ausstoßend, sank sie zwischen den Vitrinen zusammen und regte sich nicht mehr. Ihre Kollegin rannte hinaus. »Okay.« Sie lauschte.

»Wir haben noch zwei Minuten«, verkündete sie, nachdem sie über ihr eingebautes Funkgerät neue Informationen erhalten hatte. »Die Bullen sind auf dem Weg.«

Holdo hatte die Markierung neben dem Personalausgang an der Wand gesehen, und unmittelbar darunter auf dem Boden befand sich der Checkpoint.

Es war nichts anderes als ein winziges Pünktchen, ein Sender nicht größer als ein LED-Lämpchen. Er schickte sofort einen Impuls an die Spielleitung, wenn einer der beiden Golfbälle im Umkreis von 10,8 Zentimetern zum Erliegen kam. 10,8 Zentimeter war die offizielle Abmessung eines richtigen Platzlochs.

Holdo fluchte durch die Zähne. In diesem engen Raum zu spielen hatte mehr etwas von Minigolf, und diese degenerierte Version des echten Sports hasste er wie die Pest. Er konzentrierte sich, errechnete einen Bandenschlag über Seitenwand, Decke und Glasvitrine im Mittelgang und drosch gegen das Bällchen.

Wie die Miniaturausgabe eines todbringenden Kometen, der durch das Porzellanland zieht, raste die blaue Polymer-Kevlar-Kugel durch das Glas, zerschlug Gedecke im Wert von 10 000 Ecu und rollte friedlich neben dem roten Bällchen von Green aus.

Beide hatten drei Schläge benötigt, beide hatten die gleiche Ausgangslage, um den völlig frei vor ihnen liegenden Checkpoint anzuspielen.

»Sie zuerst, Mr. Green«, sagte Holdo und trat zurück.

»Sehr gerne, Mr. Rough.« Sein Freizeitanzug saß noch immer tadellos, er sah aus wie ein Exec aus einer Kon-Etage in der Mittagspause. »Putter«, verlangte er von seinem Caddie und erhielt den flach geformten Schläger gereicht. Nun kam es darauf an, wer den Ball näher ans Zentrum des Checkpoints manövrierte.

MaiTee hatte das Bedienfeld für die Gitterjalousien am Eingang gefunden und ließ sie herabfahren, damit die Partie ungestört zu Ende gebracht werden konnte.

Allerdings gelang es einem der DSD-Männer, sich drunter durch zu rollen. Er zog seine Waffe, eine Fichetti Security 500a, und richtete die Mündung auf sie. *Hanselmann* stand auf dem polierten Namensschild. »Lassen Sie die Golfschläger fallen und legen Sie sich mit dem Gesicht nach unten auf den Boden – wenn nicht, schieße ich Ihnen so lange in die Knie, bis Sie sich hinlegen.«

Plock.

Green hatte unbeeindruckt seinen Schlag gemacht, das rote Bällchen rollte in einer exakten geraden Linie auf den Checkpoint zu und blieb sehr nahe von ihm liegen. Der Mann schaute auf sein Ortungsgerät. »Vier Schläge und ein Abstand von drei Zentimetern zum Mittelpunkt, Mr. Rough«, verkündete er nüchtern und schulterte sein Eisen. »Unterbieten Sie das?«

»Respekt, Mr. Green. Aber ich denke, dass ich es schaffe.« Er deutete zur Seite. »Vorausgesetzt, Herr Hanselmann lässt mich.«

Hanselmann schwenkte die Mündung auf Holdo. »Keiner rührt sich mehr, verstanden?«

»Verstanden.« Greens Caddie stellte langsam die Tasche ab und hob die Arme. Wie zufällig rollten zwei Bälle heraus … Dann ging alles sehr plötzlich.

Green schlug blitzschnell den Ball, die Kugel knallte dem Wachmann knapp über der Nasenwurzel gegen die Stirn und schickte ihn ohnmächtig zu Boden. Man musste ein sehr guter ComGolfer sein, um die

Kraft so dosieren zu können, um einen Menschen nicht umzubringen.

»Fairer Spieler. Danke, Mr. Green«, sagte Holdo. »Ich fürchte, dass ich Sie dennoch schlagen werde.«

»Bitte, Mr. Rough. Ich beuge mich Ihnen, wenn es so sein soll.« Green verstaute den Putter in der Tasche.

»Fünfzig Sekunden«, meldete MaiTee.

Holdo blendete die Umwelt um sich herum aus und sah nur den Checkpoint und die kleine, blaue Kugel. Das Klappern an den Eisenjalousien der DSD-Brigade, das Jaulen der Polizeisirenen, das laute Rufen der Menschen vor dem Laden – dies alles verschwamm, wurde leiser und verebbte. Er legte all sein Können in den Schlag, der über insgesamt mehr als einhunderttausend Ecu entschied.

Plock.

Das Bällchen rollte los, hopste über eine Teppichkante und bekam einen leichten Linksdrall, der es haarscharf an der roten Kugel vorbeikullern ließ. Mit bloßem Auge gemessen, lagen sie exakt auf gleicher Höhe.

Green atmete erst jetzt mit einem scharfen Geräusch aus. »Was sagt Ihr Messgerät, Mr. Rough?«

»Zwanzig Sekunden.« MaiTee packte Holdos Putter ein und lief zum Personalausgang. Dahinter lag ein Fahrstuhl, der sie direkt in die Tiefgarage brachte, wo eine Limousine mit Diplomatenkennzeichen auf sie wartete, wie sie über ihr Kom erfuhr. Die Flucht war in diesem Fall genau vorbereitet. In der Frankfurter Innenstadt wäre alles andere purer Wahnsinn gewesen. Sie öffnete die Tür. »Alles sauber. Können wir gehen?«

Holdo hielt seinem Golfgegner sein Mess- und Ortungsgerät hin, ohne selbst vorher auf die Anzeige geschaut zu haben. Er wagte es nicht, auf die Anzeige zu sehen. »Sagen Sie es mir, Mr. Green.«

Der Mann schnalzte mit der Zunge. »Glückwunsch, Mr. Rough. 2,9 Zentimeter vom Mittelpunkt entfernt.« Er reichte ihm die Hand und lächelte, auch wenn ihm die Enttäuschung im Gesicht geschrieben stand. »Denkbar knapp.«

»Das nächste Mal gewinnen Sie«, schwächte er seinen Sieg ab, nahm das Bällchen und den Checkpoint und huschte an MaiTee vorbei in die Kabine. Als Greens Caddie als Letzter einstieg und sich die Türen schlossen, fuhr die Jalousie wieder nach oben, und die DSD-Männer stürmten herein. Einer von ihnen sprintete vorwärts, den Schlagstock nach vorne gereckt.

Zu spät. Die Flucht war gelungen.

»Denkbar knapp«, wiederholte Holdo die Worte und wunderte sich, als Flüssigkeit in sein Auge lief und darin brannte. Schweiß. Er hatte nicht bemerkt, wie sehr er ins Schwitzen geraten war.

ADL, Groß-Frankfurt, Sachsenhausen,
19. 9. 2059, 21:51 MEZ

»Auf Rough, den besten nicht vercyberten All-Area-Combat-Golfer in den ADL«, rief Mousse von der kleinen Bühne herunter, wo sich normalerweise Stripperinnen und Go-go-Tänzer tummelten, und hob die Champagnerflasche. Dabei verrutschte ihr sehr teures, schwarzes Kostümoberteil und gab den Blick auf ihren flachen, nackten Bauch frei. Eine Legende besagte, dass die Buchmacherin niemals Unterwäsche trug, nicht oben, nicht unten. Eine zweite Legende besagte aber auch, dass zwei Männer spurlos verschwanden, als sie der ersten Legende auf den Grund gehen wollten. »Ich spendiere eine Runde.«

Die glatzköpfige Mestizin prostete den fünfzig Männern und Frauen, die sich im Hinterzimmer des Etablissements *Competition* bei Häppchen versammelt hatten, zu. Die Gläser wurden gereckt, der Inhalt auf Roughs Wohl geleert. Es war die siebte oder achte Runde an diesem Abend, und keiner war mehr wirklich nüchtern.

Auch Holdo nicht, der zwar erst vier Gläser Sekt und einen Champagner intus hatte, aber es genügte, um sich beschwingt und zugleich mies zu fühlen.

Er hockte an der Bar und schaute auf seinen Ebbie, auf dem die Ziffern 10 000 leuchteten. Es war sein Anteil an den Wetten, die Mousse durch ihn gewonnen hatte. Das würde seine Schulden bei Meda Makahaschi immerhin um zehn Prozent verringern.

Mousse kam zu ihm und warf sich ihm um den Hals, drückte ihm einen heißen Kuss auf die Wange.

Er fühlte ihre Körperwärme und ärgerte sich, dass er sich immer noch nicht getraut hatte, ihr gegenüber forscher zu sein. Zuneigung war auf beiden Seiten vorhanden, aber sie versteckte sich hinter Freundschaft und Andeutungen und dem Geschäftlichen. Das glaubte er zumindest.

»Da ist er, mein super Com-Golfer«, lachte sie und setzte sich auf seinen Schoß. »War mein Backup nicht astrein?«

»Ja, das war es.« Die Versuchung, die von ihr ausging, verblasste, weil die verfluchten Sorgen nicht aus seinem Hirn verschwinden wollten. Nicht einmal der Gedanke an eine verführerische Latinoqueen verjagte seine miese Laune. Er sah ständig das mürrische Gesicht des kleinen, dünnen Japaners vor sich, der nicht zögern würde, ihn umzubringen und seine Organe zu verkaufen. »Übrigens, beinahe hätte uns der DSD erwischt.«

»Ho, ohne meine beiden Schamanen hätten euch ein paar Wachgeister lange vorher erledigt. Aber musstest du dir jemals Sorgen machen, wenn du für mich golfen gingst?«

»Nein, Mousse. Du bist eine liebe Buchmacherin«, lächelte er halb ironisch und halb ernsthaft.

»Danke sehr.« Sie wandte den Kopf und schaute zu der Partymenge. »Siehst du? Sie sind nur deinetwegen hier.«

»Wegen der kostenlosen Häppchen.«

»Okay, *und* wegen dir.« Sie zeigte nacheinander auf verschiedene Männer und Frauen, nannte ihre Namen, ihre Berufe, ihre bisherigen Verluste und Gewinne. Die Wettfanatiker stammten aus allen Schichten, vom Lohndecker mit geringem Gehalt bis hin zu Execs der mittleren Führungsebene, die Zerstreuung suchten.

Dass sich Execs blicken ließen, ging auf Mousses Konto. Sachsenhausen war nicht nur ein Billigmieten-Gebiet, sondern auch bekannt für seine Vergnügungsviertel. Die besten Tage waren zwar vorüber, doch abseits der Low-Budget-Ballermann-Saufbuden traf der Gast, der anspruchsvollen Sex und gehobenes Amüsement mit auch gerne mal hohen Wetteinsätzen suchte, auf solche Perlen wie das *Competition*. Es war ein Geheimtipp, und mehr sollte es auch nicht werden. Zu viel Lob bedeutete zu viel Aufmerksamkeit und zu viele Neider.

Ein Elf in einem schicken Rollstuhl näherte sich ihnen; er trug sein Haar ganz kurz, und ein sehr fachkundiger Coiffeur hatte ihm viele kleine Würfelmuster einrasiert. Er steckte in modischen Sportklamotten, auf denen überall das Logo der ansässigen Stadtkriegmannschaft Black Barons prangte.

»Oh, das ist eine weitere Berühmtheit aus dem Sport, der nicht mehr ganz so im Untergrund operiert wie du«, stellte ihn Mousse vor und rutschte von seinem Schoß. »Das ist Dice, Coach der Black Barons. Dieses Jahr stehen sie in der Liga wieder ganz oben.«

Dice grinste. »Und wir holen uns den Pokal zurück.« Er reichte Holdo die Hand. »Freut mich. War ja eine riesige Show, die Sie auf der Zeil abgezogen haben – wenn man den Nachrichten glauben darf.«

Wie aus dem Nichts stand noch ein Mann vor ihnen, dessen Anblick Mousse ausreichte, um den Vollmilchschokoladenton ihres Gesichts in ein blasses Kackbraun zu verwandeln.

Dabei sah er im Grunde harmlos aus. Kurzes schwarzes Haar, ein freundliches Gesicht, ein weiß gefärbtes Kinnbärtchen; seine durchschnittliche Figur steckte in einem billigen beigefarbenen Anzug.

Er lächelte den Elf hinreißend an. »Dice, alter Rennfahrer, wolltest du mir etwa einen tollen Freund vorenthalten?« Er hielt Holdo die Rechte hin. »Sie sind also einer der Männer, die in den Nachrichtensendungen heute ganz oben standen.«

Holdo schaute verunsichert zu Mousse, die nach einem Securitymann Ausschau hielt.

»Das ist Severin T. Gospini«, meinte Dice seufzend. »Die meisten kennen ihnen als …«

»Poolitzer!«, vollendete Holdo. »Aber klar. Sie sind dieser Schnüffler. Der mit den Enthüllungsstorys.« Dann ahnte er, was der Mann von ihm wollte. »Sind Sie etwa an Com-Golf interessiert?«

Mousse hatte zwei Schränke in Anzügen zu sich gewunken und deutete auf Poolitzer. »Geleitet den Gentleman zum Ausgang. Er hat keine Einladung zu der Party erhalten.«

Poolitzer machte es nichts aus, dass er keinen Handschlag erhielt. »Herr Kraif, Sie werden gesucht wegen Hausfriedensbruch, Sachbeschädigung, Körperverletzung und Gefährdung von Personen.« Er grinste kumpelhaft. »Und Sie sind der beste Deutsche auf dem speziellen Golfgebiet. Das wäre mir einen Bericht über Sie und Ihre Sportart wert. Hätten Sie Lust auf ein Interview?« Die Schränke flankierten ihn und packten ihn an den Oberarmen. »Einen Moment noch, Jungs«, bat er. »Lasst mich das Gespräch noch zu Ende führen, ja? Dann dürft ihr mich weiter betatschen, mich auf die Straße schubsen und mir die Nase brechen.«

Holdo dachte an seine Schulden. »Wie viel springt dabei für mich heraus?«

Der Skandalreporter machte ein unschuldiges Gesicht. »Oh, ich kann nur wenig zahlen. Genügen Ihnen 4000 Ecu?«

»Heuchler«, schimpfte Dice. »Gib ihm 5000. Du hast Verbindungen zu allen möglichen Sendern, denen du das Material verticken kannst.«

»Einverstanden. 5000. Aber nur, weil mein alter Freund Dice auf Ihrer Seite steht.« Poolitzer reichte ihm seine Visitenkarte. »Wir treffen uns morgen um zehn Uhr im *Goe Tea* am Römerberg für ein Vorgespräch. Bis dahin kann ich Ihnen vielleicht sogar einen Sponsor beschaffen. Wäre das was?«

»Aber sicher!«, sagte Holdo freudig. Auf wundersame Weise erschien ein Lichtblick am Horizont. Das imaginäre Gesicht von Meda Makahaschi lächelte unerwartet.

Mousse schob sich zwischen die beiden. »Genug. Raus mit Ihnen, Schnüffler. Und wehe Ihnen, ich höre meinen Namen oder den des *Competition* in dem Bericht, dann schicke ich Ihnen diese beiden Herren auf den Hals.«

Poolitzer schenkte ihr ein entwaffnendes Lächeln. »Aber liebe Mousse, wofür halten Sie mich? Ich möchte nicht, dass Ihnen die Bullen oder ein japanischer Sama aus Düsseldorf auf die Spur kommen.« Er klopfte Dice auf die Schulter. »Doch vor allem möchte ich nicht, dass die Black Barons sauer auf mich sind. Wenn der Elf nicht seine Würfel schwingen kann, wird er giftig.« Dann ging er freiwillig zum Ausgang.

»Das wäre absolut tödlich, Schnüffler.« Der Elf nickte feixend und hob die Hand zur Verabschiedung. »Im Grunde ist er ein netter Kerl«, meinte er zur Buchmacherin und dem All-Area-Combat-Golfer. »Auch wenn man es sich nicht vorstellen mag, aber ohne ihn wäre einiges in den ADL schlechter gelaufen.« Er setzte sich anders hin. »So, Herr Kraif, wissen Sie schon, gegen wen Sie als Nächstes antreten? Ich würde bei Mousse sehr gerne wieder eine Wette abschließen. Das letzte Mal haben Sie mir 3000 Ecu gebracht.«

»Wir sind gerade in Verhandlungen«, antwortete Mousse eilig für Holdo. »Wenn es uns gelingt, mit ein paar Stellen eine Einigung zu erreichen, steht ein Match in der Sox an.« Sie bekam diesen geschäftlichen Tonfall. »Wie sieht es bei den Barons aus? Was ist mit dem Formtief von Ordog? Wird das noch lange anhalten? Oder anders gefragt: Muss ich die Quoten ändern?« Sie reichte ihm ein Glas Champagner von der Bar.

Dice verzog die Lippen. »Nein, danke.« Er klopfte auf die Räder des Rollstuhls. »Ich trinke nicht, wenn ich fahre.« Holdo musste laut auflachen, und der Elf grinste. »Nein, Mousse, machen Sie sich keine Sorgen. Ordog ist bald wieder so gut wie vor einem Jahr.« Er lauschte nach links. »Oh, ich höre Würfel rollen. Entschuldigen Sie mich. Man erwartet meine Einsätze.« Er machte einen Wheely, wendete stuntreif auf der Stelle und hielt auf den mit grünem Filz bespannten Tisch zu.

»Geschickter Rückzug vor einem brisanten Thema«, kommentierte Mousse. Sie wusste natürlich viel mehr über den Zustand von Ordog, von dem sich Eingeweihte erzählten, dass er an einer üblen Krankheit litt.

»Du willst mich nicht wirklich in die Sox schicken?« Holdo hatte extra mit dem Vorwurf gewartet. »Ich soll einen Fuß ins verstrahlte Sperrgebiet setzen und zwischen mutierten Wahnsinnigen und Kon-Truppen ein Match austragen?« Er setzte sich die Champagnerflasche an den Mund und leerte sie;

leise rülpste er die Kohlensäure heraus und gab ihr die Flasche. »Ohne mich.«

»Nur so eine Idee«, verteidigte sie sich. »Es muss nicht sein.«

»Es *wird* auch nicht sein, Mousse. Lieber spiele ich im Zoo für paranormal erwachte Tiere.« Seine Laune sank schon wieder. Der Silberstreif in Form von Poolitzers 5000 verlor seinen Glanz. »Falls ich noch dazu komme.«

Sie kniff die Augen zusammen und setzte sich neben ihn auf einen Hocker. »Was ist los, Holdo? Du hast Mr. Green besiegt. Damit bist du auf der Rangliste an die Spitze geklettert. Du kannst am European und beim International All-Area-Golf-Cup teilnehmen. Hier ist das Flugticket zu deinem nächsten Match.« Sie gab ihm den Plastikstreifen, stellte die Flasche auf den Tresen und rüttelte an seinen Schultern. »Mensch, Holdo, du wirst reich! In einem Jahr hast du Wettgelder eingefahren, dass dir meine 10 000 vorkommen wie die Portokasse.«

»In einem Jahr, Mousse?« Er steckte das Ticket ein, ohne darauf zu schauen, und nahm den Champagner wieder. Er trank lange davon. »In einem Jahr bin ich seit elf Monaten und elf Tagen tot.«

Ihre braunen Augen verloren die Heiterkeit. »Hast du wieder Verbindlichkeiten?«

»Ja.«

»Scheiße, Holdo! Du hast gesagt, du würdest mit dem Spielen aufhören!« Sie atmete tief ein. »Was ist es dieses Mal? Roulette?«

Hilflos zuckte er mit den Achseln. »Black Jack. Und Automaten. Und …« Die Mädchen verschwieg er ihr lieber.

Sie starrte ihn wütend an. »Wir hatten eine Abmachung. Ich habe dir das letzte Mal 100 000 Ecu geliehen, um dich bei den Italienern freizukaufen, und du hast versprochen aufzuhören.«

»Ich bin ja auch nicht mehr zu ihnen gegangen«, erwiderte er lahm. »Aber bei meinem letzten Besuch in Düsseldorf kam ich an so einer Asiatenpagode vorbei.«

Sie machte große Augen, dann lachte sie ungläubig auf. »Die Yaks? Du warst in der Himeji-Burg der Makahaschis?« Sie ballte die Faust. »Ich hätte große Lust, dir in die Fresse zu hauen, echt.«

Holdo hob abwehrend die Arme. »Ehrlich, ich wollte nur Sushi essen und …« Er schwieg. Seine Lügen waren einfach schlecht.

»Die Düsseldorfer Yakuza«, raunte Mousse kopfschüttelnd. »Ihr Oyabun Hakiro ist kein netter Mensch, Holdo.«

»Nicht Hakiro. Meda. Ich stehe bei seinem Sohn Meda in der Kreide.«

»Wie viel?«

»100 000 Nuyen. Bis 1. Oktober muss ich sie zurückzahlen.«

Sie applaudierte leise. »Einen Vollidioten wie dich trifft man selten. Mir schuldest du immer noch 50 000 Ecu, und gerade, als du Licht siehst, machst du diese Scheiße«, zischte sie ihn an. »Wenn ich dich nicht so gut leiden könnte, müsste ich dich umbringen.«

Ihr ätzender Spott traf ihn, doch er nahm ihn hin, weil er ihn verdient hatte. »Schick mich eben in die Sox. Ich mache das Spiel und gewinne es. Setz alles auf mich«, bat er sie. »Ich brauche das Geld, Mousse.«

»So schnell geht das nicht. Da sind einige Räder zu schmieren, damit wir in die verseuchte Zone kommen. Ich habe zwar schon Kontakt zu Schmugglern aufgenommen, aber … Nein, das ist mir zu unsicher.« Sie schüttelte wieder das kahle Haupt. »Tut mir Leid. Ich kann dir nicht helfen. Frag morgen den Schnüffler, ob er was arrangieren kann. Notfalls musst du verschwinden.« Ihr Kom vibrierte, sie führte ein kurzes Telefonat. »Entschuldige, ich muss zu ein paar wichtigen Kunden.« Sie rutschte vom Hocker und ging hinüber an einen Tisch, an dem zwei Frauen in Designerkostümen und ein Mann im Anzug saßen.

Holdo leerte die Champagnerflasche und warf sie hinter den Tresen. »Noch eine«, verlangte er niedergeschlagen vom Keeper und erhielt tatsächlich eine Flasche billigen Sekt. Während er sich weiter betrank, verfolgte er auf dem großen Tridmonitor der Bar den Teaser zu dem neuen Actionstreifen mit dem Shootingstar Keely Commando.

Die junge Frau mit den eindeutig weiblichen Formen hopste und sprang, ballerte in alle Richtungen und schoss sich ihren Weg durch die Phalanx einer Vielzahl von bis an die Zähne bewaffneten Söldnern, Kon-Gardisten und Drohnen.

K.C., neudeutsch *KayCee* und keinesfalls *Ka-Punkt/Zeh-Punkt,* deckte Verschwörungen auf, half kleinen Kindern in Not, rettete die Welt vor heimtückischen Drachen und hielt sich in jeder Folge einen neuen Liebhaber. Die Serie »Karl Kombatmage« aus den Neuen Bavaria Simsinn-Studios war ein Dreck gegen sie.

»So ein norddeutscher Scheiß«, murmelte der Gläser polierende Barkeeper. »Absolut unrealistisch. Da hat sich die DeMeKo einen schlechten Drehbuchschreiber geholt.«

»Hä?«

Er deutete auf die gerade in Tränen ausbrechende KayCee. »Haben sich Hamburger ausgedacht, die Deutsche Medien und Kommunikations AG.«

»Ich finde sie gut«, meinte Holdo und schaute zu, wie KayCee einem Gardisten das Hirn aus dem Helm schoss, weil der es gewagt hatte, ihr an den Arsch zu greifen. Die nächste Szene zeigte sie im Shoot-Out gegen eine Übermacht, den sie natürlich gewann.

»Niemand«, sagte der Barkeeper wie ein Profi, »absolut niemand schafft das. Und ich kannte genügend Runner, die bei solchen Aktionen draufgegangen sind.«

Und da traf den verzweifelten Holdo die Eingebung seines Lebens.

Er erhob sich von seinem Sitz, ging auf die Bühne und schnappte sich das Mikrofon. Durch die Berührung schaltete ein Kontakt die Kameras ein, drei Scheinwerfer erwachten und bannten ihn in weißes, gelbes und grünes Licht. Sein Gesicht wurde auf sämtliche Monitore des *Competition* projiziert.

»Hallo und guten Abend«, sagte er beherrscht, damit niemand merkte, dass er sich ein Glas zu viel gegönnt hatte. »Die meisten von Ihnen kennen mich als All-Area-Combat-Golfer. Aber in Absprache mit unserer wunderbaren Mousse bin ich in der Lage, Ihnen eine ganz besondere Wette vorzuschlagen.« Er sah, dass die Latina besorgt zu ihm schaute. »Ich wette um mein Leben.« Er musste schlucken, weil die Aufregung seinen Mund und seine Kehle austrocknete.

War es eben noch mucksmäuschenstill gewesen, setzte erstes Gemurmel ein.

»Sie kennen alle die Actionfilme, in denen der Held allen Feinden entkommt.« Holdo zeigte auf den Barkeeper. »Er und viele andere sind sicherlich der

Meinung, dass so etwas unmöglich ist, aber ich bin bereit, Ihnen das Gegenteil zu beweisen.«

Mousse löste sich von ihren Kunden und steuerte auf die Bühne zu. Jetzt musste er sich beeilen, um den Ball ins Rollen zu bringen, der ihm Schuldenfreiheit brachte. So oder so.

Er nahm innerlich Anlauf. »Meine Damen und Herren, ich wette, dass es mir gelingt, eine Woche lang am Leben zu bleiben, selbst wenn Sie mir die besten Killer der ADL auf die Fersen hetzen. Bis zum 26. September, punkt 22.15 Uhr. Keine Magie, nur Leute mit Handfeuerwaffen und dem üblichen herkömmlichen Kram.« Holdo sah die Latina neben sich erscheinen, die die Hand nach dem Mikro ausstreckte, um es ihm mit einem unverbindlichen Lächeln abzunehmen und die Katastrophe abzuwenden. Aber er machte einen schnellen Schritt zur Seite und zeigte auf sie. »Mousse nimmt jede Wette an.«

»Jede Wette?«, kam es neugierig aus dem gleißenden Licht der Scheinwerfer.

»Jede Wette. Und von mir aus auch Killer, die nicht aus der ADL sind«, wiederholte Holdo zur Bekräftigung, dann entriss die Latina ihm das Mikro.

Bevor sie etwas zur Klarstellung sagen konnte, ertönte ein lautes »10 000 Ecu, dass er es nicht schafft«.

Damit brachen die moralischen Barrieren und die Zurückhaltung.

Gleich darauf prasselten die Rufe auf die Buchmacherin ein, die zwar zur Besonnenheit aufrief, aber nicht zu den Menschen durchdrang. Dazu war die Wette zu originell, zu abgedreht und viel zu reizvoll.

Holdo sah die ersten Gäste ihre Koms zücken und die Nachricht auf diesem Wege verbreiten, andere standen bereits an Computerterminals, um die Wetteinsätze zu tätigen. Die LED-Anzeigen mit den Wettkämpfen und Rennen, auf denen eben noch die Stadtkriegspiele ganz oben gestanden hatten, flimmerten nur noch hektisch; die Rangfolge wurde durch seinen Aufruf innerhalb von Sekunden verändert. Plötzlich stand sein Name ganz oben, und die Quote, dass er es schaffte, lag bei 1 : 5.

Mousse schaltete das Mikro aus, die Lampen erloschen. »Du hast eindeutig den Verstand verloren«, fauchte sie. »Das ist illegal!«

»Ist Com-Golf auch«, wischte er ihren Einwand zur Seite. »Wo liegt der Unterschied?«

»In deinem beschissenen Leben.«

»Ob mich ein DSD-Wächter erschießt oder ein hochbezahlter Killer, worin liegt der Unterschied?«, verlangte er nochmals lächelnd zu wissen. »So oder so gewinne ich, Mousse. Entweder bin ich tot und meine Sorgen sind mir egal, oder ich gewinne und habe so viele Ecu, dass ich die Yaks und dich ausbezahlen kann.« Er berührte sie an der Schulter und drückte ihr seinen Ebbie in die Hand. »Da sind meine 10 000. Leih mir noch mal 10 000 und setz sie darauf, dass ich es schaffe.«

»Wie kommst du darauf, dass du überlebst, Holdo?«

»Wie viele Killer kennst du, die du auf die Schnelle anheuern könntest, um mich auszuknipsen?«, strahlte er sie an. »Es ist nicht so einfach, an bezahlte Mörder zu kommen.«

Mousse seufzte und deutete auf ihre beiden Securityleute. »Weißt du, wenn ich skrupellos wäre, würde ich eine Million auf deinen Tod setzen, Jack und John 5000 Ecu in die Hand drücken und sie auf dich loslassen.« Holdo wurde bleich. »Schau dich um, Mr. Rough.

Was denkst du, mit wem hier einige telefonieren? Die Execs kennen Vorgesetzte in den Konzernzentralen, die sicher Spaß an der Sache finden, wenn man ihnen von der Wette erzählt. Und welche Verbindungen Konzerngrößen besitzen, muss ich dir nicht sagen. Ganz zu schweigen von den Kriminellen.« Sie nahm ihn an der Hand und zerrte ihn von der Bühne, direkt zum Hinterausgang. »Du musst weg.«

Holdo begriff, dass seine scheinbar gute Idee alles andere als gut gewesen war. Die Quote, das sah er aus dem Augenwinkel, war eben auf 1 : 11 gestiegen. Anscheinend waren die ersten Zusagen von Killern eingegangen, sich um den All-Area-Combat-Golfer zu kümmern. Er wurde nüchtern. Viel zu nüchtern.

Sie gingen die geheimen, mit Retinascannern gesicherten Wege des *Competition* und gelangten in den Lift, der nach unten in die Tiefgarage führte.

»Die Limousine bringt dich nach Hause. Pack ein paar Sachen zusammen, und tauch eine Woche lang unter«, riet sie ihm. »Am besten in die Kanalisation.« Die Kabine hielt an. »Ich höre mich um und rufe dich an, sobald ich jemanden aufgetrieben habe, der dir als Führer dienen kann.«

Inzwischen war er davon überzeugt, großen Mist gebaut zu haben. »Denkst du, du kannst meine Wette …«

»… rückgängig machen?« Mousse tippte sich gegen die Stirn. »*Ich* bestimmt nicht. Da gäbe es zu viele Leute, die mich nicht mehr leiden könnten. Damit wäre das Ansehen des *Competition* ruiniert, und mich würden sie vermutlich fertig machen. Es liegt an dir.« Sie packte ihn ansatzlos im Nacken und zog ihn zu sich heran. Ihre weichen Lippen trafen seine, sie küsste ihn innig und drückte sich an ihn. Er bekam, was er sich ersehnt hatte. Als er die Zärtlichkeit erwiderte und seine Hände unter ihr Kostüm fuhren, über die nackte, braune Haut nach oben strichen, zog sie sich zurück. »Nein, Holdo«, raunte sie. »In einer Woche.« Sie öffnete die Tür des Fahrstuhls. »Mögen die Glücksgötter mit dir sein.«

Mit einem seltsamen Gemisch aus Alkohol und Glückshormonen im Blut sowie akuter Depression im Kopf taumelte er durch die Tiefgarage. Er stieg in seinen klapprigen LandRover 2046, schaute wie immer nach seiner Golfausrüstung und startete den Motor. »Was mache ich jetzt?«, fragte er das stopplige Gesicht im Rückspiegel.

Dummerweise fiel dem Gesicht keine Antwort ein.

ADL, Groß-Frankfurt, Altstadt,
20. 9. 2059, 09:51 MEZ

Sein illegaler Zweig des Golfsports brachte es mit sich, dass Holdo mit einer gewissen Nervosität reagierte, wenn ihm Uniformierte im Leben abseits des Matchs begegneten.

Da er nach seinem gestrigen Auftritt in der Zeil und nach seiner total bescheuerten Wette ohnehin fürchtete, sofort auf der Straße erkannt zu werden, tat er alles, um sich unkenntlich zu machen: Haare gefärbt, Augenbrauen blondiert, Schuhe mit Absätzen, um größer zu wirken, und Wattetampons in die Wangen, um ein breiteres Gesicht zu erhalten; den Bart ließ er wachsen.

An den Uniformierten kam er an diesem sonnigen Tag dennoch nicht vorbei. Der Stadtkern war vom Frankfurter Bankenverein aufgekauft und für Unsummen restauriert worden. Anschließend krönte man die Altstadt mit einem Wall, durch den Besucher nur nach einer eingehenden Kontrolle gelangten. Banker waren schon immer wählerisch gewesen, was ihr Publikum anging.

Die Abschottung brachte der Altstadt den Beinamen »Die Verbotene Stadt« ein. Wie das aber mit allem Verbotenen ist, besaß es seinen Reiz, nicht zuletzt wegen der uralten Gebäude wie der Paulskirche und dem Petersdom, die sich perfekt in die auf historisch getrimmte, sanierte Umgebung einfügten.

Holdo reihte sich in die Schlange norwegischer Touristen ein und schlenderte durch den Metalldetektor, ohne Alarm auszulösen. Auch seine ID-Karte sorgte nicht dafür, dass Sirenen schrillten.

Erleichtert setzte er seinen Weg fort und gelangte in die behütete Fachwerkhausidylle des Römerbergs, wo er in der Nähe des Gerechtigkeitsbrunnens den Reporter erkannte.

Poolitzer saß an einem Tisch, vor sich einen Kaffee und ein Glas Wasser, und hatte sich in seinen Palmtop vertieft. Vor ihm lagen drei Bücher. Echte Bücher, gedrucktes Papier, keine Speicherchips. Als der Schatten des Mannes über ihn fiel, schaute er von seiner Lektüre auf. »Oh, hallo, Mr. Rough.« Er deutete auf den freien Stuhl. »Setzen Sie sich doch.«

»Nennen Sie mich bloß nicht so. Sagen Sie einfach Schmidt zu mir.« Holdo setzte sich und bestellte einen Kamillentee, um seinen nervösen Magen zu beruhigen.

Poolitzer nahm die Wahl des Getränks durchaus wahr. »Die Welt hat sich für Sie seit gestern Nacht ganz schön verändert, was?« Er wedelte mit seinem Mini-PC. »Die Quote steht bei 1 : 17, falls es Sie interessiert. Der Wettserver des *Competition* ist zusammengebrochen, nachdem Ihre Wette publik wurde.« Er schob ihm einen Ebbie über den Tisch. »Da sind 5000 Ecu drauf. Erzählen Sie mir ein bisschen über All-Area-Golf.« Er nahm seine Kamera, eine Fuchi VX2200E, aus dem Futteral, stellte sie vor sich und schaltete sie ein.

»Darf ich Sie um einen Gefallen bitten, Gospini?« Er zuckte erschrocken zusammen, als die Bedienung neben ihm erschien und den Tee servierte.

»Kommt darauf an.«

Holdo lehnte sich nach vorne. »Bitte, senden Sie einen Bericht, dass ich die Wette zurückziehe«, beschwor er ihn. »Ich war betrunken.« Er redete nun genau in die Kamera. »Habt ihr gehört, da draußen?

Ich war betrunken! Die Wette ist annulliert, sie gilt nicht!«

»Ich sende nicht live, Herr … Schmidt«, machte ihn Poolitzer aufmerksam. »Ihr Appell ist zwar sehr eindringlich, und ich werde ihn gerne irgendwo reinschneiden, aber machen Sie sich keine Illusionen.« Er nippte an seinem Kaffee und winkte die Bedienung herbei. »Bringen Sie mir bitte einen Döner. Mit viel Wolle. Scharf.«

Der Kellner glotzte ihn an. Es wurde viel bestellt, aber das hatte er noch nie erlebt. »Unsere Tageskarte …«

»Ich habe die Tageskarte gelesen, Gläsersherpa, und wenn ich was davon wollte, würde ich es bestellen«, unterbrach er ihn. »Traben Sie doch los und besorgen Sie mir einen. Sie bekommen auch prima Trinkgeld. Und nicht vergessen: Sehr scharf muss er sein. Wenn mir die Kehle nicht brennt, verklage ich Sie.« Er reichte ihm einen Fünfmarkchip. »Kennen Sie den Spruch: Der Gast ist König?«

»In Ordnung.« Der Kellner rannte quer über den Platz und verschwand in einer Seitengasse.

Der Reporter leerte seinen Kaffee. »Also, wie gesagt, Sie haben ein Monster zum Leben erweckt, Herr Schmidt. Und dieses Monster wird sich erst nach einer Woche zum Sterben hinlegen. Es sei denn, *Sie* sterben vorher.« Er schaute für ein, zwei Sekunden bedauernd, dann deutete er auf die Linse. »Okay, zurück zum All-Area-Combat-Golf.«

Holdo schüttelte den Kopf. »Sie sind vielleicht ein abgebrühtes Arschloch.«

»Macht der Beruf. Nehmen Sie es nicht persönlich.«

Stockend berichtete der Extrem-Golfer über das

Equipment; den besonderen verwanzten Ball, den ihnen eine Tüftlerwerkstatt anfertigte; die unterschiedlichen inoffiziellen Ligen, die nach vercybert, nicht vercybert, Menschen und Metamenschen unterschieden, um die Gleichheit der Kontrahenten zu wahren; die Wetten; die Austragungsorte, die grundsätzlich überall sein konnten, von Slums bis zu den Innenstädten. »Gelegentlich sind schusssichere Westen und Helme notwendig. Und …«

»Schnitt«, unterbrach ihn Poolitzer. Er blickte Holdo unzufrieden an. »Sie erzählen so lebendig wie eine schlechte Computeranimation aus dem 20. Jahrhundert.« Der Kellner kehrte zurück und reichte ihm den verlangten Döner.

»Wundert Sie das?«, brach es aus ihm heraus. »Mir kleben Killer am Arsch!«

»Ruhig, Golfer, ruhig. Wir sind an einem der sichersten Orte Frankfurts. Haben Sie die Kontrollen nicht bemerkt? Okay, dann beweise ich es Ihnen.« Poolitzer stand auf und breitete die Arme aus. »Hallo?«, rief er laut. »Ihr Killer, zeigt euch!«

Vor Holdos innerem Auge sprangen harmlose Gäste plötzlich auf und zückten Waffen, eröffneten das Feuer und verwandelten ihn in ein Sieb.

Natürlich geschah nichts, abgesehen von den irritierten Blicken, die ihnen von den Nachbartischen zugeworfen wurden; zwei DSD-Wachmänner mit dem zusätzlichen Emblem des Frankfurter Bankenvereins schauten zu Poolitzer und warteten lange, ehe sie ihre Runde über den Römerberg fortsetzen.

»Zufrieden?« Er setzte sich wieder, schälte den Döner aus seiner mehrlagigen Aluminium- und Papierhülle und prüfte mit routiniertem Blick, ob sich genügend von dem gemahlenen Chilipulver darin befand.

»Wie ich sagte, Sie sind sicher.« Herzhaft biss er hinein, die Soße lief an den Broträndern herab und rann in die leere Kaffeetasse. »Versuchen Sie, mal mit mehr Elan zu sprechen«, nuschelte er. »Ich nehme an, dass Com-Golf Ihre Leidenschaft ist. Momentan hat der Zuschauer mehr den Eindruck, es handelt sich um eine eher leidige Angelegenheit.«

»Ich glaube, wir lassen das Interview«, gab Holdo auf. Ihm stand nicht der Sinn danach, sich den Anordnungen eines Skandalreporters zu fügen, dem es so was von offensichtlich scheißegal war, wie es um seine Zukunft stand. Er schob den Ebbie zurück. »Nehmen Sie Ihre 5000 wieder, und senden Sie einfach nur meine Botschaft, in Ordnung?«

Poolitzer kaute langsamer; er hatte soeben umdisponiert. »Wissen Sie was? Wir machen die Golf-Sache später. Wie wäre es denn, wenn ich Sie in den nächsten 168 Stunden begleite?«, schlug er vor. »Ich mache einen Dokumentarfilm über Sie, einen Mann, der aus ... Ja, warum haben Sie die Wette eigentlich abgeschlossen?« Dabei gab er dem Tisch einen Stoß, sodass der Ebbie zurück zu Holdo glitt. »Behalten Sie das Geld. Ich stocke es um 10 000 auf, wenn Sie mir erlauben, bei Ihnen zu bleiben.« Er biss noch einmal ab. »Mit meinen Connections steigen Ihre Überlebenschancen, Herr Schmidt. Es wird die Quote sicherlich wieder drücken, aber ist das Leben an sich nicht viel besser?«

Das war es in der Tat. »Danke, Gospini.« Noch war es zu früh, um aufzuatmen, doch die Spannung fiel ein wenig von ihm ab.

»Es wird sicherlich spannend bleiben«, redete Poolitzer mit vollem Mund und beherrschte das Kunststück, dabei weder Fleisch noch Tomate oder Kraut auszuspucken. »Ich rufe gleich mal ein paar Leute an, die uns helfen könnten. Wird aber nicht billig.« Er zwinkerte, bevor er schluckte und von seinem Wasser trank. »Aber Sie haben jetzt 15 000 Ecu.« Mit einem schnellen Handgriff schob er die Fuchi in eine bessere Position. »Also, dann stellen Sie sich mal vor, Herr Schmidt. Und erzählen Sie, warum ein Mensch sein Leben verwettet.«

»Weil es nichts mehr wert ist«, lachte Holdo bitter. »Ich habe Schulden. Bei wem, kann ich nicht sagen, aber ich werde am 1. Oktober sterben, wenn ich keine 100 000 Nuyen aufgetrieben habe. Da kam mir der Gedanke, es auf diese Weise zu versuchen.«

»Zeit für ein paar Erläuterungen.« Poolitzer drehte die Kamera auf sich. »Sie sind ein Spieler, habe ich gehört, Herr Schmidt. Und Sie waren oft in Düsseldorf. Mehr muss ich den Eingeweihten unter den Zuschauern nicht sagen«, tippte er trotz der Andeutung genau richtig. »Diejenigen, die es nicht wissen: In Düsseldorf hat sich ein neuer Oyabun vorgestellt, der ein strenges Regiment führt. Sehr zum Leidwesen unseres Herrn Schmidt.«

Ein Windstoß wirbelte die Serviette des Döners vom Tisch.

Holdo bückte sich schnell zur Seite und fing sie auf; im gleichen Augenblick erklang das Geräusch, das entfernt an das Knallen eines Sektkorkens erinnerte. Er dachte sich nichts dabei, bis er sich aufrichtete und den Reporter anschaute.

Poolitzer tastete gerade nach seiner rechten Halsseite, aus der das Blut spritzte. »Oh, Scheiße«, sagte er sachlich. »Entweder …«

Was auch immer er noch hatte sagen wollen, er kam nicht mehr dazu. Sein linkes Auge platzte ansatzlos, und gleich darauf öffnete sich schräg links über der rechten Braue ein daumennagelgroßes Loch. Die Gäste am Tisch hinter ihm schrien auf, weil sie die enormen Austrittswunden der beiden Projektile sahen.

Poolitzer kippte mit dem Stuhl rückwärts und riss das Tischchen um, klirrend gingen Porzellan und Glas zu Bruch. Die Bücher, die er sich gekauft hatte, fielen auf das Kopfsteinpflaster und wurden mit Kamillentee und Mineralwasser getränkt; den Döner hielt er noch immer in der Hand.

Holdo sprang auf und rannte. Damit gab er den anderen Menschen auf dem Platz das Signal, sich ebenfalls in Deckung zu begeben. Eine unaufhaltsame Fluchtbewegung setzte ein, welche die heraneilenden DSD-Wächter einfach mit sich riss.

Die Besucherflut schwappte durch die Gassen bis zur Mauer und stürmte durch die Kontrollstationen. Es war wie bei einer Stampede, die sich weder aufhalten noch leiten ließ. Gleichzeitig bekam der unsichtbare Schütze keinerlei Gelegenheit, Holdo Kraif ins Visier zu nehmen.

Er konnte weder denken noch sprechen, der Schock hielt seinen Verstand gepackt, während ihn die Menge in ihrer schützenden Mitte aus der Altstadt spülte. In diesem merkwürdigen Abwesenheitszustand lief er einfach irgendwelchen Menschen hinterher und folgte ihnen in die U-Bahnstation, in die Züge. Durchsagen wurden zu sinnlosem Gequake, Lampen glänzten sphärisch und überirdisch.

Der Schutzheilige der Verwirrten stand ihm bei und verschonte ihn vor Kontrolleuren. Irgendwann stieg er aus, fuhr Rolltreppen und Fahrstühle nach oben, bis er durch eine Halle in eine kleine Cafébar torkelte. Alles um ihn herum war verschwommen, es drehte sich, und er fühlte das Essen in seiner Kehle hochsteigen.

Holdo schaffte es bis auf die Toilette und übergab sich. Er kotzte das Urinal bis obenhin voll. Neben dem Becken sank er auf den eisigen Boden, er hielt sich die Hände vor die Augen, atmete langsam ein und aus. Sein Verstand und seine Erinnerung kehrten allmählich zurück.

Er stemmte sich in die Höhe, spritzte sich Wasser ins Gesicht und ging nach draußen, wo er sich einen großen Kaffee und einen Cognac bestellte. Zitternd hob er das Glas mit dem Alkohol an die Lippen.

Im Trid über dem Eingang zeigte der Sender Main-Schau des DeMeKo schon die ersten Live-Bilder vom Römerberg, die von einem Hubschrauber aus gefilmt wurden: ein leerer Platz rund um den Gerechtigkeitsbrunnen, jede Menge DSD-Wachleute und eine menschliche Gestalt, über die gerade eine Tischdecke ausgebreitet wurde.

»Scheiße, er ist tot«, raunte er.

»Das macht drei Ecu«, sagte die Frau hinter dem Tresen misstrauisch. Sie hielt ihn anscheinend für einen Junkie oder einen Schnorrer, der in ihrem Café nichts verloren hatte.

Holdo leerte den Cognac und bestellte noch einen. Mit der anderen Hand fuhr er in die Manteltasche und suchte nach Kleingeld. Den Ebbie mit den 5000 hatte er auf dem Römerberg gelassen. Er legte einen roten Zehn-Ecu-Chip hin. »Noch einen bitte«, verlangte er heiser.

Sie entspannte sich, nachdem sie erkannt hatte, dass er Geld besaß, und schenkte das Glas als eine Art Entschuldigung voller als voll ein. »Ist das der

Schnüffler? Der Typ, der vor kurzem diese Story mit Pomorya hatte?« Sie stellte den Ton lauter.

Der Sender wechselte die Einstellung, ein Reporter hatte sich Touristen geschnappt, die anscheinend auf dem Römerberg gewesen waren. »Was ist geschehen?«, wurde eine asiatisch anmutende Frau in einem pinkfarbenen Regencape gefragt.

»Nicht wissen«, haspelte sie aufgeregt und zupfte an ihren schwarzen Haaren. »Nicht wissen. Sitzen in Café, dann *Peng, Peng, Peng*. Ein Mann weglaufen, und andere Mann tot am Boden liegen.« Sie schaute direkt in die Linse, darunter wurde *entsetzte Zeugin* vom Sender eingeblendet. »Eine Mann habe den andere erschossen. Ich ganz sicher.« Sie verneigte sich und lächelte stolz, winkte sogar ein bisschen, bevor der Kameramann herumschwenkte und auf den schneidigen Reporter hielt.

»Heute wurde ein lieber Kollege, Severin Timur Gospini oder besser bekannt als Poolitzer, der durch seine unübliche, aber effektive Methode der Recherche viele Skandale aufdeckte und Leben rettete, Opfer eines feigen Mordes.« Das glatt rasierte Gesicht drückte professionelle Trauer und Betroffenheit aus. Das konnten alle Medienleute gut. »Die Polizei sagt derzeit nichts zu den Vorkommnissen. Aber es deutet alles darauf hin, dass ein Mann, mit dem sich Gospini in einem Café traf, in die Sache verwickelt ist. Er wird als Zeuge gesucht. Und wir fragen uns: War er der Lockvogel oder sogar der Attentäter? Wer sind die Hintermänner?« Er nickte und lächelte. »Wir halten Sie natürlich auf dem Laufenden.« Die Sondersendung endete.

Holdo schwitzte. Er suchte in seinem Mantel nach einem Taschentuch und bekam einen Plastikstreifen zwischen die Finger. Das Ticket!

Der Ausweg war mit einem Mal zum Greifen nahe. Jetzt musste er es nur noch bis zum Flughafen schaffen, bevor die Polizei herausbekommen hatte, dass *er* der Mann auf dem Römerberg gewesen war. Ins Gefängnis wollte er nicht, dort war er noch schneller tot als auf der Straße. Das unterstellte er all den Kriminellen einfach mal.

»Entschuldigung, wie weit ist es von hier bis zum Flughafen?«, fragte er die Frau.

»Zu welchem wollen Sie denn? Paris, London, Rom?«

»Zum Frankfurter.«

Sie lächelte unfreundlich. »Verarschen kann ich mich selbst, Schätzchen.« Sie wandte sich der Spülmaschine zu.

Als Holdo aus dem Fenster der Cafébar blickte, schaute er auf eine große Eingangshalle, und darüber stand in dicken Leuchtbuchstaben »Terminal 3«. Er war genau richtig. »Entschuldigen Sie. Heute ist nicht mein Tag«, sagte er zu ihr, stand auf und setzte die Kaffeetasse an die Lippen, um sie im Gehen auszutrinken.

Prompt rannte er in den Mann im hellen Trenchcoat hinein, dem es gelungen war, völlig geräuschlos einzutreten.

Holdo fühlte sich, als sei er gegen einen Betonpfosten gelaufen. Entweder der Mann trug eine Rüstung unter seinem Mantel, oder aber er bestand nur aus Muskeln. Der Kaffee war weniger beeindruckt, sondern folgte den physikalischen Gesetzen und schwappte über den Rand hinweg mitten auf den Trench; das Braun gab ihm einen neuen farblichen Akzent.

»Scheiße«, fluchte Holdo und machte einen Schritt zurück. »Ich meine, sorry. Oh, Mann. Heute ist einfach nicht mein Tag.« Er sah, dass der Mann unter dem Mantel einen modischen, dunkelgrauen Zweireiher trug; auf dem dunkelblonden Schopf saß ein hellgraues Barett.

»Sieht fast so aus.« Die graugrünen Augen des Mannes taxierten ihn, im bartfreien, gepflegten Gesicht rührte sich nichts. »Ich hoffe, es ist nicht ansteckend.«

Holdo dachte an Poolitzers jähes Ende. »Bin mir nicht sicher.« Er wischte mit Servietten an dem Fleck herum und stellte fest, dass er sich einwandfrei von dem Papier aufsaugen ließ. Er spürte die Blicke auf sich, und schon kehrte die Nervosität mit Wucht zurück. »Ist das ein Spezialstoff?«, versuchte er, Banales zu reden.

»Ja. Und Teflonbeschichtung. Darf ich?« Der Mann hob die Rechte, der schwarze Handschuh nahm Holdo die Serviette ab, und er entfernte den Fleck selbst. »Gehen Sie ruhig. Sie werden einen Flug zu erreichen haben, nehme ich an.«

»Danke sehr«, atmete Holdo auf. Er trank den Kaffee, stellte die Tasse auf den Tresen und bewegte sich auf die Tür zu.

»Einen Augenblick«, sagte der Mann in seinem Rücken.

Der arg strapazierte Selbsterhaltungstrieb verlangte von ihm, auf der Stelle loszurennen, quer über die Straße in Terminal 3, um sich in die Sicherheit der Flugabfertigung zu begeben. Sein Verstand warnte ihn davor. Wäre der Typ ein Killer, hätte er ihn schon längst erschossen. Also gehorchten seine Füße widerwillig dem Bremsimpuls aus dem Hirn. »Ja?«, sagte er über die Schulter.

Der Mann hielt sein Flugticket in der Linken. »Sie

haben das verloren, Herr Kraif. Sie wollen doch sicher an Bord kommen, oder?«

Holdo lächelte und dankte seinem Verstand. »Jetzt haben Sie was gut bei mir«, sagte er. »Danke vielmals. Wenn wir uns noch mal begegnen sollten, lade ich Sie zum Essen ein.«

»Abgemacht. Guten Flug.« Der breit gebaute, unnatürlich muskulöse Mann nickte und drehte sich zur Barfrau, die ihn äußerst interessiert betrachtete. Für ihn war die Sache erledigt.

Mehr noch, denn als Holdo erleichtert die Straße überquerte und auf den Eingang des Terminals zumarschierte, hatte ihn Jeremiah Jennings bereits wieder vergessen.

Regel 2: Der Ball hat ein Höchstgewicht von 45,93 Gramm und einen Mindestdurchmesser von 42,67 Millimeter; Vollstahl ist nicht zugelassen.
Vor Spielbeginn gibt jeder die Bezeichnung des Balls seinen Mitspielern an. Der Ball ist im Spiel, sobald der Spieler einen ersten Schlag ausgeführt hat, auch wenn er den Ball dabei verfehlt.
Nachtrag: Es ist nicht erlaubt, den sportlichen Gegner zu verletzen, weder mit Ball noch mit Schläger. Zufall ist keine Ausrede.

Auszug aus den All-Area-Combat-Golf-Regeln der International Double A Combat Golf Society

ADL, Groß-Frankfurt, Mainz-Wiesbaden (MaWie),
20. 9. 2059, 09:51 MEZ

Der blutige Speichelklumpen klatschte ins Waschbecken und kroch langsam wie eine Schnecke abwärts zum Abfluss. Der Wasserhahn wurde aufgedreht, das chlorhaltige Kalkwasser sprudelte hervor und schwemmte ihn davon; zurück blieb ein letzter, rötlicher Schleimfaden.

Ordog hob den Kopf und betrachtete sich im von der Feuchtigkeit der Umkleide beschlagenen Spiegel. Er war schon immer fahl gewesen, und die dünnen, schwarzen Haare konnte man zu keiner Zeit voll und üppig nennen.

Aber in den letzten Wochen war es schlimmer geworden. Sie hatten sich so sehr gelichtet, dass man die Kopfhaut erkannte.

Er zog sein Shirt aus und suchte auf seinem nackten, muskulösen Oberkörper nach dunklen Flecken unter der Haut. Er fand drei, deutlich schimmerten sie neben den Adern hervor.

»Verdammt.« Er öffnete den Mund, zog die Lippen zurück und schaute auf das blutende Zahnfleisch. Zusammen mit seiner bleichen Haut, die er einer Pigmentstörung verdankte, glich er einem Zombie oder einem Vampir aus einem Trid. Sogar sein dunkelrotes Tribe-Tattoo auf der rechten Schläfe sah verwaschen und verblichen aus.

Ordog hörte das Quietschen von Gummi auf den Kacheln. Ein Rollstuhl. »Hallo, Coach«, sagte er und drehte sich zu Dice um.

»Hallo.« Der Elf musterte ihn mit gewichtiger Miene.

»Ich mache es kurz: Es sieht nicht gut aus. Der Doc hat mir deine letzten Blutwerte gezeigt.«

»Und jetzt bist du gekommen, um mir zu sagen, dass du mich nicht mehr aufstellen kannst«, nahm er ihm den folgenschweren Satz aus dem Mund.

Dice biss sich auf die Lippen, er rang nach Worten der Erklärung, der Verteidigung. »Es geht nicht anders, Ordog. Du bringst dich mehr in Gefahr als alles andere. Wenn Tattoo dich beim letzten Spiel gegen die Ruhrmetall Leviathane nicht gedeckt hätte, hättest du eine Salve aus einem MG eingesteckt.«

»Du meinst, ich tauge nichts mehr für das Spiel und gefährde den Titel für die Barons.« Er spürte, dass sich wieder Blut in seinem Mund angesammelt hatte, und beugte sich über den Ausguss am Boden. Der rote Rotzklumpen landete genau auf dem Gitter. »Und du hast Recht, Dice. Ich werde aufhören.«

Der Elf atmete sichtlich auf. »Wir werden dir natürlich …«

»Nach dem nächsten Spiel.«

»Noch eins?« Dice rollte näher heran, er schaute dem Freund in die braunen Augen. »Nein, Ordog.«

Er beugte sich nach vorn, um sein Gesicht auf die Höhe des Coachs zu bringen. »Bitte, Dice. Ich habe keine Lust, elend in einem Krankenbett zu verrecken. Lass mich gegen die Bavarian Bayonets antreten, und ich mache das Spiel meines Lebens.«

Jetzt hatte Dice verstanden. »Du willst dich opfern? Du willst draufgehen?«

Ordog nickte. »Schnell und schmerzlos. Ich bringe irgendeine Aktion, die mich zum Helden macht. Die Leute sollen mich in Erinnerung behalten, wie ich für mein Team sterbe, und nicht als der Typ, der wie viele andere vor ihm qualvoll in einem Bett verreckt ist.«

»Hast du mit Tattoo schon darüber gesprochen?« Der Coach sah, wie sich ein neuer, dunkler Fleck oberhalb des Nabels bildete.

»Bin ich verrückt?« Ordog grinste. »Ich wollte auf dem Platz sterben, nicht gleich hier.« Er wurde wieder ernst. »Du wirst ihr nichts von meinem Plan erzählen, Dice. Sie ist immer noch der Meinung, dass Aussicht auf Heilung besteht.«

»Bist du sicher, dass es *keine* gibt?«

»Ich habe eine neue Scheißform von Leukämie, Dice. Eine Mischung aus chronischer und akuter und Erwachte-was-weiß-ich-was-Leukämie. Meine Milz ist so groß wie ein Fußball, und meine Lymphknoten platzen bestimmt bald.« Ordog deutete auf die dunklen Flecken. »Ich laufe innerlich aus, obwohl ich unter fortschreitender Anämie leide und der Arzt nicht weiß, woher ich überhaupt noch Blut habe.« Er drehte sich zum beschlagenen Spiegel um und malte eine 2 darauf. »Das sind keine Jahre, Dice.« Sein Finger unterstrich die Ziffer. »Das sind Monate. Danach helfen auch die Medikamente nichts mehr.«

Dice atmete tief ein. »Du willst also aufgeben?«

»Ich komme bloß der Natur zuvor.«

»Ich war mal an einem ähnlichen Punkt wie du, Ordog.« Er klopfte mit den Händen auf die Räder des Rollstuhls. »Nach der Sache mit dem …«

Aber der Mann, der jahrelang als Straßensamurai sein Geld verdient hatte, bevor er durch einen Zufall ins Team der Mainzer Stadtkriegmannschaft Black Barons gekommen war, hob die rechte Hand. »Keine Appelle, Coach. Ich bin kein Doc, aber es gibt einen Unterschied zwischen einer inoperablen Querschnittslähmung und einer unheilbaren Leukämie.« Ein heller Blutfaden sickerte aus der Nase, den er erst nicht bemerkte, bis ihn der Elf aufmerksam machte. »Mal wieder«, sagte Ordog abgeklärt und zog sich ein graues Zellstoffhandtuch aus dem Spender.

»Einverstanden. Du wirst im ersten Viertel spielen. *Nur* dieses eine Viertel.« Er wendete auf der Stelle. »Ich will nicht wissen, was du vorhast, Ordog. Ich finde es beschissen, was du machen willst, aber ich kann dich zu gut leiden, um dir den Abgang zu verbieten.« In den Augen des Elfs stand eine Spur von Verständnis. Ohne ein weiteres Wort rollte er hinaus.

Ordog schloss erleichtert die Augen und lehnte die Stirn gegen den kühlen Spiegel.

»Was für einen Abgang?«

Die Frage, die von einer Frau gestellt worden war, hallte in der Umkleide nach; Misstrauen schwang in der Stimme mit.

Er hob die Lider und wandte sich seiner Lebensgefährtin zu.

Die Elfin zog ihr Bandana von den fingerlangen, schwarzen Haaren mit den dunkelroten Strähnen, der Schweiß lief über ihr Gesicht und benetzte die tätowierte glühende Sonne auf ihrer Stirn, deren Flammenkorona waagrecht bis zu den Schläfen reichte; am Hals wanden sich schwarze Dornenranken bis ans Kinn empor.

Sie trug ihre grüne Trainingsrüstung, in ihrem Schulterhalfter saß die Ruger Super Warhawk, ein Paar dikotebeschichtete Sai-Gabeln waren an ihren Oberschenkeln, ein weiteres auf dem Rücken befestigt. Sie warf ihm den grellgrünen Kevlarhelm zu, den sie in der Linken hielt, dann legte sie die Unterarmschützer ab. »Was für einen Abgang?«

Ordog fing den Helm. »Ich mache nach dem nächsten Spiel Schluss. Es geht nicht mehr«, belog er sie nur ein bisschen.

Tasmin Felhainir, besser bekannt als Tattoo und die beste Scoutin der Black Barons, zog die schmalen Augenbrauen nach oben. Für eine Elfin besaß sie wenig von der überdurchschnittlichen Schönheit und sanften Anmut, die man ihrer Rasse nachsagte, dafür besaß sie etwas Animalisches, Brutales. Die metallenen Reißzähne, die sie sich hatte implantieren lassen, machten den Eindruck nicht besser. »Du verarschst mich!«

»Nein.« Seine Finger spielten mit dem Kinnriemen, wieder spuckte er Blut in den Abfluss. Er ging an ihr vorbei, gab ihr den Helm zurück und trat vor seinen Spind, in dem sich sein Medikamentenlager befand. »Es macht keinen Sinn«, sprach er leise und schüttete sich die Pillen in die hohle Hand: Anti-Schmerzmittel, Chemo-Tabletten, Vitamine und alle möglichen Spurenelemente zur Stärkung seines geschwächten Körpers. Er spülte den Mix mit einem Schluck Wasser runter. »Ich bin eine Last, keine Verstärkung des Teams.«

Sie trat an ihn heran und schlang die Arme von hinten um ihn, küsste ihn auf das nackte Schulterblatt. Niemand außer ihm kannte die Elfin so zärtlich, so weiblich.

»Es war ein Fehler, in die Sox zu gehen und zu plündern«, sprach er leise in den Spind und lachte freudlos auf. »Von wegen einfacher Job. Scheiß Radioaktivität. Sie hat sich Michels geholt, und jetzt bin ich an der Reihe.«

Tattoo drehte ihn sanft zu sich um und küsste ihn auf den Mund. Dass Blut auf seinen Lippen haftete, störte sie nicht. Eine Stadtkriegerin wie sie ekelte sich vor ganz anderen, banalen Dingen. »Du klingst, als wolltest du mehr als nur die Liga aufgeben«, sagte sie besorgt.

»Ich habe an dem Tag aufgegeben, als mir der Doc sagte, dass ich die gleiche Art von Leukämie habe wie Michels.« Nichts hatte geholfen, die Krebszellen lachten über Bestrahlung und Chemo, einen passenden Knochenmarkspender hatten sie nicht auftreiben können. Im gleichen Moment, als ihm der Arzt von einem neuen Verfahren vom Institut für Humangenetik der Universität Heidelberg berichtete, kamen die neuen Blutwerte. Die Krebszellen hatten ordentlich Gas gegeben. Ordog streichelte ihr Gesicht, fuhr mit dem Daumen die eintätowierten Dornenranken entlang. »Gewöhn dich an den Gedanken, mich bald nicht mehr an deiner Seite zu haben.«

»Scheiße, hör auf, so was zu sagen!«, herrschte sie ihn wütend an. Ihre Adrenalinpumpe aktivierte sich wie so oft zur falschen Zeit und gab das Stresshormon in ihre Blutbahn. Das Kunstherz beschleunigte, ihr Grundumsatz, der Blutzuckerspiegel, die Durchblutung der Bewegungsmuskulatur und der Herzkranzgefäße schnellten in die Höhe. Mit der Zärtlichkeit war es dahin. »Du wirst nicht sterben, hörst du mich?« Dann entdeckte sie die aufgemalte 2 im Spiegel. »Was bedeutet das?«, knurrte sie.

»Nichts.«

Tattoo schlug mit der Faust gegen die Spindtür, der künstliche Arm und dessen immense Kraft dellten das dünne Blech ein. »Sag, dass es Jahre sind«, flüsterte sie, heiser vor Zorn. Eine Träne glitzerte in ihren grünen Cyberaugen, perfekte Technik wurde von Menschlichkeit gekrönt.

»Komm wieder runter, Tattoo«, bat er sie und fasste sie bei den Schultern. »Deine Adrenalinpumpe bringt dich eines Tages noch um.«

Ihre Aggressivität, die sie bis eben in Schach gehalten hatte, explodierte. Sie schlug seine Arme mit einem Schrei zur Seite, drehte sich um hundertachtzig Grad und drosch mehrmals gegen die nächste Wand. Kacheln ergaben sich splitternd ihrer Stärke, und es dauerte lange, bis ihre unbändige Wut verrauchte.

Die Elfin wusste nicht, wohin mit ihren Gefühlen, und da sie einzig mit Gewalt umzugehen wusste, nutzte sie diese, um sich abzureagieren. Sex kam dazu nicht infrage, nicht hier und nicht jetzt.

»Es sind Jahre, Tattoo. Jahre!«, hörte sie die Stimme ihres Lebensgefährten beschwichtigend auf sie einreden. »Hör auf auszuflippen. Du reißt die Umkleide noch ein, wenn du so weitermachst.« Kurzerhand zog er sie unter die Duschen, betätigte die Knöpfe und stellte sich zusammen mit ihr in die eisigen Wasserstrahlen.

Die Kälte wirkte. Tattoo schnaubte, strich sich das Wasser aus den Augen und bildete sich ein, dass jeder Tropfen auf ihrer Haut verdampfte, so heiß und aufgepeitscht rann das Blut durch ihre Adern. Sie bediente den Temperaturregler und zog ihre Kleidung aus. Nach dem anstrengenden Training hatte sie ohnehin duschen wollen.

Ordog betrachtete ihren schlanken, von Narben gezierten Körper, die kleinen, straffen Brüste, und er fühlte Begierde in sich aufsteigen. Er beschloss, die Gelegenheit zu nutzen.

»Bleib, wo und wie du bist«, sagte er und ging zur Tür, um sie abzuschließen.

In diesem Moment schwang die Tür auf, und ein ihm unbekannter Mann mit unzweifelhaft arabischer

Herkunft in einem kostspieligen bordeauxroten Geschäftsanzug stand im Rahmen.

Er war etwas kleiner als Ordog, trug einen kurzen schwarzen Bart und eine goldene Brille in dem braunen Gesicht; an seinem Revers trug er einen Besucherausweis, mit dem er sich im Stadion der Barons bewegen durfte. Uneingeschränkt. Das war unüblich. »As Salamu Aleikum«, grüßte er.

»Wa Aleikum as Salamu«, erwiderte Ordog die Worte. Er kannte die Formel von Sheik, dem Magier, mit dem sie zusammen in der Sox gewesen waren, und hatte sie aus einem Reflex heraus benutzt.

»Ana asif … Entschuldigung, wenn ich Ihre kostbare Zeit raube, Herr Stauffer.« Der Mann verneigte sich vor ihm. »Mein Name ist Rashid bin Saeed, und Ihr Management war so freundlich, mir zu erlauben …« Er schaute an ihm vorbei, wurde rot und wandte sich sofort ab. »Ich werde wohl besser draußen warten.«

Der Grund für sein Verhalten war Tattoo. Sie kam, nackt bis auf das Handtuch um ihre Hüften, an die Seite von Ordog. Ihr stand der Ärger über den Besucher ins Gesicht geschrieben, weil sie sich durchaus über Intimität mit ihrem Gefährten gefreut hatte. Es hätte ihr die letzten Reste der Wut aus dem Körper getrieben. »Was hast du hier zu suchen? Das ist der Teambereich und nicht das Management. Autogramme gibt es draußen im Shop, auch für Anzugträger wie dich.«

»Ein Missverständnis«, sagte er gegen die Wand. »Ich bin kein Fan. Ich muss mit Herrn Stauffer privat sprechen. Es geht um Ali Reza Abolhassan.« Rashid verließ die Umkleide. »Wie gesagt, ich warte draußen auf Sie.«

»Sheik?« Ordog schaute zur Elfin und küsste sie auf die Stirn. Mit einem Lebenszeichen von dem Magier hatte er am wenigsten gerechnet. »Das ist ja ein Ding.«

»War das der Zauberer, den sie aus dem Stadion mitgenommen haben, nachdem ihr aus der Sox gekommen seid?«, erinnerte sich Tattoo und trocknete sich mit einem zweiten Handtuch ab. Danach stieg sie in ihre unauffälligeren Straßenkleider und warf sich in die Lederjacke, auf der groß *Black Barons* aufgedruckt stand.

Er tauschte seine nassen Sachen ebenfalls gegen trockene; er bevorzugte die bequemen Hosen seines Stadttarnanzugs, dazu gab es das passende Shirt, Kampfstiefel und einen halblangen Ledermantel. »Ja. Er hat uns in der Forschungsstation von ECC den Rücken gedeckt, danach haben wir ihn für tot gehalten und durch einen Zufall wieder gefunden.« Er sah das Gesicht des Magiers vor sich, der von sich selbst behauptet hatte, Fakir, Mirakelbewirker und Gelehrter zu sein. »Er hat immer gekifft wie ein Schlot und behauptet, von seinem Bruder seines Titels und seines Erbes beraubt worden zu sein. Irgendein Emirat, den Namen hat er nie genannt.«

Tattoo kreuzte die Arme vor der Brust und kniff die Augen zusammen. »Das war doch so eine abenteuerliche Aktion, wie sie ihn damals aus unserer Krankenstation geholt haben.«

»Ein Wagen mit vier dunkelhäutigen Männern war vorgefahren, hat mir der Pförtner erzählt. Sie hatten sich als Verwandte von Sheik ausgewiesen und ihn mitgenommen.« Er wühlte in seinem Spind und fand neben den Erinnerungsfotos vom Zwerg Michels und dem Ork Schibulski das Kuvert, das man ihm hinterlassen hatte. Er nahm die Karte heraus. »Vielen Dank für die Fürsorge, Herr Stauffer. Wir kümmern uns um den verloren geglaubten Bruder selbst und führen ihn den besten Spezialisten zu. Sollte sich sein Zustand bessern und möchte Sheik Ali Reza Abolhassan ibn Mustafa ibn Jasul selbst Kontakt aufnehmen, wird das geschehen. Ansonsten sind Nachforschungen jeder Art zwecklos«, las er den Inhalt vor.

»Und der Typ vor der Tür ist nicht Sheik, oder?«

»Nein. Aber es könnte ein jüngerer Bruder sein.« Er spuckte noch einmal Blut aus. »Hören wir, was er von mir will.«

Gemeinsam verließen sie die Umkleidekabine und traten in den Korridor. Rashid stand am Fenster, von dem aus man das Übungsfeld der Barons überblicken konnte.

Früher war es ein Fußballstadion gewesen. Heute rannten, kämpften und schossen die Newbies der Mainzer Stadtkrieger dort unten um die Wette, um sich durch ihre Leistungen in den Augen des Coachs hervorzutun. Es war nur eine Frage der Zeit, wann ein Platz im Stammteam frei wurde. Stadtkriegspieler wurden selten alt, und kaum ein Spiel verging, in dem sie nicht ohne ernste Blessuren vom Feld gingen.

»Harte Männer und Frauen, über deren Häuptern allgegenwärtig der Tod schwebt.« Der Araber nickte und vermied es, die Elfin anzuschauen. »Aber ein Spiel mit Zukunft. Wir überlegen gerade, ob wir auch ein Team auf die Beine stellen. Mit der Hilfe der Black Barons.«

»Sie wollen mit mir aber nicht über einen Trainervertrag sprechen?« Ordog setzte sich neben den leise schnurrenden Getränkeautomaten. »Möchten Sie was trinken, Herr Saeed?«

»Eine Cola wäre fein.«

Ordog schlug gegen die Wahltaste mit der Coladose, ein Piepsen ertönte, und gleich darauf spuckte der Automat, ohne Geld zu verlangen, ein Getränk aus; sich selbst und Tattoo zog er zwei Malzbier.

»Danke.« Saeed öffnete den Verschluss und nahm einen langen Schluck. »Nein, ich möchte Sie nicht als Trainer verpflichten. Ich möchte Ihnen einen Auftrag anbieten.«

»Hat Sheik irgendetwas geplant?« Er prostete ihm zu. »Aber selbst wenn es so wäre, sagen Sie ihm, dass ich nicht mehr im Geschäft bin. Mein Leben gehört dem Stadtkrieg.«

»Er hat Ihre Karriere aufmerksam verfolgt, Herr Stauffer.« Er plusterte die Wangen auf, weil er ein Rülpsen unterdrückte, dabei hopste die goldene Brille ein wenig. »Er hat sich sehr über Ihre Erfolge gefreut.«

»Wissen Sie, Saeed, Sie können mir viel erzählen«, schaltete sich Tattoo ein. »Ich kenne diesen Magier nur vom Sehen, aber gibt es irgendeinen Beweis für Ihren Auftritt?« Sie schaute auf seinen Anzug. »Bis jetzt sehe ich nur Ihren Namen auf unserem Besucherausweis, aber mehr auch nicht.«

Ordog legte den Kopf schief und wartete ab.

Saeed lächelte. »Aber natürlich.« Er griff betont langsam in sein Sakko und zog einen Umschlag heraus. Er breitete vor den beiden eine ganze Sammlung von Bildern aus, die einen immer lächelnden Mann in arabischer Kleidung zeigten, mal in der Wüste, mal am Meer, mal vor einem Kamel, mal an Bord einer Yacht.

Auf der letzten Aufnahme war ihm das Lachen jedoch vergangen. Er saß in einem Intensivbett im Krankenhaus, vier Schläuche steckten in seinen Armen und in der Halsschlagader. Seine Haare hatte er vollkommen verloren, aber er reckte den Daumen nach oben. Der Anblick traf Ordog.

»Er hat Leukämie, aber das können Sie sich sicher denken, Herr Stauffer«, erklärte Saeed, ohne wirklich bedrückt zu klingen. Er nahm einen zweiten, dünnen Umschlag und reichte ihn über den Tisch. »Darin sind einige persönliche Zeilen von Erlebnissen, die nur er und Sie kennen. Mehr kann ich Ihnen als Beweis nicht anbieten.«

Ordog öffnete den Brief und überflog die Zeilen. »Ja, stimmt. Also, was möchten Sie von mir? Soll ich ihn besuchen und ihm Mut zusprechen?«

»Sie wären, mit Verlaub, nicht der Richtige. Wenn man Ihrer Krankenakte Glauben schenken darf, haben Sie noch zwei Monate …«

»Monate?«, entfuhr es Tattoo, und sie verschluckte sich. »Du hast gesagt, du hättest noch zwei Jahre!« Sie blitzte ihn an, die grünen Augen brachten ihn um und heilten ihn zugleich.

»Bitte«, versuchte er, das Ungewitter zu verschieben.

Die Elfin kochte bereits. Sie warf die Dose in die Ecke und rauschte aus dem Aufenthaltsraum, geradewegs in den Workout-Bereich, wo die Geräte mit den schweren Gewichten und die reißfesten Sandsäcke standen. Sie reagierte sich dort ab, bevor sie den Getränkeautomaten in einen deformierten Haufen Blech und Plastik verwandelte.

»Sie ist eine sehr impulsive Frau«, erklärte er dem Araber, der nickte und sich nichts anmerken ließ.

»Verzeihen Sie mir, dass ich Ihr Geheimnis preisgegeben habe, aber ich dachte, sie sei im Bilde.« Rashid lächelte verzagt, da er nicht wusste, wie der Mann seine ungewollte Enthüllung aufnahm.

»Sie wird mir verzeihen. Hoffe ich.« Mit einer Handbewegung forderte er ihn auf, weiter zu berichten.

»Ich hoffe es, weil wir auch sie bräuchten.« Er schob das Krankenhausbild nach vorne. »Sehen Sie, das ist die letzte Aufnahme meines Halbbruders. Sie wurde vor drei Tagen aufgenommen. Kurz vor seiner Entführung. Ein falsches Ärzteteam rückte in die Privatklinik in Dubai City ein und schaffte es, ihn zu kidnappen.«

»Einfach so?«

Rashid schüttelte den Kopf. »Einer der Mitarbeiter meldete sich bei meiner Familie per Kom, ob die Verlegung in Ordnung gehe. Als er die Nachricht erhielt, dass dem nicht so ist und er den Sicherheitsdienst alarmierte, gab es ein Massaker. Die angeblichen Pfleger eröffneten das Feuer und töteten außer dem Wachpersonal drei unbeteiligte Ärzte, zwei Pfleger und zwei Schwestern, die in der Nähe standen.« Er zeigte ihm Aufnahmen der Klinik nach dem Besuch der Entführer: Leichen, vom Blut der Opfer rot getünchte Wände, Spuren von Detonationen auf den Fluren.

Ordog betrachtete die harten Bilder, der Anblick schockierte ihn nicht wirklich. Runner wie er kannten das. Und er ahnte, was die Eröffnung brachte: einen Auftrag. »Bevor Sie weitersprechen, Herr Saeed, möchte ich ein bisschen was wissen. Ich sehe Ihren exklusiven Anzug, ich höre das Wort Privatklinik und Dubai City.« Er beobachtete sein Gegenüber. »Wer ist Sheik wirklich?«

Der Mann lächelte vielsagend. »Alles darf ich Ihnen

nicht erzählen, Herr Stauffer. Das überlasse ich meinem Halbbruder, sobald Sie ihn befreit haben.« Er überlegte, wie viel er offenbaren konnte. »Die Vereinigten Arabischen Emirate sind ein Zusammenschluss von Ajman, Umm al-Qaiwain, Ras al-Khaimah und Fujairah sowie Abu Dhabi, Dubai und Sharjah, wie Sie vielleicht wissen. Und wäre bei der Nachfolge im Emirat Ras al-Khaimah alles mit rechten Dingen zugegangen, säße der Mann, den Sie zu Recht Sheik nennen, auf dem Thron. Seitdem leben seine Mutter und seine vier Schwestern in Dubai City, während er sich noch weiter weg begab, um sein Leben zu schützen. In die ADL.« Rashid rang die Hände. »Wir haben lange nach ihm gesucht und waren sehr glücklich, als wir ihn wieder in die Heimat bringen konnten.«

Ordog war beeindruckt. »Ich kenne einen richtigen Scheich«, sagte er. »Und Sie gehen davon aus, dass die Entführung von dem Mann angeleiert wurde, der Sheiks Thron in Ras al-Khaimah besetzt hat?«

»Vermutlich, Herr Stauffer. Es deutet darauf hin, dass Djalal Saadi Abolhassan, so lautet sein Name und Allah soll ihm für seinen Verrat die Hoden austrocknen lassen, trotz aller Geheimhaltung von der Rückkehr erfahren hat.«

»Warum hat er ihn entführt und nicht an Ort und Stelle erschossen?«, fragte Ordog, der praktisch dachte.

Rashid hob die Achseln. »Um eine Verzichtserklärung zu erzwingen? Keine Ahnung, es wird Ihr Job sein, das genau herauszufinden. Wir nehmen an, dass sich mein Halbbruder noch immer in Dubai City aufhält. Irgendwo.«

Er spürte, wie sich wieder Blut in seinem Speichel

vermischte, dieses Mal schluckte er es. »Ich habe nicht ganz verstanden, warum Sie einen halb toten Ausländer für den Auftrag haben wollen«, sagte er. »Ich spreche kein Wort Arabisch, Herr Saeed.«

»Die Sprache und Ihr Aussehen spielen keine Rolle. Es gibt genügend Ausländer und Touristen in Dubai, wie Sie bald sehen werden. Wir brauchen jemandem, dem wir vertrauen können. Sie haben sich bewährt und Alis Leben schon einmal gerettet.« Er trank wieder von seiner Cola. »Außerdem dürften Sie einen guten Grund haben, alles zu unternehmen, um ihn zu finden. Nicht nur wegen des Geldes.«

»Sondern?«

»Wegen der Behandlungsmethode seiner Leukämie. Mein Halbbruder war fast vollständig genesen, bevor er entführt wurde. Deswegen ist es umso bedeutsamer, dass er in die Obhut seiner Ärzte zurückkehrt, um den Erfolg der Therapie nicht zu gefährden.« Rashid nickte Ordog zu. »Wir wären bereit, Sie auf unsere Kosten behandeln zu lassen.«

»Es ist unheilbar, Herr Saeed.«

»Nein, ist es nicht, Herr Stauffer«, gab der Mann verführerisch zurück. »Ihre Diagnose, die des verstorbenen Herrn Michels und jene meines Halbbruders decken sich zu 99 Prozent. Ihre Chancen stehen gut, als reicher und gesunder Mann aus Dubai City zurückzukehren.« Er schaute aus dem Fenster, vor dem gerade einer der Newbies vom Ausbilder systematisch verprügelt wurde. Nahkampfvorbereitung, lautete die Unterrichtseinheit. »Fragen Sie mich nicht nach medizinischen Einzelheiten. Die Auswertung der Daten habe ich Spezialisten überlassen, die ich Ihnen jedoch gerne gebe, damit Sie sie von Ihren Ärzten vergleichen lassen.« Rashid stand auf und reichte ihm eine Visitenkarte. »Sie und Ihre Freundin sind herzlich eingeladen. Sie erreichen mich unter dieser Nummer, um mir Ihre Entscheidung mitzuteilen. Ich bin bis morgen elf Uhr vormittags erreichbar, danach sitze ich in der Maschine nach Dubai City. Ma-a Salam.« Er verneigte sich und ging.

»Ma-a Salam«, erwiderte Ordog, abwesend die Karte aus Plastik betrachtend, auf der die Nummer als Holografie schimmerte.

Es war, als hätte ihm ein Gott mitten im Sterben ein Tor geöffnet und ihm gesagt, dass er weiterleben durfte. Falls er weiterleben wollte.

Da durfte er nicht zögern.

Schweiz, Kanton Vaud, Lausanne,
20. 9. 2059, 09:51 MEZ

Metallische Gegenstände klapperten und klirrten um sie herum, grelles, kaltes Licht machte es unmöglich, sich zu entspannen.

»Ist sie bei Bewusstsein?«

Stoff raschelte, vor ihr schnellte eine grüne Wand in die Höhe, Plastik knisterte neben ihr; es roch plötzlich stark nach Kautschuk und Desinfektionsmitteln.

»Ja.«

»Vitalwerte?«

Musik wurde eingeschaltet, beruhigende Tonfolgen erklangen aus den Lautsprechern aus der Decke über ihr. Sie fühlte sich seltsam schwerelos, als sei ihr irdischer Leib zu einem Astralkörper geworden.

»Bedenklich, sowohl von Mutter als auch Kind. Puls und Blutdruck sind zu hoch.«

»Wirkt die Betäubung schon?«

»Das Beruhigungsmittel ja, aber die Spinalanästhesie noch nicht.«

Auf einen Schlag fiepten gleich drei Geräte los, ein Mann fluchte laut. »Wir müssen anfangen, wenn wir das Kind nicht verlieren wollen.« Wieder klirrte es. Vor ihr erschien ein blaues Augenpaar, das von einer grünen Haube und einem gleichfarbigen Mundschutz eingekeilt war. »Frau Peron, hören Sie mich?« Jemand machte sich an ihren Handgelenken zu schaffen, dicke Riemen legten sich darum und verbanden sie mit der Liege.

Cauldron wandte ihren Kopf zu den sprechenden blauen Augen. »Ja«, sagte sie langsam.

Das Augenpaar schaute zur Seite. »Frau Peron, es tut mir Leid, wir müssen anfangen.« Nach Gummi riechende, weiße Finger öffneten ihren Mund und schoben einen Beißklotz zwischen die Zähne. »Ist der Magier bereit?«, fragten die Augen an ihr vorbei. »Ich habe keine Lust, in einem Feuerball zu verglühen, wenn die Schmerzen mit ihr durchgehen.«

»Ja«, wiederholte sie und hörte sich selbst sprechen.

Die Augen blickten sie aufmunternd an. »Seien Sie tapfer, Frau Peron.« Dann schwebten sie davon. »Es kann losgehen. Holen wir es raus.«

Ein heißer Draht ritzte die Haut, schnitt sich durch ihren Bauch und suchte sich seinen Weg zu ihrer Gebärmutter. Cauldron schrie, wie sie in ihrem Leben noch nicht geschrien hatte, sie biss auf den Hartgummiklotz ... und plötzlich waren die Schmerzen verschwunden. Sie fühlte, dass man an ihrem Unterleib zerrte und rupfte, aber es tat nicht mehr weh.

»Spinalanästhesie wirkt«, sagte eine Stimme, und in die beruhigende Meldung hinein piepste eine vierte Maschine. »Professor Mannli, sie kollabiert!«, rief die Stimme aufgeregt, und es wurde dunkel um Cauldron.

Sie kam in ihrem Zimmer wieder zu sich, das mehr an ein Hotel als an ein Krankenhaus erinnerte. Abgesehen von den vielen Anschlüssen hinter ihrem Bett für Sauerstoff, Druckluft, Datenleitungen und Elektrizität sowie dem schwachen Duft von Putzmitteln wirkte es behaglich.

Sofort stand eine blonde Pflegerin an ihrem Bett und schaute sie an. »Schön, dass Sie aufgewacht sind, Frau Peron.« Auf dem Namensschild ihrer weißen

Uniform stand *Schwester Ursel* geschrieben. »Es gab eine Reihe von Komplikationen, doch Ihnen und Ihrem Sohn geht es gut«, nahm sie vorweg, um die Patientin von der seelischen Last zu befreien. »Alles Weitere wird Ihnen Professor Mannli erklären.« Ursel schaute auf die Überwachungsgeräte, an denen Cauldron angeschlossen war. »Er und sein Team werden gleich bei Ihnen sein.« Sie nickte und ging hinaus.

»Komplikationen«, murmelte die hermetische Magierin und versuchte, ihre Beine zu bewegen. Noch gehorchten sie ihr nicht; daher wartete sie ungeduldig, dass sich Mannli bei ihr zeigte und erklärte, was im Kreißsaal mit ihr geschehen war.

Sie betätigte die Steuerung des Bettes und richtete das Oberteil auf, sodass sie aus dem Fenster des zweiten Stockwerks schauen konnte.

Vor dem *Kaltesch Natal-Klinikum* breitete sich das neblige Nordufer des Genfer Sees aus; grau schwappten die Wellen aus dem milchigen Dunst das flache Steinufer hinauf und verliefen sich. Die Einrichtung und der kleine Strand lagen abseits der Touristenhotels und hatten sich mit einem geschickt in die Landschaft eingepassten Zaun vor aufdringlichen Besuchern geschützt. Wer es dennoch wagte, auf das Grundstück vorzudringen, stand einem mundanen Wachdienst und einer unsichtbaren astralen Abwehrbatterie aus Elementaren, Geistern und Barrieren gegenüber.

Es gab einen sehr guten Grund, weshalb Cauldron dieses Klinikum ausgesucht hatte. Hermetische und schamanistische Magier forschten gemeinsam an der Ergründung der Magie in den Lebewesen. Nach wie vor verbarg sich das magische Genom. Der so genannte Magus-Faktor gab sich geheimnisvoll und weigerte sich, entdeckt und damit entschlüsselt zu werden. Die Forscher waren sich lediglich darüber einig, *dass* es ihn geben musste.

Prinzipiell begrüßte sie diese Unsicherheit. Von Konzernen geklonte Massen an Magiern wären das Ende der Menschheit. Aber mit Beginn ihrer Schwangerschaft wäre es ihr lieber gewesen, dass die Wissenschaftler wenigstens für ihr spezifisches Problem eine Lösung gefunden hätten. Eine andere Lösung als die überstandene Not-OP.

Es klopfte und die Tür schwang auf. Professor Doktor utr. mag. med. Christian Mannli betrat das Zimmer. Die Titelhäufung besagte, dass er sowohl schamanistisches als auch hermetisches Wissen besaß und dazu noch in Medizin promoviert hatte. Bei geschätzten knappen vierzig Jahren eine Meisterleistung.

Er war groß, trug einen Anzug unter seinem weißen Kittel, die kurzen schwarzen Haare wurden durch einen linken Seitenscheitel gebändigt. »Hallo, Frau Peron.« Er reichte ihr die Hand, und sie erkannte beim Blick in sein Gesicht die blauen Augen aus dem Kreißsaal wieder. »Sie haben uns vorhin ein bisschen Angst gemacht«, rügte er sie scherzhaft.

Aus seinem Schatten traten ein Mann und eine Frau, die ebenfalls in die obligatorischen Kittel gehüllt waren, und beide waren Magier. Die Schamanin erkannte Cauldron an den feder- und perlengeschmückten Amuletten um den Hals, der Hermetische hingegen wirkte wie ein Konzernangestellter, der sich als Arzt verkleidete, und wurde von ihr nur durch ein kurzes, unauffälliges Askennen anhand seiner auffälligen Aura identifiziert. Nebenbei bemerkte sie, dass ihr der kurze Wechsel auf die Astralebene mühelos gelang.

»Meine Kollegen, Dr. Fliegende Schlange und Dr. Askurian, würden Sie gerne behandeln, um Ihre Wunden schneller zu heilen, wenn es Ihnen recht ist«, erklärte Mannli. »Die Kosten hierfür sind in Ihrer Aufenthaltsabrechnung enthalten. Ich schildere Ihnen in der Zwischenzeit, was passiert ist.«

»Nur zu. Je eher ich auf den Beinen bin, umso besser.«

Er setzte sich auf den Stuhl neben das Bett, während der Mann und die Frau die Decke bis zu Cauldrons Füßen zurückschlugen und ihre Hände auf die Haut legten.

Die Schamanin schloss die Augen und sang leise, ihre Hand tauchte in die Tasche und nahm eine Art Rassel hervor, die sie im Takt bewegte. Ihr Kollege wartete ab. Die Energien strömten heilend in ihren Leib, suchten die Wunden und unterstützten das Fleisch bei seiner Heilung.

»Als Sie vor drei Monaten auf Empfehlung eines unserer Gönner zu uns kamen, Frau Peron, ahnte ich nicht, was für ein außergewöhnlicher Fall in unser Klinikum schneit«, sagte er lächelnd. »Das Spektrum dessen, was manche Kollegen Anti-Magie nennen, ist schon diffizil genug. Eine Hermetische, die von einem Anti-Magier schwanger wird, krönt das Ganze aber.«

Cauldron dachte an die grauenvollen, permanenten Schmerzen, die sie in den letzten Wochen durchlebt und die ihr die Jagd auf ihre Erzfeindin Abongi unmöglich gemacht hatten. »Kann ich meinen Sohn sehen?«

»Im Moment nicht, Frau Peron. Der Anblick würde Sie erschrecken, obwohl es ihm gut geht. Sein Zustand ist kritisch, aber stabil.«

Sie konnte ihre Beine wieder spüren. Fliegende Schlange nahm die Hand weg und gab damit Askurian das Zeichen, dass er an der Reihe war, während sich die Schamanin von den Anstrengungen ihrer Zauberei erholte. Er beschränkte sich darauf, den Erfolg zu begutachten und astral zu inspizieren. Anerkennend nickte er seiner Kollegin zu.

»Ich weiß, was Intensivmedizin bedeutet, Professor. Sobald der Doktor fertig ist, bestehe ich darauf, meinen Sohn zu sehen.« Sie tastete nach dem Band, das ihre schwarzen, langen Haare zusammenhielt, und zog es enger. Im Spiegel gegenüber erkannte sie die Hinterköpfe der drei Ärzte und sah dazwischen ihr immer noch blasses Gesicht. Sie hatte wegen der OP auf ihren geliebten Kajal verzichten müssen, mit dem sie ihren Blick normalerweise betonte; sehr ungewohnt war, dass sie keinen Schmuck an den Fingern trug. Vorschrift bei einem solchen Eingriff.

Sie öffnete die Nachttischschublade und nahm ihre Ringe hervor, zog sie an und fühlte sich gleich besser. Die schamanistischen Behandlungssprüche waren gut gewesen. Sie empfand keine Schmerzen mehr.

»Danke«, sagte sie zu ihm. »Den Rest erledige ich selbst.« Cauldron verließ ihr Bett, warf sich den weißen Morgenmantel über und schlüpfte in die Hausschuhe. »Führen Sie mich hin, Professor, oder soll ich mich selbst auf die Suche machen? Wir können unterwegs reden.«

Er hielt ihr den Arm hin, damit sie sich einhakte, aber sie verzichtete auf die Hilfestellung. Gemeinsam schritten sie durch den Flur zum Fahrstuhl, während Askurian und Fliegende Schlange sich in den Ruheraum zurückzogen.

»Das Ungewöhnliche an Ihrem Sohn, Frau Peron«,

eröffnete ihr Mannli, »ist, dass sich die magische oder antimagische Befähigung bereits in einem frühen Stadium des Embryos zeigte. Gewöhnlich erwacht Magie kurz vor oder mit Erreichen der Pubertät.«

»So war es bei mir«, erinnerte sich die Magierin. »Ich habe mich darüber aufgeregt, dass mein Bruder meine Puppe angemalt hatte, und dann ging es richtig los. Etwas Unsichtbares hat ihm den Kopf gegen die Tür geschlagen. Eine Askennung zeigte unseren Eltern, was dahinter steckte.«

»Ein klassischer Fall«, bestätigte Mannli und drückte auf den Liftknopf. »Es ist sehr schade, dass wir den Vater Ihres Jungen nicht bei uns begrüßen dürfen. Mit seiner DNS wären wir vielleicht noch ein bisschen schlauer geworden.«

»Ich bedaure es ebenso, ihn nicht an meiner Seite zu haben.«

»Lassen Sie mich an dieser Stelle noch einmal sagen, wie sehr ich und mein gesamtes Team es bedauern, Ihren Sohn so früh auf die Welt holen zu müssen.« Der Lift hielt vor ihnen an und öffnete sich, sie stiegen ein und fuhren in das Stockwerk mit den Neugeborenen. »Knappe fünf Monate. Vor einigen Jahren noch wäre ein solches Frühchen wie er gestorben.« Er betrachtete sie. »Verzeihen Sie mir, dass ich Ihnen falsche Hoffnungen machte, ihn austragen zu können.«

»Sie haben dafür gesorgt, dass er überhaupt eine Chance erhielt, am Leben zu sein«, sagte sie schwach lächelnd. »Ohne das Klinikum wäre nur eine Abtreibung infrage gekommen.«

Die Kabine kam zum Stehen, sie schritten durch einen Korridor bis zu einer großen Glasscheibe, hinter der die Brutkästen für die besonders schweren Fälle standen.

Sie sahen aus wie zylindrische Aquarien, Zuchtstationen für Embryos und Föten. Die kleinen Lebewesen schwebten in einer klaren Flüssigkeit, Miniaturschläuche steckten in ihnen, Maschinen versahen die Dienste, welche eigentlich der Leib der Mutter übernehmen sollte.

Mannli deutete auf den zweiten Tank von links. »Das ist Ihr Sohn, Frau Peron. Dreißig Zentimeter lang und etwa 610 Gramm schwer. Wir haben ihn in unserer künstlichen Fruchtblase eingeschlossen. Sauerstoff und Nährstoffe erhält er von der Tech-Plazenta, und die Nabelschnurvene aus Ihrem geklonten Gewebe, mit der wir ihn verbunden haben, hat er einwandfrei angenommen. Jetzt kann er in Ruhe reifen.«

Cauldron starrte auf das kleine Wesen, das sich vor wenigen Stunden noch in ihrem Bauch befunden hatte. Finger und Zehen waren eindeutig zu unterscheiden, ab und zu bewegten sich die Arme und Beinchen. Das Gesicht wirkte menschlich, und der Kopf sah riesig aus. Auf der Körperoberfläche sprossen Härchen.

Sie fühlte sich vollkommen hilflos. Alles, was sie tun konnte, war, die Hand gegen die Scheibe zu legen. »Ist er gesund?«, fragte sie heiser. »Habe ich ihm durch die Abstoßungsreaktion geschadet?«

»Die Amniozentese ließ uns bereits Schlimmeres befürchten, aber die Chorionbiopsie fiel dagegen besser aus. In den Zellen des Fetus haben wir nach einer DNS-Analyse nichts gefunden, was auf eine genetische Fehlbildung hindeutete, auch die Blutprobe aus der Nabelschnur war gut.« Er berührte ein kleines Bedienfeld am Glasrand, und eine Vergrößerung des Zylinders mit dem Fetus wurde eingeblendet. »Allerdings haben wir das entdeckt.«

Sie sah es erst beim zweiten Hinschauen. »Der rechte Arm ist kürzer?«

»Ja. Eine Fehlbildung, für die es keinen medizinischen Grund gibt. Wir vermuten, dass die Behinderung durch das Wechselspiel von Magie und Antimagie entstand.« Mannli steckte die Hände in die Taschen des Kittels. »Wir können es beheben, sobald er aus dem Tank in den Inkubator gelegt wird. Ansonsten können Sie sich über einen gesunden Sohn freuen. Den Übergangsschock wird er bald verdaut haben.«

Cauldrons Beine gaben nach, und der Mann schob ihr rasch einen Hocker unter. »Danke«, raunte sie und spürte Tränen über die Wangen laufen. Wenigstens war ihr eine sehr lebendige Erinnerung ihres Gefährten Xavier geblieben. Die Leiche war in der Lagerhalle in Stuttgart zu Asche verbrannt, die Temperaturen in dem Gebäude erreichten mehrere hundert Grad. Selbst Knochen verschwanden in der Gluthölle restlos.

»Und wie fühlen Sie sich, Frau Peron? Lassen wir dabei mal die kleine Schwäche außer Acht«, fragte er heiter. Er war mit dem Ausgang der OP sehr zufrieden.

Sie wischte die Tränen weg und seufzte erleichtert. Letzten Endes wandte sich anscheinend alles zum Guten. »Viel besser. Die Heilmagie tat ihre Wirkung, und das andauernde magische Hintergrundrauschen, das ich wegen meines Sohns spürte, ist verschwunden. Vorhin gelang mir das Askennen so leicht wie früher.«

»Das ist ein Zeichen, dass Sie Ihre magischen Fertigkeiten nicht verloren haben«, freute er sich mit ihr. »Es hätte schlimmer kommen können. Stellen Sie sich vor, Ihr Sohn hätte noch mehr antimagisches Potenzial besessen.«

»Dann wären wir wohl beide tot«, murmelte sie und erhob sich. Dieses Mal ließ sie zu, dass Mannli sie stützte. Sie hatte plötzlich das Bedürfnis, das Klinikum für ein paar Stunden zu verlassen und andere Gesichter um sich zu sehen, andere Gerüche zu riechen und Stadtluft in die Nase zu bekommen. Der Professor willigte ein, wenn sie eine Begleiterin mitnahm, die ihr in Notfällen beispringen konnte.

Cauldron schaute zu ihrem Sohn und hob grüßend die Hand, dann kehrte sie auf ihr Zimmer zurück.

Sie legte sich aufs Bett, schloss die Augen und konzentrierte sich, um einen Heilzauber auf sich selbst zu sprechen. Es war ein seltsames Gefühl, Formeln zu sprechen und astrale Energien zu manipulieren. Der Fötus in ihr hatte nach zwölf Wochen begonnen, ihre Fertigkeiten stark zu beeinflussen, und nach der fünfzehnten Woche gelang ihr kein einziger Spruch mehr.

Glück für den Freien Windelementar, den Dschinn, den sie jagte. Der Dschinn war nach dem Tod seines ersten Wirtes in die Gestaltwandlerin Rose Abongi eingefahren und hatte sich Cauldron zur Todfeindin gemacht. Nach den ersten anfänglichen Erfolgen musste sie alle Operationen gegen Abongi und ihre Firma Antique Enterprises einstellen. Ihr Sohn war ihr wichtiger.

Sie wagte den Versuch und polierte die von der Schamanin empfangenen Heilzauber magisch ein wenig nach, um zu sehen, was sie zu leisten vermochte. Der Rachefeldzug hatte jetzt, da sie auf ihre alte Macht als Initiatin zurückgreifen durfte, unbedingt voranzuschreiten.

Aber Cauldron wurde überrascht. Sie hatte deutlich von ihrer Macht verloren und spürte es sofort. Ihr Sohn hatte sich nicht nur damit zufrieden gegeben, sie am Zaubern zu hindern, sondern sie nachhaltig geschwächt.

»Verdammt!«, ärgerte sie sich und hob die Lider. Sie zog Bademantel und Hemdchen aus, schlüpfte in den schwarzen Slip und betrachtete die Stelle, wo sich das Skalpell durch ihren Bauch geschnitten hatte.

Nichts. Keine Narbe. Nur eine kleine, rote Linie zeichnete sich ab, die in den nächsten Tagen verschwunden wäre. Ohne das kleine Fettpölsterchen am Unterbauch als Andenken an die Schwangerschaft hätte sie sich selbst nicht angesehen, dass sie vor kurzem noch ein Kind in sich getragen hatte.

Cauldron genoss es, in die Schnallenstiefel zu steigen und ihr schwarzes Kleid anzulegen. Nach ein paar routinierten Zügen mit dem Kajal um die Augen schwebte ein dezenter Hauch von Gothic und Patchouli durch das *Kaltesch Klinikum.*

Vor ihrer Tür wartete Schwester Ursel. »Aber nicht zu lange, Frau Peron«, schärfte sie ihr ein. »Mehr hat uns Professor Mannli nicht erlaubt.«

»Sicher, Schwester.« Sie grinste. *Schwester* war eine nette Anrede.

Sie fuhren mit einem VW Royale nach Lausanne, weil sich Cauldron die Kathedrale Notre Dame anschauen wollte. Natürlich stammte das Bauwerk aus der Frühgotik und war für sie wie geschaffen, sich in den Mauern heimisch zu fühlen. Danach besuchten sie das wieder aufgebaute gallo-römische Theater und beendeten den kleinen Ausflug in einem Café in der Nähe des Rathauses. Cauldron fühlte sich müde und genoss die Pause.

Als Schwester Ursel zur Toilette ging, kam ein unauffällig gekleideter Mann an ihren Tisch und setzte sich auf den freien Stuhl neben sie.

Cauldron blieb ruhig. Ein Treffen mit ihren Kampfgenossen war mit ein Grund gewesen, um die Klinik zu verlassen. Sie wusste, dass sie niemals aus den Augen gelassen wurde und sich sofort einer der Mittelsmänner mit ihr in Verbindung setzte. Persönlich.

Der dunkelblonde Mann hieß Armand Rätli und war die rechte Hand der Person, der sie viel zu verdanken hatte. »Ich hörte, dass es Ihnen besser geht.« Er strahlte. »Glückwunsch zu Ihrem Sohn, Frau Peron.«

»Danke, Herr Rätli.« Die Magierin schaute zur Toilette. »Schwester Ursel kann jeden Moment …«

Er schüttelte grinsend den Kopf. »Nein, wird sie nicht. Die Putzfrau hat sie eingesperrt und wird sie in genau zehn Minuten wieder aus ihrem unfreiwilligen Gefängnis befreien.« Er bestellte sich einen Mokka. »Wussten Sie, dass in Lausanne zwei Friedensschlüsse unterzeichnet wurden?« Er nahm den Mokka entgegen und hob demonstrativ die Tasse. »Hier endete der Italienisch-Türkische Krieg im Jahr 1912 und der Griechisch-Türkische Krieg im Jahr 1923.« Er leerte das kleine Tässchen und bestellte sich einen Schümli-Kaffee. »Da dachte ich mir, dass es doch einmal etwas Neues wäre, von hier einen Krieg fortzusetzen.«

»Es gibt etwas Neues von Abongi?«

Rätli schüttelte den Kopf. »Seit unserem letzten Angriff hat sie sich abgesetzt. Niemand weiß, wohin.« Er spielte mit dem Zuckerpäckchen. »Sagen wir, aus unserem Krieg ist eine Hetzjagd geworden. Um Antique Enterprises müssen wir uns jedenfalls keine Sorgen machen. Eines unserer Runner-Teams hat die Niederlassung des Enterprises-Zweitunternehmens Fitting Company in London ausgeschaltet. Der Rest des Aufsichtsrats hat daraufhin beschlossen, das Übernahmeangebot eines mit uns befreundeten Konzerns anzunehmen. Damit gehören beide Läden uns.« Der Schweizer schüttelte das Päckchen lässig, riss es auf und leerte den Inhalt in seinen Schümli. »Kein Geld mehr für Abongi.«

»Was ist mit den Privatkonten?«

»Gehören auch uns.« Rätli lachte. »Drei Decker waren für den Passwortschutz zu viel. Und mit den entsprechenden Passwörtern ist der Rest leicht.«

»Es hat sich wahrscheinlich für Sie und Ihre Freunde gelohnt, nehme ich an.«

»Das dürfen Sie annehmen, Frau Peron.« Er kostete die Kaffeespezialität und nickte zufrieden. »Zusammengefasst: Abongi ist pleite und ohne Firma.« Seine Augen wanderten über Cauldrons Gesicht. »Jetzt sind Sie am Zug. Was würde eine von einem freien Geist besessene Gestaltwandlerin in dieser Lage tun?«

»Sie verwechseln mich mit einer Thaumaturgie-Psychologin, Herr Rätli. Aber ich versuche es dennoch.« Die Magierin dachte nach. »Sie ist eine Löwin, und wir haben ihr Rudel zerstört. Sie wird sich ein neues Rudel suchen. Da der Freie Elementar die dominante Persönlichkeit in ihr ist, wird sie sich nicht damit zufrieden geben, sich einem neuen Rudel anzuschließen, sondern ein eigenes schaffen, in dem sie die Herrin ist.«

»Sehen Sie? Sie können es doch. Zu einer ähnlichen, wenn auch wesentlich komplizierter klingenden Analyse ist auch unser Expertenteam gekommen«, fuhr Rätli grinsend fort. »Wunden gibt es genügend zu lecken. Sie haben Abongi bei Ihrem letzten Angriff, bevor Sie die Babypause einlegen mussten, schweren Schaden zugefügt, sowohl physisch als auch psychisch, Frau Peron.«

»Das wusste ich nicht«, staunte sie. Sie sah genau vor sich, wie sie die Afrikanerin auf der Fahrt von Sankt Petersburg nach Moskau gestellt hatte. Es war auf der Straße, mitten in einem kleinen russischen Dorf im russischen Nirgendwo passiert: sie und zahlreiche Elementare plus ein Runnerteam gegen Abongi und ihre Mannschaft.

»Wir haben es auch erst nachträglich erfahren. Sie ist nur entkommen, weil sich ihre Leute für sie geopfert haben und die Limousine, in der sie fuhren, Gasfilter eingebaut hatte. Sie musste nach ihrer Ankunft in Nowgorod behandelt werden und stand kurz vor dem Exitus.«

Cauldron erinnerte sich an die Dampfschwaden, die sie gesehen hatte. »Gas? Ich habe es für Rauch gehalten.« Sie starrte Rätli an. »Was für ein Gas?«

»Sarin.«

»Sind Sie verrückt? Die Dorfbewohner …«

Er hob die rechte Hand. »Bitte nicht so laut, Frau Peron. Es gibt keinen Grund zur Sorge. Die russischen Behörden waren informiert.«

Sie erinnerte sich, ein verschrecktes Gesicht hinter einem der Hüttenfenster gesehen zu haben. »Das Dorf war aber nicht evakuiert!«

»Die russischen Behörden waren informiert, Frau Peron«, wiederholte Rätli, ohne eine Regung zu zeigen.

Jetzt verstand Cauldron, und sie erbleichte. Aus irgendeinem Grund war es den Russen recht gewesen, dass die Bevölkerung ausgelöscht worden war.

»Ich war gleich dagegen, den Hinterhalt in einem Dorf zu legen«, raunte sie. Sie hätte sich durchsetzen sollen.

Natürlich war klar, dass die Individuen, mit denen sie zusammenarbeitete, um Abongi und den Elementar zu bezwingen, nicht zimperlich waren; den Tod von geschätzten 500 Unschuldigen in Kauf zu nehmen hielt sie für äußerst bedenklich. Abongi musste schnell sterben, bevor ihre Verbündeten zu noch drastischeren Maßnahmen griffen.

Rätli sah ihr an, dass sie ins Schwanken geriet oder zumindest starke moralische Bedenken entwickelte. Das musste er verhindern. »Ich darf Ihnen nochmals versichern, dass wir sehr froh sind, in Ihnen die Frau gefunden zu haben, die sich dem Elementar in den Weg stellt«, schmeichelte er professionell. »Und glauben Sie nicht, dass dieses Wesen rücksichtsvoller wäre. Wenn es die Gelegenheit erhält, wird es alles versuchen, um Sie und alle, die Ihnen den Rücken stärken, zu vernichten.«

Das musste er ihr nicht sagen. Sie hatte gesehen, was in Andorra und mit Zozoria passiert war, sie kannte die Bosheit des Geistes. Auch das mehr als grausame Spiel, das es mit ihr und Marleen getrieben hatte, sprach für die Richtigkeit von Rätlis Worten. Dennoch …

»Die Löwin wird sich einen Ort suchen, einen vertrauten Ort, um sich die Wunden zu lecken, und warten, bis sie wieder vollkommen hergestellt ist«, sprach Rätli indes weiter. »Es wird nicht leicht werden, sie aufzuspüren. Aber unser Team hat – dank Ihres Hinweises auf die Weimarer Universalbibliothek – eine vage Spur auf den Hintergrund des Elementars entdeckt. Er wurde in verschiedenen Quellen der magischen Bruderschaft, die eine Rückkehr zu verhindern suchte, immer als solcher bezeichnet: der böse Geist, der aus dem Orient stammt.« Er nahm sein Palmtop, drückte einige Knöpfe und schob ihn zu Cauldron. »Es war nicht einfach, die alten Beschreibungen den neuen Ländernamen und Grenzen der arabischen Welt zuzuordnen, aber nach der Auswertung verschiedener Landkarten und Atlanten kommen nur drei Punkte infrage. Alle befinden sich in den Vereinigten Emiraten.«

Cauldron betrachtete die Bilder, die das Display in gestochen scharfer Auflösung zeigte: eine Oase, eine kleine Stadt im arabischen Stil mit vielen flachen, weißen Häusern und irgendeine moderne Metropole voller glas- und chromblitzender Hochhäuser. »Wie kommen Sie darauf, dass Abongi ausgerechnet dahin gehen sollte?«

»Einer der drei Orte ist vermutlich der Ursprungspunkt des Elementars. Wir nehmen an, dass sich dort auch seine Lebensquelle befindet.«

»Die Lebensquelle!« Elementare trauten niemandem und versuchten, ihre Eigenständigkeit und Existenz unter allen Umständen zu bewahren. Bei aller Macht, die sie besaßen, gab es dennoch Gesetze, an die sie sich halten mussten.

Eine Möglichkeit, sich als Geist lange zu behaupten und jeder Vernichtung zu trotzen, war die verborgene Lebensquelle.

In einem solchen Fleckchen Erde steckte die Kraft eines Elementars, zwischen ihm und dem Ort gab es ein unsichtbares Band. Solange dieser Ort bestand, war auch dieses Wesen unzerstörbar. Doch wenn man die Lebensquelle auslöschte, was natürlich alles andere als einfach war, verging auch der Elementar.

Cauldron schaute auf die Uhr. Es waren schon mehr als zehn Minuten verstrichen. »Schwester Ursel wird sicherlich sehr wütend sein.«

»Das nehmen wir in Kauf. Es geht um mehr als die Laune einer Pflegekraft.«

»Wie ist Ihre weitere Vorgehensweise?«

»Ich möchte Ihre Einschätzung.« Rätli lächelte sie an. »Da es nicht um thaumaturgische Psychologie geht, sollte Ihnen sicherlich etwas dazu einfallen. Es geht um Ihr Wissen als sehr gute Magierin.« Und der nächste Satz traf sie wie ein Monofilament-Peitschenhieb: »Ich möchte, dass Sie wissen: Auch wenn Sie an Macht verloren haben, halten wir dennoch an Ihnen fest, Frau Peron. Ihre sehr persönliche und sehr starke Motivation macht diesen Nachteil wieder wett.« Er sah, dass sie zusammengezuckt war, und begriff, dass er ihr etwas verraten hatte, was man ihr noch nicht gesagt hatte. »Professor Mannli hatte sicherlich noch keine Zeit, es Ihnen zu sagen«, sprach er leichthin.

»Aber Sie wissen es bereits, ja?« Rätli versuchte, sich mit einem Lächeln aus der Affäre zu ziehen, scheiterte aber. »Sagen Sie mir, was Sie wissen. Sofort!«

»Es wäre vielleicht klüger, wenn Professor …«

»SOFORT«, sagte Cauldron sehr laut und schlug mit der Faust auf den Tisch.

Er seufzte. »In Ihrer Akte steht, dass die thaumaturgischen Untersuchungen eine Reduzierung der magischen Befähigung festgestellt haben. Auslöser, so vermuten die Ärzte, waren ständiger Kontakt mit schwacher Antimagie.« Rätli war es unangenehm, der Überbringer der schlechten Botschaft zu sein. »Die Behandlung im Klinikum kann es nicht gewesen sein.

Man ist auf solche sensiblen Fälle vorbereitet und verzichtet, wie sie bemerkten, weitestgehend auf sterile, seelenlose Behandlungsmethoden durch Maschinen, soweit es der Zustand des Individuums zulässt. Aber es kann auch sein, dass Ihre Befähigung sich regeneriert.«

Cauldron glaubte nicht an den schwachen Trost. »Sie haben Recht. Es ist klüger, wenn ich mir von Professor Mannli den Sachverhalt genau erklären lasse.«

»Tut mir Leid, dass ich …« Der Mann räusperte sich. »Um auf Ihre Einschätzung zurückzukommen …«

Sie hob den Palmtop. »Nach allem, was ich weiß, muss diese Lebensquelle unverändert und von einschneidenden Eingriffen verschont bleiben.« Sie hielt ihm das Bild mit der Stadt hin. »Der Elementar ist sehr alt. Somit bedeutet die Errichtung der Metropole eine massive Veränderung des Ortes, und die Kraft wäre dahin.« Sie betrachtete die Oase, danach die zweite, kleine Stadt, die wie aus einem Prospekt für Zeitreisen ins Jahrhundert der Kalifate und Märchen wirkte. »Was ist das?«

»Ein denkmalgeschützter Ort in Arāda.« Rätli atmete auf, weil sie weiter kooperierte. »Soweit wir wissen, war es schon immer eine Bauernsiedlung, die in den späten 20ern des 19. Jahrhunderts aufgegeben wurde. Danach kümmerte sich keiner mehr um das Land, und um 2010 entdeckte Scheich Hussain die Stadt als Touristenattraktion. Alles wurde in seinen ursprünglichen Zustand versetzt, es gibt nichts, was in irgendeiner Weise mit Technik zu tun hat. Nicht einmal fließendes Wasser oder ein Akkuladegerät.«

Für sie klang das schon besser. »Was ist mit der Oase?«

»Naturschutzgebiet. Wird aber im Moment als Touristikgebiet erschlossen.«

»Wie lange war es unberührt?«

»Mehr als fünfzig Jahre.«

»Und davor?«

»Eine Wasserstation für die Nomaden und deren Tiere.«

Cauldron betrachtete die Idylle, lauschte auf ihre Intuition. »Ich tippe auf das Dorf«, sagte sie nach einigem Zögern. »Bin mir aber nicht sicher. Ich müsste mir die Orte ansehen.«

»Gut.« Er hielt die Hand hin, und sie reichte ihm den Palmtop zurück. »Dann machen wir es so. Wir organisieren den Flug und das Visum.« Er trank seinen Schümli. »Falls Sie einverstanden sind. Wenn Sie sagen, Sie möchten lieber bei Ihrem Sohn bleiben, müssen wir improvisieren.« Rätli winkte den Kellner herbei und reichte ihm ein paar Franken-Chips. »Was sagen Sie, Frau Peron?«

Cauldron sah Abongi vor sich und freute sich auf den Augenblick, in dem sie die Afrikanerin samt dem Freien Geist für immer vernichtete. Beide hatten den Tod verdient. Rache für Xavier. Hier in Lausanne konnte sie für ihren Sohn sowieso nichts tun, er steckte in der maschinellen Gebärmutter.

»Ich freue mich, das Team anzuführen.« Er nickte ihr lobend zu und stand auf. »Aber nur«, stellte sie die Bedingung, »wenn Sie mir versprechen, dass keine Unschuldigen zu Schaden kommen. Sonst können Sie sich eine andere suchen, die eine persönliche Motivation hat.« Ihre braunen Augen schauten kalt zu ihm auf. »Ich gebe Ihnen den guten Rat, sich an die Abmachung zu halten. Sollte das nicht der Fall sein, zeige ich Ihnen, wozu ich mit meinen eingeschränkten, reduzierten Magiefähigkeiten in der Lage bin.«

»Kein Gas«, versicherte er. »Ich schwöre es.« Rasch entfernte er sich.

Als er zur Tür hinaus verschwand, fiel ihr auf, dass er einen falschen Schwur geleistet hatte. Dass man kein Gas mehr einsetzte, bedeutete nicht, dass Unschuldige verschont wurden. Es gab auch bakterielle Kampfstoffe, die ebenso gut und schneller töteten. Sie würde den Mann zwingen, einen konkreteren Eid zu leisten. Eide und Schweizer passten gut zusammen.

Cauldron rief sich das Erlebnis ins Gedächtnis, als sie Zozoria in dessen Refugium in Andorra gegenüberstanden.

Zozoria und Abongi hatten dem Zirkel Astrum Argentum angehört, dessen Mitglieder nach nichts Geringerem als der Unsterblichkeit trachteten; und Zozoria hatte zahlreiche seiner Zirkelfreunde geopfert, um den Elementar zu stärken. Nur durch den Einsatz von Negamagie war es ihr und ihren Begleitern gelungen, den Geist in die Flucht zu schlagen. Dass das Wesen nicht vergangen war, untermauerte die These, dass es über eine verborgene Lebensquelle verfügte. In Abongi hatte er einen neuen Wirtskörper gefunden, um mit ihrer Hilfe seine eigene Macht zu nähren; und dabei hatten Geist und Abongi sich zahlreiche Feinde geschaffen. Mächtige Feinde.

Wer nun genau hinter der Allianz steckte, die Cauldron bei ihrer Rache unterstützte, wollte sie im Endeffekt nicht wissen. Es wäre zu gefährlich.

Sie hatte das Angebot von Simone Du Garotte bekommen, und sie hatte es angenommen, schon alleine, um das Leben ihres Sohnes zu erhalten. Sie kannte keine Einrichtung in den ADL, die über eine ähnliche Technologie und ein geballtes thaumaturgisches Wissen verfügte.

Cauldron sah, dass Schwester Ursel aus der Toilette kam, und sie fluchte auf die Putzfrau.

»So eine blöde Schnepfe«, beschwerte sie sich immer noch und setzte sich an ihren Platz. »Stellen Sie sich vor, die Putze hat mich eingesperrt. Ich habe«, sie blickte auf die Uhr, »eine Viertelstunde damit verbracht, zu rufen und zu schreien.«

»Tut mir Leid«, sagte Cauldron bedauernd. »Können wir ins Klinikum zurückkehren, Schwester Ursel? Ich fühle mich ein wenig müde nach der ganzen Lauferei.«

»Sicher.« Sie hob ihr Armband-Kom an die Lippen und bestellte die Limousine.

III

Regel 5: Kommt der Ball unter oder dicht an einem beweglichen Hindernis zum Stehen, darf dieses weggenommen bzw. entfernt werden. Dazu zählen Behinderungen durch Stühle, Becher, Zigaretten, Körbe, Wachleute, Critter, Ganger etc. Dazu dürfen ausschließlich eigene Hilfsmittel (Pistolen, Gewehre, Golfschläger etc.) benutzt werden.

Auszug aus den All-Area-Combat-Golf-Regeln der International Double A Combat Golf Society

Vereinigte Arabische Emirate, Dubai, Dubai-City,
20. 9. 2059, 22:51 Ortszeit

Holdo wurde geschoben und gedrückt, Menschen riefen und redeten durcheinander. Englisch und Amerikanisch mischten sich zwischen Arabisch, Deutsch und Französisch. Um ihn herum roch es nach Gewürzen, was man auch erwarten konnte, wenn man sich wie er im Spice-Basar befand.

Holdo hatte sich nach seiner Ankunft auf dem Flughafen sofort raus aus dem glitzernden Wald aus Hochhaustürmen und riesigen Shopping-Centern begeben und es vorgezogen, aus der Modernität des Emirats zu flüchten. Hier gab es zu viele offene Plätze, wo ein Schuss leicht möglich war. Er erstand einen elektronischen Touristenführer und tauchte auf der Bur-Dubai-Seite des Creek in die exotische technikfreie Welt des Basars ein. Dicht an dicht standen die Läden unter den hohen Arkaden, und durch die engen Gässchen dazwischen schoben sich Touristen und Einheimische gleichermaßen.

Vor den Läden standen offene Synth-Jutesäcke mit Nüssen, Zimt, Kardamom und Safran, überall wurden abgepackte Gewürze, von denen er mitunter noch niemals gehört hatte, angeboten; den Nasen-Overkill besorgten verdunstende Parfümöle, Weihrauch und qualmende Räucherstäbchen.

Auch wenn es bereits Nacht war, die Scheinwerfer bannten die Dunkelheit und hielten die Geschäftigkeit aufrecht. Geschäfte konnten rund um die Uhr abgeschlossen werden.

Holdo machte sich keine Gedanken über eine

Unterkunft, notfalls wollte er sich unter einem Stand zusammenrollen und schlafen. Aber sein Hunger meldete sich, also betrat er einen kleinen Laden, der Snacks anbot.

»Ahlan wa Sahlan«, rief ihm der Araber hinter der elektronischen Kasse zu. Er trug einen langen Kaftan und eine bunte, flache Kappe auf der Glatze. »Herzlich willkommen«, fügte er auf Englisch hinzu und verneigte sich, dann kümmerte er sich wieder um das Bedienfeld der Kasse, die merkwürdig deplatziert in dem altertümlichen, voll gestopften Raum wirkte. Außer ihm standen noch drei Männer unschlüssig herum, nahmen Packungen in die Hand, drehten, lasen und wendeten sie, um sie wieder zurückzustellen.

»Hallo«, sagte Holdo und streifte durch die schmalen Regalreihen. Er stapelte Getränkedosen und fertig belegte Fladenbrote aufeinander, dann suchte er nach einem Schokoladenriegel. Voller Erstaunen bemerkte er, dass es keine gab. Sämtliche Fächer waren leer. »Scheint, als hätten die Dubais Schokohunger«, murmelte er. Da entdeckte er einen letzten, zerdrückten Riegel der Marke Chocy-Shock, der irrtümlich zwischen den Salzbrezeln lag, und packte ihn ein. »Glück muss man haben.«

Er ging zu Kasse und schob seinen Einkauf auf den Tresen. »Das wäre alles«, sagte er auf Englisch. »Können Sie mir ein gutes Hotel empfehlen?« Er tastete an sich herum und suchte nach dem Ebbie.

Der Mann nickte. »Das Little Burj Al Arab. Günstig. Kostet nur fünfhundert Nuyen die Nacht.« Die Kasse addierte piepsend. »Macht elf Nuyen, bitte.«

Holdo schwitzte, und das nicht nur wegen der Temperatur weit über dreißig Grad und der Luftfeuchtigkeit. »Scheiße«, fluchte er. Seine ID, das Visum, der

Ebbie, der Touristenführer, alles weg! »Das ist mir unangenehm, aber ich bin bestohlen worden«, sagte er. »Mein Geld ...«

»Polizeistation dritte Straße links«, sagte der Mann, als müsse er diese Auskunft mehrmals am Tag Touristen erteilen, und räumte die Waren, die Holdo kaufen wollte, unter den Tresen. Wer dämlich war und in einem Basar nicht auf seine Wertsachen aufpasste, bekam weder was zu essen noch Mitleid.

»Halt, ich habe doch noch was!« Er hatte einen Zwei-Ecu-Chip in seiner Tasche gefunden. »Das ist ungefähr ein Nuyen. Geben Sie mir den Schokoriegel?«

Großzügig wollte ihm der Mann den Schokoriegel über die Theke schieben, da ließ ein Kunde seine Einkäufe fallen, kam angerannt, zückte eine Hand voll Scheine und deutete auf den Riegel. Der Händler machte ein bedauerndes Gesicht und deutete auf Holdo. Daraufhin wandte sich der Mann ihm zu, redete mit arabischer Wortgewalt auf ihn ein und schwenkte das Geld; weil Holdo nicht reagierte, stockte er sein Angebot mit einer ganzen Rolle Scheine auf.

»Er will den Chocy-Shock?«, vergewisserte sich Holdo bei dem Verkäufer, dass er die Absicht richtig verstand.

»Ja. Er bietet Ihnen umgerechnet fünfzig Nuyen dafür.«

Holdo schwieg einen Augenblick. »Ähm ... ist das nicht ein bisschen viel für einen Schokoriegel?«

Der Verkäufer zuckte mit den Achseln. »Er gehört Ihnen. Machen Sie damit, was Sie möchten.«

Der andere Mann schnappte plötzlich nach dem Riegel, aber Holdo legte schützend die Hand darüber. »Nein, nein, so nicht, Kumpel«, sagte er drohend. »Du bist ein bisschen merkwürdig, oder? Weißt du was? Ich esse ihn selbst.« Er entfernte die Finger des Mannes, schälte die Schokolade aus der Plastikhülle und biss hinein. Seine Zähne trafen auf einen weichen, dennoch widerstandsfähigen Gegenstand im Innern. »Was ist das denn?« Er betrachtete seinen Fund: eine fingerdicke Plastikkapsel mit Drehverschluss.

In dem Moment fiel ihm der Mann um den Hals, umarmte und drückte ihn, warf das Geld in die Höhe und tanzte auf der Stelle. Fanfaren ertönten aus den Lautsprechern, und die beiden übrigen vermeintlichen Kunden sprangen herbei und hielten Mini-Cams in der Hand.

Holdo wich zurück. »Was ist denn hier los?«

Da flog die Tür zum Lagerraum auf, und ein bärtiger Mann in einem weißen Scheichgewand kam heraus, ein Mikrofon in der Linken haltend. Sofort eilte er an Holdos Seite und redete auf Arabisch genau in die Linse, zwei cambestückte Hover-Drohnen surrten herbei, Lampen flammten auf. »Haben Sie überhaupt eine Ahnung, was Sie gerade gekauft haben, Mister …?«, sprach er Holdo unvermittelt auf Englisch an.

Er war so überrumpelt, dass er seinen echten Namen nannte. »Kraif.«

»… Mister Kraif?« Er drückte ihn. »Sie haben das letzte von nur zehn Losen für die Große Lotterie von Al Lachma, Dubais Qualitätsechtfleischimporteur Nummer eins, und Chocy-Shock erstanden. Alleine der Besitz eines solchen Loses ist schon 30 000 Nuyen wert.« Er gab ihm einen goldenen Credstick. »Bitte sehr, Ihr Gewinn. Was sagen Sie dazu?«

Holdo starrte auf den Stick, dann auf die Kameras. »Das ist nicht live, oder?«

»Sicher ist das live, Mister Kraif! Wir senden weltweit, und morgen sind Sie eine Berühmtheit. Denn auf Sie haben wir alle gewartet. *Das* Großereignis in den Emiraten erreicht seinen Höhepunkt.« Er nahm den angebissenen Riegel und hielt ihn mit der Kapsel voraus in die Höhe. »Wenn die Nummer auf dem Chip, der darin enthalten ist, mit der aus dem Zufallsrechner übereinstimmt, gewinnen Sie ein Haus auf der Touristeninsel *The World II* und nicht weniger als zehn Millionen Nuyen. Am dreißigsten wird die Ziehung sein.«

»Machen Sie die Kameras aus«, verlangte Holdo entsetzt.

Aber der Moderator dachte gar nicht daran, ihn aus seinen Fängen zu lassen. »Wie lange bleiben Sie in Dubai, Mister Kraif?«

Holdo riss sich los, schnappte den Riegel und rannte zur Tür hinaus. Er warf sich in das Getümmel und hoffte, den Cams auf diese Weise zu entkommen; Cred-Stick und Chocy-Shock behielt er in den Händen, damit man sie ihm nicht stahl.

Die Cam-Drohnen verfolgten ihn jedoch mit unbarmherziger Gnadenlosigkeit, wie sie nur die Medien an den Tag legten. Schließlich blieb ihm nichts anderes übrig, als sich auf den Boden fallen zu lassen und auf Händen und Füßen unter den Ständen entlangzukriechen, um die Drohnen abzuschütteln.

Er wurde getreten, die Schokolade schmolz in seiner Hand und klebte zwischen den Fingern, aber er rutschte weiter und weiter. Endlich wagte er es, hinter einem Gewürzstand aufzutauchen und sich vorsichtig umzuschauen.

Die Hover-Drohnen schwebten zehn Meter von seinem Standort entfernt über den Köpfen der Menge, sie kreisten und lauerten wie Raubtiere. Ihre Rigger in der Zentrale der beteiligten Sender hatten vermutlich jede Art von Sensoren bis zum Anschlag aufgedreht, um ihn auszumachen. Bislang ohne Erfolg.

Ein Händler kam mit einer Schale Kardamom auf ihn zu, hielt ihm die grünen Kapseln unter die Nase und pries seine Ware an. Holdo schüttelte den Kopf und flüchtete tiefer in den Basar.

Er gelangte in einen Marktbereich, in dem der Anteil der Einheimischen spürbar zunahm, und schließlich war er der einzige Fremde, der gelegentlich mit seltsamen Blicken bedacht wurde. Holdo fiel durch seine mitteleuropäische Größe und seine Kleidung sofort auf. Für die Drohnen wäre es ein Leichtes gewesen, ihn hier zu entdecken, doch glücklicherweise vermuteten sie ihn an einer anderen Stelle des Basars.

Der Geruch nach Gewürzen ließ nach, die Stände wurden weniger, und nach zwei Querstraßen befand er sich in einer reinen Wohngegend.

Erschöpft setzte er sich an eine Hauswand und versuchte, seine Gedanken zu ordnen. Er besaß immerhin 30 000 Nuyen, wäre vielleicht bald Millionär, das war das Positive. Vermutlich hatte irgendeiner in der ADL diese Sondersendung gesehen und würde durch einen dummen Zufall einem Killer von ihm erzählen. Es würde einen Herdentrieb der Mörder nach Dubai geben. Das war das Schlechte.

»Einen Platz in der Wüste«, beschloss er halblaut. Irgendwo in einer netten, beschaulichen Oase würde er im hintersten Winkel eines Kamelstalls abwarten, bis der Rest der Woche vergangen war; danach wäre er bei den Yaks schuldenfrei und könnte sich endlich wieder seinem All-Area-Golf widmen. Dazu käme mit ein wenig Glück der Lotteriegewinn, die Chancen standen eins zu zehn. Das war mehr als seine Überlebenschance.

Holdo leckte die geschmolzene Schokolade von den Fingern, was seinen Hunger nicht stillte. Ihm gegenüber hing gemeinerweise eine vom Wüstenstaub verdreckte LED-Anzeigentafel, die in regelmäßigen Abständen Bilder von köstlichen Fertiggerichten der Firma Al Lachma zeigte.

Dann – und er konnte es kaum fassen – erschien sein Gesicht darauf, darunter standen arabische Schriftzeichen und sein Name!

Als er den Blick zu einem der allgegenwärtigen Werbezeppeline hob, die ihre Runden über der Stadt drehten, vergrößerte sich sein Problem zusehends: Noch mehr Holdo. Man konnte ihn auch *Holdo Überall* nennen. Sein Konterfrei und die Werbung von Al Lachma blinkten aus dem Nachthimmel auf Dubai herab; spätestens nun wusste jedes, aber auch wirklich jedes Individuum in der Metropole Bescheid.

Neben sich hörte er schwere Schritte, und er schaute auf Orkfüße, die in offenen Sandalen steckten, sowie den befleckten Saum eines Kaftans. »Kif Halak?«, wurde er von oben herab gefragt. Weitere Orks gesellten sich dazu, die definitiv nicht zu den oberen Zehntausend Dubais gehörten.

»Ich habe nichts zu rauchen«, sagte er deutlich und stand auf, um vor dem Metamenschen nicht ganz so klein zu wirken. »Tut mir Leid. Kein Haschisch. Nix Kiffen.«

Die breite, schmutzige Hand deutete zuerst auf die Leuchtreklame, dann streckte sie sich ihm entgegen. »Credstick«, verlangte der Ork und zückte mit der anderen ein Messer.

»Scheiße«, fluchte Holdo. Seine Popularität wurde

ihm bereits nach zwanzig Minuten zum Verhängnis, dazu bedurfte es nicht einmal deutscher Killer. Er konnte die Forderung nicht erfüllen. Er brauchte die Nuyen, um sich ein Taxi in die Wüste und einen abgeschiedenen Fluchtort zu organisieren.

Er erinnerte sich, bei seinen Com-Golf-Matches ähnliche Situationen überstanden zu haben. Leider nur ähnliche. Aber sein Überlebenswille war stark. Er tat so, als würde er dem Ork den Stick reichen. Stattdessen trat er ihm in den Schritt und rannte los, ohne sich um das Geschrei in seinem Rücken zu kümmern.

Eines war sicher: Schaffte er es nicht, der Orkgang zu entkommen, musste er sich keine Sorgen mehr um irgendeinen anderen Killer machen.

»Einen jasminigen Abend, und Friede sei mit dir, mein Freund. Wie geht es dir?« Jeremiah Jennings drehte das Jambai, ein arabisches Steinschlossgewehr aus dem 19. Jahrhundert, in den Händen hin und her und tat so, als sei es völlig wertlos. Er sprach fließend Arabisch mit dem Händler des Trödelbasars, in dem es billigen Ramsch neben wertvollen Antiquitäten gab. Die wenigsten erkannten den Unterschied; er schon. »Wie teuer soll das sein?«

»Friede sei auch mir dir, und Lob sei Allah. Dreihundert Nuyen«, kam es sofort von dem Händler.

Immer höflich und freundlich bleiben, niemals laut oder gar aggressiv werden, das war die wichtigste Regel beim Feilschen. Jetzt kam, nachdem der Preis genannt worden war, Teil zwei des Rituals. »So teuer, mein Freund?«, tat Jennings überrascht und legte das Jambai wieder auf den Tisch. »Nein, nein, das ist höchstens hundertfünfzig wert.« In den Basars war es allgemein üblich, zuerst nur die Hälfte des geforderten Preises anzubieten, jetzt war die Reihe wieder an dem Händler.

»Du willst mich arm machen!«, sagte dieser in leidendem Tonfall. »Ich habe das Gewehr von meinem Vater, und der hat es von seinem Vater, und mein Sohn wird sehr, sehr traurig sein, wenn er es nicht bekommt.« Er streichelte den langen Lauf. »Ich brauche mindestens 280 Nuyen, um seinen Schmerz zu lindern.«

»Dein Sohn kann stolz sein, einen so raffinierten Vater zu haben, mein Freund. Ich biete dir 160 Nuyen.«

»Oh, mein Freund, du bist mit der Härte einer Schildkröte gesegnet. Mir blutet das Herz, doch ich biete dir diese Waffe für 250 an.«

»Dann lass mich dir zeigen, wie sehr ich dich und deine Großzügigkeit schätze, indem ich mein Angebot auf 180 erhöhe«, parierte Jennings mit einem Lächeln. Er hatte nicht den Fehler begangen und seinen teuren Anzug für den Streifzug durch den Basar angezogen. Er sah in seinem weißen Kaftan aus wie ein verkleideter Tourist, und es war dem Händler unmöglich zu erkennen, ob er Geld besaß oder nicht. Reiche Touristen wurden mit Vorliebe beim Feilschen ausgenommen. Seine breite Statur sorgte dafür, dass man selten versuchte, ihn zu betrügen.

»Ich verneige mich vor deinem Edelmut und komme dir entgegen.« Er streckte die Hand aus. »Zweihundert Nuyen, und dir gehört das Erbstück meiner Familie. Allah sei mein Zeuge, dass es keinen besseren Preis für eine solche Waffe auf diesem Markt geben wird.«

Jennings schlug ein. »Es freut meine Seele, mit dir Geschäfte zu machen«, bedankte er sich und reichte dem Mann den Ebbie, damit das Geld abgebucht werden konnte. Derweil wickelte ein Junge das Steinschlossgewehr in ein Tuch ein und packte auch ein paar alte Kugeln dazu. »Der Friede Allahs sei mit dir«, verabschiedete er sich.

»Auch mit dir, mein Freund«, rief der Händler und verneigte sich.

Jennings, einer der besten internationalen Runner und zu den Top-Five von Seattles konventionellen Auftragsmördern gehörend, nahm seinen Einkauf und schlenderte an den Ständen vorbei. Er hatte sich seinen Urlaub redlich verdient, und weitab von den Bühnen, auf denen er üblicherweise agierte, gönnte er sich eine Auszeit.

Mit dem Gewehr und vor allem mit den Kugeln war seine Sammlung historischer Gewehre und Projektile wieder um mehrere Stücke reicher. Er machte sich auf zu einem Geschäftsfreund, der das Jambai für ihn durch den Zoll brachte, da es sich um eine schussfähige Waffe handelte. Die Flughafensicherheit machte keine Ausnahmen, nicht einmal für ein uraltes Steinschlossgewehr, das sicherlich tödlicher war, wenn man es als Keule anstatt als Schusswaffe einsetzte.

Er betrat das Haus seines Geschäftsfreunds und stand in der unscheinbaren Lobby der *Al Halim Im- & X-port Trading Company*.

Fatima, die Sekretärin in dem grauen Kostüm, erkannte ihn sofort wieder. Sie trug ein dazu passendes, hochmodernes Kopftuch, das so gar nichts mit den Kopfbedeckungen zu tun hatte, wie man sie an manchen älteren Musliminnen sah. Es wirkte mehr wie ein modisches Accessoire, das die schönen, braunen Augen und ihre Gesichtszüge betonte. »Ah, Mr. Vanderbilt!« Sie stand auf und reichte ihm die Hand, dann geleitete sie ihn zu einer Sitzgruppe. »Nehmen Sie einen Moment Platz. Ich sage dem Chef sofort Bescheid. Möchten Sie einen Shai?«

Er setzte sich. »Vielen Dank.«

Fatimas Augen glitten an ihm entlang. »Sie haben sicherlich wieder etwas sehr Schönes für Ihre Sammlung erstanden?«

»Ja.« Er legte das eingeschlagene Gewehr neben sich auf das Sofa.

Sie lächelte und ging zur Teemaschine, um dem Kunden das Getränk zu bringen, das vollautomatisch zubereitet worden war. Anscheinend reagierte der eingebaute Computer auf Gedankenübertragung. »Freut mich, dass der Basar wieder einen seiner Schätze für Sie freigab.« Sie stellte die Tasse vor ihm ab und reichte ihm Halwa und Qubbayt, eine süße Masse aus Honig, Sesam und Mandeln. »Er wird Sie gleich empfangen.«

Fatima befand sich auf halber Strecke zwischen Sitzgruppe und Empfangstisch, da flog die Tür auf, und ein junger, verschwitzter Mann stolperte ins Vorzimmer. Er warf die Tür wieder zu und suchte einen Schlüssel oder ein Bedienfeld, um sie abzusperren.

Jennings kam das Gesicht sofort bekannt vor, konnte es aber im Moment nicht einordnen. »Entschuldigung, wird das ein Überfall?«

»Kann sein«, hechelte der Mann auf Englisch und deutete auf die Tür. »Holen Sie die Polizei. Oder nein, geben Sie mir eine Waffe. Ich werde …« Er wischte sich den Schweiß von der Stirn, dann stutzte er, als er den Runner vor sich sah.

Es rumpelte laut, weil sich jemand mit Gewalt am Eingang zu schaffen machte, dann drückte man die Tür einfach auf und störte sich nicht weiter daran, dass ein erwachsener Mann auf der anderen Seite dagegenlehnte.

Vier kräftig gebaute Orks schoben sich ins Vorzimmer, und sie hielten Messer mehr oder weniger offen vor sich.

Fatima wich hinter den Tisch zurück. Da zückte einer von ihnen eine Pistole und richtete sie abwechselnd auf die Frau und Jennings.

»Halt. Keiner bewegt sich«, befahl der Anführer. »Der deutsche Idiot soll seinen Credstick rausrücken, und keinem geschieht was.« Er wandte sich dem jungen Mann zu, den sie offenbar schon längere Zeit verfolgt hatten; auf ihren Kaftanen zeigten sich ebenfalls dunkle Wasserflecken. »Credstick«, wiederholte er energisch und fuchtelte mit dem Messer.

»Verzichten Sie auf die Polizei, Fatima«, sagte Jennings ruhig und auf Arabisch. »Wir regeln das.« Auch er wandte sich an den Mann. »Entschuldigen Sie, aber die Leute hier möchten, dass Sie den Credstick aushändigen. Wären Sie so freundlich, um uns allen weitere Scherereien zu ersparen?«

»Sie sind doch der Mann vom Flughafen!« Er ließ den Ork nicht aus den Augen. »Ich habe Ihnen den Kaffee übergeschüttet, erinnern Sie sich?«

»Zufälle gibt es aber auch«, lächelte Jennings. »Also, wären Sie wohl so nett, dem Ork Ihren Stick zu geben?«

Dann begingen die Orks einen gravierenden Fehler: Sie wurden gierig.

»Hey, Ausländer. Gib mir deinen Credstick auch noch«, verlangte einer der Bande von ihm und kam auf ihn zu.

Damit wurde aus der peripheren Störung des Umfelds eine persönliche Betroffenheit, und das konnte

Jennings gar nicht leiden. Schon gar nicht in seinem Urlaub. »Es ging mich bislang nichts an, was Sie mit dem Gentleman zu regeln hatten. Ich kann Sie nur bitten, mich in Ruhe zu lassen.«

»Gib ihn her, Ausländer!«

Jennings lächelte bösartig. »Das ist ein weißer Kaftan aus reiner Argali-Wolle, und wenn ich nur einen einzigen Flecken darauf entdecke, werde ich mir einen neuen kaufen. Und zwar von dem Geld, das mir deine Organe gebracht haben.«

Dann zeigte er in atemberaubender Weise, weshalb seine Dienste normalerweise so teuer waren.

Die Reflexbooster machten aus jedem seiner Schläge ein schattenhaftes Zucken und ließen die verzweifelten Abwehrbewegungen der Orks wie Slowmotion aussehen.

Dem ersten drosch Jennings den Ellbogen gegen die Nase, der Knochen splitterte und trat zwischen den Augen an verschiedenen Stellen aus der Haut; noch während der erste Ork stürzte, verpasste er dem zweiten bereits einen unspektakulären, doch effektiven Fausthieb exakt auf den Solarplexus. Wie vom Blitz gefällt, fiel der Ork zu Boden.

Da stand Jennings bereits neben dem dritten und trat ihm seitlich gegen das Kniegelenk, das krachend unter der enormen Wucht nachgab. Der Gegner sank wie ein zusammenbrechendes Hochhaus in sich zusammen, bekam aber noch einen Schlag gegen die Schläfe und wurde bewusstlos.

Der vierte Gegner hatte Schwierigkeiten, dem Geschehen überhaupt zu folgen. Er zog eine Pistole und versuchte, sie auf Jennings zu richten. Vergeblich.

Schnell wie ein Geist tauchte dieser seitlich vom Anführer auf. Seine rechte Hand hielt das Handgelenk fest, die linke schlug mit aller Gewalt von außen gegen den Ellbogen, und der Arm knickte streichholzhaft. Als der Ork seine Schmerzen hinausbrüllen wollte, bekam er das Knie in den Schritt gerammt und plumpste wie ein Sack zu Boden. Das Ganze hatte nicht länger als zwei Sekunden gedauert.

Jennings schaute nach seinem weißen Kaftan. Blutspritzer hatte er tatsächlich vermeiden können, nur an seinen Knöcheln haftete das Rot der Orks.

»Mr. Vanderbilt!«, erklang eine begeisterte Männerstimme. »Seien Sie willkommen, und ich wünsche Ihnen einen sahnig süßen Abend. Ihre Fäuste sind ebenso treffsicher wie die Waffen, mit denen Sie schießen.« Halim, ein dunkelhaariger Araber in einer Mischung aus westlichem Anzug und Kaftan, stand in der Tür zu seinem Büro und klatschte begeistert. »Danke, dass Sie die Angelegenheit für mich so schnell und unkompliziert regelten.« Dann warf er einem der Orks einen bösen Blick zu. »Yalla, yalla!«, rief er und fuchtelte mit den Armen.

Einer nach dem anderen schleppte sich hinaus, die Ohnmächtigen zerrten sie hinter sich her.

Jennings schaute zu dem jungen Mann, der den Überfall verursacht hatte. »Zuerst versuchen Sie, in Frankfurt meinen Anzug zu ruinieren, und jetzt haben Sie es auf meinen Kaftan abgesehen«, meinte er locker und wischte sich mit dem Erfrischungstuch, das ihm Fatima reichte, das Blut ab.

»Oh, das ist Mr. Kraif«, sagte Halim ebenfalls auf Englisch.

»Ihr kennt euch?«, wunderte sich der Runner.

»Jeder kennt Mr. Kraif. Jeder, der einen Trid besitzt oder die Bilder auf einem Werbezeppelin erkennen kann«, meinte der Araber grinsend. »Er hat das letzte der zehn Lose für die Lotterie gewonnen. Und 30 000 Nuyen.«

Jennings pfiff leise durch die Zähne. »Herr Kraif, meinen Glückwunsch! Jetzt verstehe ich, warum Sie von den Burschen gehetzt wurden. Normalerweise tötet das Gesocks Touristen schon für hundert Nuyen, wenn es sein muss.«

»Oh, machen Sie meine Heimat nicht schlecht, Mr. Vanderbilt«, warnte der Araber zwinkernd.

»Dann achten Sie besser auf die Straßen, Halim«, gab er freundlich zurück. Dann schaute er wieder zu Holdo und hob mit dem Erfrischungstuch eine Pistole auf, die einer der Orks zurückgelassen hatte. »Nehmen Sie die, Herr Kraif.« Er reichte sie ihm mit dem Lauf voran. »Sobald Sie das Viertel verlassen haben, sollten Sie Ihre Fingerabdrücke abwischen und das Ding in einen Abfalleimer werfen.«

Holdo starrte auf die Pistole, dann strahlte er ihn an. »Herr Vanderbilt! Sie sind meine Rettung!« Er nahm die Pistole, steckte sie in den Hosenbund und zog sein Hemd darüber. »Sie sind ein Professioneller, richtig?«

Halim lachte, Jennings seufzte. »Es ist besser, wenn Sie jetzt gehen, Herr Kraif.« Er wandte sich zu seinem Geschäftspartner.

»Fünfzehntausend Nuyen, wenn Sie mich beschützen. Bis die Lotterie ausgespielt ist«, sagte Holdo und umrundete den Runner. »Bitte, ich brauche Sie! Ich kann kein Arabisch, ich bin ein lausiger Schütze, und wenn ich vor die Tür gehe, warten bestimmt die nächsten zehn Orks auf mich.«

»Herr Kraif, ich verbringe meinen Urlaub in Dubai. Einen guten Tag wünsche ich Ihnen.«

»Zwanzigtausend?«

»Kein Interesse, Herr Kraif. Gehen Sie zur Polizei, und lassen Sie sich von denen beschützen.«

Er drückte ihm den Credstick in die Hand. »Bitte sehr: dreißigtausend Nuyen. Und ich biete Ihnen das Haus auf *The World II* als Bezahlung an, falls ich gewinne. Beschützen Sie mich, bis die ganze Sache über die Bühne ist.«

Halim stieß die Luft aus. »Mr. Vanderbilt, das ist durchaus ein Angebot, für das ich an Ihrer Stelle meinen Urlaub unterbrechen würde, wenn ich mir diesen Rat erlauben darf. Die Ausspielung ist in wenigen Tagen, und die Chancen auf einen Gewinn stehen für den jungen Mann eins zu zehn«, sagte er auf Arabisch.

»Ich weiß, mein Freund«, sagte Jennings, der bereits mit dem leichten Job liebäugelte. Dubai war herrlich, der Strand auf der künstlichen Insel war noch herrlicher. Alles war herrlich. Sobald er Kraif in ein gutes Hotel gebracht hatte, wäre es ein Kinderspiel. Er benötigte nicht einmal eine Ausrüstung. Andererseits wusste man nie. »Halim, wären Sie so freundlich, mir ein kleines Ausrüstungspaket zu schnüren?« Er hielt ihm den Credstick hin. »Nichts Großes, nur was Leichtes und was gegen Kugeln.« Seine graugrünen, kalten Augen legten sich auf Holdo. »Herr Kraif, betrachten Sie mich von nun an als Ihren Bodyguard. Ich nehme den Auftrag zu den von Ihnen vor Zeugen genannten Bedingungen an. Sie richten sich strikt nach meinen Anweisungen, es gibt keine Diskussionen über Sinn und Unsinn meiner Worte.«

»Danke sehr, Herr Vanderbilt.« Holdo atmete auf. Nun stieg seine Zuversicht, die Wette heil zu überstehen. Mit dieser Kampfmaschine an seiner Seite hatte er die richtige Antwort für jeden ADL-Killer parat. Der Mann sprach mit leichtem amerikanischem Akzent, und anscheinend hatte er von der Wette noch nichts gehört. Jetzt hatte *er* ihn unter Vertrag genommen.

Halim öffnete die Tür zum Nebenzimmer; dahinter erwartete sie ein Raum voller Vitrinen und Regale, die alle mit Panzerglas gesichert waren.

Der Araber war ein Waffenhändler, und sie standen in dem Showroom für betuchte Scheichs, die ihr Geld gerne in sinnlose Dinge steckten: vergoldete AK-97, Pistolen mit Perlmuttgriffen, silberne Ares Predator II, diamantenbesetzte Colts. An einigen Schaukästen hingen Schildchen, auf denen zu lesen stand, wem die Waffe darin einst gehörte. Despoten, Helden, Verbrecher, die Auswahl der Namen war beeindruckend. Und die Summen, die Halim dafür verlangte, machten einen normalen Menschen schwindelig. In diesem Raum bekam man nichts unter 10 000 Nuyen, wahrscheinlich nicht einmal einen Kaffee.

Jennings hatte den Blick seines Auftraggebers bemerkt. »Nein, das ist nicht unser Revier.« Er zeigte auf die glatte Wand. »Da geht es lang.«

Halim schaute an eine Stelle in der Vertäfelung, und ein Teil davon schwang zurück. Sie folgten dem Gang mit Wänden aus Stahl bis in eine zweite Kammer, in der blaues Licht aufleuchtete, als sie eintraten.

Es roch nach Öl, Metall und Pulver; Kisten stapelten sich bis an die Decke, die Aufschriften waren in allen möglichen Sprachen gehalten, sogar Deutsch befand sich darunter. »Ruhrmetall« stand auf einer, die Risszeichnung darauf sah aus wie eine Minigun oder eine Sturmkanone. Holdo kannte sich mit den vollautomatischen Riesenwummen nicht ganz so gut aus, denn er benötigte als All-Terrain-Combat-Golfer – wenn überhaupt – eine Pistole oder eine verlässliche Maschinenpistole samt Explosivmunition.

Jennings begann seinen Blitzeinkauf, deutete auf Mini-Koms, Pistolen, kugelsichere Westen und eine kurzläufige Schrotflinte. Halim eilte gehorsam zu dem jeweiligen Regal und packte alles auf den Edelstahltisch in der Mitte des Zimmers.

»Ziehen Sie das kugelsichere Shirt und die Weste gleich an«, bat Jennings Holdo und streifte den Kaftan ab. Darunter trug er Elastin-Shorts, die sich an die Muskeln seiner Oberschenkel schmiegten, und ein weißes Shirt. Er schlüpfte in die Weste und zurrte sie fest, damit sie nicht verrutschte.

Die beeindruckenden Muskelberge, die der Deutsche zu Gesicht bekam, schüchterten ihn ein, und es war ihm ein wenig peinlich, seinen eigenen weißen, zwar trainierten, aber dünneren Leib zu zeigen.

»Folgendes, Herr Kraif. Ich ziehe mir andere Sachen an, Halim gibt Ihnen ebenfalls einen Kaftan oder etwas in der Art, danach gehen wir durch den Hinterausgang zu einer Anlegestelle der Abras.« Er wechselte ein paar Worte auf Arabisch mit Halim, der daraufhin hinausging.

»Abras?«, fragte Holdo.

»So heißen die Wassertaxis, die den Dubai Creek passieren. Wir fahren direkt zu meinem Hotel und beziehen Stellung, bis die Tage abgelaufen sind, die wir bis zur Lotterieziehung warten müssen.« Er lud die Browning Max-Power und schob sie in den Halfter, danach überprüfte er die HK227S, die Defiance T-250 und das AK-98 mit Granatwerfer. »Wir bleiben auf dem Zimmer, egal was passiert.«

»Und wenn es brennt?«

Jennings schaute bei dem schlechten Versuch, witzig zu sein, nicht einmal hoch, sondern beobachtete, wie der Verschluss der AK-98 nach vorne schnappte, und lauschte auf das Geräusch, mit der die Patrone in die Kammer glitt. Einwandfrei. So liebte er Waffen. »Gibt es noch etwas, was ich über Sie wissen müsste?«

»Wie meinen Sie das?«

Alleine die nervöse Art, wie Kraif auf die Frage reagierte, zeigte Jennings, dass man etwas vor ihm verbergen wollte. »Werden Sie gesucht, von der Polizei oder einer anderen staatlichen Behörde?« Er checkte die Schärfe des Butterflymessers, das aus Karbonfasern und einer Keramikschneide bestand und bei keinem Metalldetektor der Welt auffiel.

»Nicht direkt. Ich bin Com-Golfer und manchmal illegal in der ADL unterwegs«, druckste er herum. »Aber konkret haben die Bullen nichts gegen mich in der Hand.«

»In welchem Hotel sind Sie abgestiegen?«

»In keinem. Ich kam direkt vom Flughafen in den Basar und ...«

»Ihr Gepäck ist demnach im Flughafen?«

»Ich bin ohne Gepäck gereist. Es ... ging verloren.«

Eine schlechte Lüge. Jetzt schaute der Runner doch zu Kraif, spielte mit dem Butterflymesser und ließ es in seiner Linken hin und her wirbeln. »Normalerweise bekomme ich vor einem Auftrag gesagt, wie es sich mit dem Hintergrund meines Kunden verhält. Dementsprechend variieren die Preise.« Er ärgerte sich, dass er zu leichtfertig zugesagt hatte, aber ein mündlicher Abschluss war genauso gut wie ein schriftlicher Vertrag. Er war selbst schuld. »Also, verraten Sie mir, weswegen Sie ohne Koffer in eine Maschine nach Dubai gestiegen sind?«

»Das ist so verrückt, dass Sie mir nicht glauben würden«, stöhnte Holdo. »Ich hatte Schulden bei einem Oyabun in Düsseldorf …« Halim kehrte zurück, und er verstummte. »Später, im Hotel«, bat er um einen Aufschub. Er schlüpfte in den dunkelblauen Kaftan, den er von dem Araber gereicht bekam.

Jennings wählte den gelben. Das Wort *Oyabun* verstand man auch in Seattle sehr gut. Es schmeckte ihm gar nicht, essentielle Informationen häppchenweise zu erhalten, und im Hotel würde ihm Kraif lange Rede und Antwort stehen müssen. *Oyabun.* Aus dem einfachen Urlaubsjob drohte eine anspruchsvolle Aufgabe zu werden; noch war es kein Run.

»Vielen Dank, Halim. Mögen Ihre Wege und Ihre Geschäfte immer gesegnet sein«, verabschiedete er sich und reichte ihm das Steinschlossgewehr. »Senden Sie das bitte für mich an die übliche Adresse. Verrechnen Sie es mit dem heutigen Einkauf.«

»Sehr gerne. Auch Ihre Geschäfte und Wege mögen gesegnet sein.« Halim verneigte sich und leitete sie zum versteckten Hinterausgang. »Es war schön, Sie zu sehen.«

Sie standen in einem dunklen Hinterhof, aus dem es mehrere Ausgänge gab. Jennings wählte zielsicher den rechten und bedeutete Holdo, ihm zu folgen.

Vereinigte Arabische Emirate, Dubai, Dubai-City,
20. 9. 2059, 23:51 Ortszeit

»Ich meine, dass es ihn mal erwischt, war klar.« Tattoo lag in Unterwäsche auf dem Bett ihrer Suite, die ihnen reserviert worden war, aß ein paar Trauben und verfolgte auf dem Nachrichtenkanal des DeMeKo die Entwicklungen im Mordfall Poolitzer. Inzwischen hatte sich das BKA eingeschaltet, ein Polizist namens Vigo Spengler leitete die Untersuchungen. »Er hatte ja mehr Feinde als Freunde.«

Ordog nahm seine Hand voll Pillen und schluckte sie, ein Glas Wasser beförderte die Medizin die Kehle hinab. Das Klima in Dubai-City machte ihm zu schaffen. Außerhalb der Suite herrschten tropische Sommertemperaturen, bei jedem Schritt standen ihm sofort Schweißperlen auf der Stirn, und die Nase neigte dazu, schneller als sonst zu bluten. »Es ist trotzdem schade um ihn. Er hat viel geleistet.«

»Er war ein Arschloch«, sagte die Elfin, ohne es böse zu meinen.

»Gesucht wird immer noch der Mann, der sich an diesem Tag mit Gospini treffen wollte«, verkündete ein Außenreporter. Im Hintergrund sah man den dunklen Platz und ein Stück des Gerechtigkeitsbrunnens. »Wir haben inzwischen erfahren, dass es sich dabei um Holdo Kraif handeln soll, der zwar nicht von den Behörden gesucht, aber verdächtigt wird, in illegale Sportwetten verwickelt zu sein. In diesem Zusammenhang sei All-Area-Combat-Golf erwähnt, eine Golfart, die an jedem Ort und ohne Rücksicht auf die Umgebung gespielt wird.« Der Reporter deutete hinter sich. »Wir können nur spekulieren, worüber sich die beiden Männer unterhalten haben. Hatte Gospini vor, eine Story über Double-A-C-Golf zu machen, und wollte es die Wettmafia verhindern? War Kraif der Köder für eine Falle?« Er machte ein entschuldigendes Gesicht. »Wir wissen es nicht. Noch nicht.«

Der Beitrag endete, Tattoo schaltete auf arabische Musiktrids um und wunderte sich über die Kombination der Töne und Instrumente. Sie stand auf, ging zum Fenster und schaute aufs Lichtermeer des 15 Kilometer entfernten Dubai-City.

Ihr Hotel, das Little Burj Al Arab, lag wie das Original am Jumeirah Strand und war im Grunde nichts anderes als die perfekte, verkleinerte Kopie davon. 101 Suiten mit Blick auf das azurblaue Meer, Luxus in Gold und Marmor, aber schon ab 500 Nuyen die Nacht und nicht ab 900 wie der große Bruder.

Es mangelte an nichts; Essen, Umgebung, das integrierte Entertainment-System, Gerüche, alles war ein Märchen aus 1001 Nacht.

Rund um das Luxushotel wurde seit Einbruch der Nacht ein Spektakel aus Feuer und Wasser inszeniert, Wasserspiele und Flammenlohen ergaben zusammen mit wechselnden Scheinwerfern, Lasern und anderen technischen Spielereien einen einmaligen Anblick. Tattoo vermutete, dass sie irgendwo noch einen Illusionisten sitzen hatten, der mit einer Prise Magie die Opulenz fürs Auge zum Höhepunkt trieb.

»Gehen wir später indonesisch oder arabisch Essen?«, fragte Ordog und studierte die Menükarten der verschiedenen Restaurants des Little Burj Al Arab. »Oder hast du Lust auf Austern und Meeresfrüchte?«

Sie kehrte aufs Bett zurück und küsste ihn auf den

Mund. »Nein, ich bevorzuge eine Kleinigkeit.« Ihr Kom meldete sich, die Nummer zeigte ihr, dass Rashid der Anrufer war. »Mr. Saeed?«

»Hallo. Sie sind gut in Dubai angekommen, wie mir gesagt wurde.« Rashids Stimme klang geschäftlich. »Wir haben vage Informationen zum Verbleib meines Halbbruders. Ich habe Ihnen die Daten auf Ihren Hotelaccount geschickt. Sehen Sie sich die Örtlichkeiten morgen früh an, und berichten Sie mir, sobald Sie etwas in Erfahrung bringen.«

»Tun wir, Mr. Saeed.«

»Gefällt Ihnen Ihre Unterkunft?«

»Sehr«, sagte sie. »Man könnte sich zu sehr daran gewöhnen.«

»Das höre ich gerne. Dann viel Erfolg. Ich höre von Ihnen.« Saeed unterbrach die Verbindung.

Ordog hatte indes den Account geöffnet und ließ die Informationen auf dem Trid erscheinen. Es bewies, dass Saeed großes Vertrauen in die Sicherheit des Hotels besaß. »Sieht aus wie eine Klinik«, kommentierte er die Außenaufnahmen, die teils von Satelliten, teils von herkömmlichen Kameras gemacht worden waren. Die Lagepläne des Gebäudes suggerierten, dass es keine besonderen Sicherungsmaßnahmen gab.

Tattoo glaubte nicht an den Spaziergang, den die Daten ihnen vorgaukelten, und als sie ihren Geliebten darauf ansprach, nickte er. Er hatte in seinem Leben schon genügend Runs absolviert, um zu wissen, dass selten etwas so war, wie es den Anschein hatte.

»Die Klinik liegt nicht ganz im Zentrum, aber glücklicherweise direkt in der Nähe einer alten Moschee, die von Touristen besucht wird. Wir können uns also ruhig umschauen und einen auf Touristen machen.« Er spürte, wie sich das Blut aus seinen Mundschleimhäuten mit dem Speichel mischte. »Notfalls gehe ich einfach rein und mache einen auf Schwächeanfall.« Er streichelte ihr Gesicht. »Danke, dass du mitgekommen bist.«

»Ich hatte vor, noch länger mit dir ins Bett zu gehen, Ordog«, sagte sie rau und grinste. »Meinst du, ich würde dich alleine um dein Leben kämpfen lassen?« Sie boxte ihm auf die Schulter. »Dice und die anderen Jungs meinten, ich soll dich heil zurückbringen, damit du dir im nächsten Match den Kopf von den Schultern blasen lassen kannst.«

»So habe ich mir das vorgestellt.« Er schaute sie an. »Tattoo, wenn ich diesen Run überlebe und die Therapie wirklich anschlägt, werde ich aufhören. Kein Stadtkrieg mehr, nicht mehr als Spieler. Keine Runs mehr. Ich habe keinen Bock mehr und fühle mich müde.«

»Das macht die Chemo«, sagte sie und war von seinen Plänen überrascht.

»Nein, die Chemo hat damit nichts zu tun. Es sind einfach zu viele Leute in letzter Zeit gestorben, die ich kannte. Wenn Saeed mir ordentlich was bezahlt, überlege ich mir in Ruhe, was ich mit meinem Leben anstelle.«

Tattoo schnaubte. »Was willst du denn machen?«

»Ich lass mir die elektronischen Drähte aus dem Körper ziehen und mache eine Ausbildung. Irgendwas mit …« Er zuckte mit den Schultern. »Keine Ahnung. Vielleicht bleibe ich auch in den Emiraten und helfe den Scheichs, ein Stadtkriegteam aufzustellen.«

Sie fürchtete sich davor, dass er sie fragte, ob sie ebenfalls aufhören wollte. Denn sie müsste mit Nein antworten, dafür liebte sie den brutalen Sport zu sehr. Ordog klang ein bisschen nach Nestbau, nach

Familienidylle, nach Kindern. Das kam für sie nicht infrage. »Aha. Komm, wir gehen was essen«, lenkte sie ab und ergriff seine Hand. »Danach machen wir Sauereien im Whirlpool.«

Er lachte und stand auf. »Na schön. Wir können uns auch nach dem Essen weiter unterhalten.«

»Nach dem Whirlpool«, verbesserte sie und stieg in das hochgeschlossene Kleid. Sie waren in dem Luxushotel mit den vielen feinen Menschen und Metamenschen durch ihre offensichtlichen Tätowierungen ohnehin schon auffällige Erscheinungen; daher verzichtete sie auf provozierende Kleidung und fügte sich in die Gepflogenheiten.

Das hautenge, schwarze Kleid schmiegte sich perfekt an ihre Figur. »Shit, ich sehe aus wie eine Exec«, grinste sie sich im Spiegel an und übte, ihre Metallreißzähne einigermaßen zu verstecken.

»Kleider machen Leute«, sagte Ordog und tauschte seine unauffällige Straßenkleidung gegen einen Anzug, der ihm hervorragend stand, auch wenn das Schwarz ihn noch blasser machte, als er ohnehin war. Er stellte sich hinter sie und umarmte sie. »Wir sind ein hübsches Paar.«

»Und wir werden es noch lange sein«, fügte sie hinzu. »Treten wir deiner Leukämie in den Arsch.« Sie ging zur Tür, und er kam hinterher.

Nach zu viel Sauerei im Whirlpool und zu viel Sekt begann der Tag für die beiden erst gegen zehn Uhr.

Fluchend sprang Ordog aus dem Bett und weckte Tattoo, und nach einem hastigen Frühstück ging es mit dem Toyota Keibauma, den Saeed ihnen zur Verfügung gestellt hatte, dank Autopilot zielstrebig durch Dubai-City. Sie sahen den modernen Orient mit Bankpalästen, Touristenprachtbauten, titanischen Shopping-Malls und Hotelanlagen, in die Milliarden Nuyen investiert worden waren. Alles glänzte und funkelte und erstrahlte, als wollte Dubai Japan den Rang als Land der aufgehenden Sonne streitig machen.

Nicht ein Sandkorn lag umher. Die Heerscharen von ausländischen Gastarbeitern mit ihren Maschinen putzten und wienerten, damit die Wüste keine Chance bekam, Fuß zu fassen.

Die mehrsprachigen Hinweisschilder, an denen sie vorüberfuhren, wiesen mehr als ein Dutzend Vergnügungsparks aus, sogar zwei Skihallen befanden sich darunter; und auf der ehemaligen alten Formel-1-Strecke durften nun Gäste gegen Bezahlung die Reifen quietschen lassen, Boxenluder inklusive. Das Erdöl war schon lange gegangen, jetzt sprudelte das Geld aus den Credsticks der Touristen. Die Scheichs erwiesen sich als clevere Geschäftsleute.

In der Nähe der Moschee mit dem hohen Minarett stoppte der Toyota vor einer Klinik, um die es weder eine Einzäunung noch eine Schranke vor der Einfahrt gab. Es hatte den Anschein, als sei jeder Besucher willkommen. Auf Englisch stand *Städtisches Krankenhaus* über der Pforte, Menschen gingen ein und aus; den ersten Metamenschen sahen sie erst nach einer halben Stunde.

Ordog lenkte den Wagen auf den Parkplatz neben der Moschee, von dem aus man das Gebäude gut sehen konnte. Er nahm ein Pad heraus, öffnete die Türen und tat so, als machten sie beide eine Rast und orientierten sich anhand eines Stadtplans.

»Keine Kameras, keine Wachleute«, sagte er zu Tattoo. »Das ist eigentlich zu schön, um wahr zu sein, findest du nicht?«

»Ich wette, das ist irgend so eine magische Kacke«, murmelte sie grimmig. Sie hasste Magie, fand die unsichtbare Kraft äußerst unfair, zu gefährlich und elitär. Magie machte Schwächlinge zu Übermenschen. Sie wäre die Erste, die für eine ADL-weite Erfassung und Kontrolle von Magiebegabten unterschrieb.

Er schüttelte den schwarzen Schopf. »Nein. Saeeds Informationen zufolge umgeben sie sich mit keiner Barriere. Sie haben nicht einmal einen Watcher als Aufpasser.«

»Wenn ich es nicht besser wüsste«, erwiderte sie und nahm sich eine Coladose aus der Minibar, »würde ich sagen, dass es eine verdammte Falle ist.« Sie schaute zu ihm. »Ich wüsste nur nicht, warum. Keiner von uns beiden ist so interessant, dass man es in einer Klinik in Dubai auf uns abgesehen hätte.«

»Vielleicht.« Er hob die Kamera, die ihnen ihr Auftraggeber überlassen hatte, in Richtung Moschee, betrachtete dennoch damit die Klinik. »Vielleicht rechnet schlicht keiner mit einem Runnerteam. Kann doch sein, dass es Sheiks jüngerer Bruder für unmöglich hält, dass der verstoßene Familienrest Spezialisten für die Befreiung einfliegen lässt.«

»Klingt für mich nicht überzeugend.«

Er seufzte. »Für mich auch nicht.« Er beobachtete, wie ein Krankenwagen die Auffahrt hinaufrollte. Die Türen des Gebäudes öffneten sich, und ein Notfallteam stand bereit, um den Patienten in Empfang zu nehmen. »So kommen wir rein.«

»Als Notaufnahme?«

Er deutete auf die Ambulanz. »Nein, damit. Wir organisieren uns eine der Schüsseln und fahren vor. Dann …« Durch den Sucher der Kamera beobachtete er, welche seltsamen Dinge vor sich gingen, als sich die Hecktür des Krankenwagens öffnete: Zwei Ärzte in Schutzanzügen weideten gerade einen Elfen aus! »Scheiße«, murmelte er und machte Tattoo auf den Vorgang aufmerksam.

Die Ärzte arbeiteten schnell und schnitten sicher. Herz, Lunge, alle innere Organe wurden ebenso herausgetrennt wie die Hoden und in verschiedenfarbige Boxen gelegt; zum Schluss schnitten sie die Augen heraus sowie Ohren ab und tackerten das Loch im Bauch notdürftig zu. Dass die Tür offen stand, störte sie nicht.

Pfleger nahmen die Boxen in Empfang und eilten ins Innere des Gebäudes, während der Kadaver mit einem Tuch abgedeckt und hinausgerollt wurde. Die Fahrzeugtür schloss sich, der Wagen rollte davon.

»Leck mich am Arsch«, zischte Tattoo. »Sah das für dich nach einer Organspende aus?«

»Wenn sie ihm die Ohren und die Eier nicht abgeschnitten hätten, würde ich sagen: ja.« Sie schauten sich an. »Wir werden das länger beobachten müssen.« Er rief Saeed an und teilte ihm mit, was sie gesehen hatten. »Finden Sie bitte heraus, wie viele Notdienste dieses Klinikum verrichtet und auf welche Fälle es sich spezialisiert hat. Mag sein, dass es nur ein Zufall war, was wir eben gesehen haben. Kann aber auch sein, dass da eine heftigere Sache dahintersteckt.« Er wollte das Gespräch beenden.

»Einen Elfen, sagten Sie?«, kam es von ihrem Auftraggeber.

»Ja.«

»Alles klar. Ich kümmere mich darum.« *Klick.*

Ordog hatte das Gefühl, dass der Araber mehr wusste, denn die Stimme war verräterisch ehrlich gewesen. Damit es nicht zu sehr auffiel, dass sie die ganze Zeit über nur im Wagen saßen, stiegen sie aus und gingen zur Moschee, ohne dabei die Klinik aus den Augen zu lassen, und bestiegen – nachdem sie umgerechnet zehn Nuyen bezahlt hatten – das Minarett.

Von hier oben ergab sich zum einen ein herrlicher Ausblick über einen Teil Dubais, aber auch auf den Hinterhof des Krankenhauses, in dessen Ambulanzen es zuging wie in einer antiken Fleischfabrik.

Auf dem geteerten Platz standen verschiedene Abfallcontainer, die mit Schlössern und Bedienfeldern versehen waren; das Biohazard-Zeichen prangte darauf und warnte davor, die Behälter zu öffnen.

Ordog und Tattoo warteten lange genug, dann konnten sie beobachten, wie eine Bahre nach draußen gerollt wurde, auf der ein schwarzer Sack lag. Der Mann im Schutzanzug, der die Bahre schob, drückte die Tasten auf dem Bedienfeld eines Containers, und der schwere Deckel schwang auf. Darin lagen noch mehr Säcke, mal so groß wie ein Troll, mal klein wie ein Zwerg.

Der Mann kippte den Sack einfach zu den anderen und aktivierte den Schließmechanismus, hydraulische Stempel zogen die Klappe zu und arretierten.

»Wenn du mich fragst«, sagte Ordog zu der Elfin, »läuft da was gehörig am Gesetz vorbei.« Sein Kom klingelte, Saeed meldete sich zurück.

»Ich habe mich umgehört. Das Madinah-Krankenhaus hat sich auf Metamenschen spezialisiert und kümmert sich vorwiegend um ausländische Touristen aus den UCAS und Europa«, erklärte er. »Es hat einen sehr guten Ruf, vor allem in der Unfallchirurgie.« Er klang ein wenig ratlos. »Ich verstehe nicht, warum man Ali hierher hätte bringen sollen.«

»Das werden wir herausfinden«, meinte Ordog. »Können Sie mir Statistiken dazu besorgen, Unfälle und Todesfälle pro Jahr?«

»Was hat das mit der Entführung meines Halbbruders zu tun?«

»Nichts. Aber es interessiert mich.«

»Dafür werden Sie nicht bezahlt. Kümmern Sie sich nicht um das, was dort geschieht, sondern handeln Sie zu Ihrem und dem Wohl meines Halbbruders«, wies ihn Saeed scharf zurecht.

»Ich habe verstanden«, sagte Ordog und legte auf. Er nahm sein Datapad und durchsuchte sein Adressenverzeichnis nach einer Nummer in den ADL, die er noch nie benutzt hatte. Man konnte Kom-Nummern immer gebrauchen, wie sich zeigte. »Hallo, Sheherazade«, grüßte er die Gesprächspartnerin. »Ich bin Ordog, ein Freund von Sheik.«

»Sheik? Den Namen habe ich schon lange nicht mehr gehört.« Die Frau klang, als hätte sie zehn Wasserpfeifen geraucht und anschließend mit Wodka gegurgelt. »Du bist doch der Verrückte, der in die Sox ging. Und Stadtkrieger.«

»Ja.«

»Und was machst du in Dubai-City?«, fragte sie neugierig.

»Woher …«

»Es kam in den Nachrichten.«

»Was?«

»Nein, nicht du. Aber deine Freundin, diese Elfin mit dem Eisen im Gesicht. Ein paar kleinere arabische Sender haben gemeldet, dass die Stadtkrieg-Heldin aus Almanya zu Besuch in Dubai wäre. Die Arabs sind ganz verrückt nach diesem Sport. Tja, und wo sie ist, bist auch du, was man so hört.« Sheherazade lachte leise. »Ich bin ein Fan von dir, seit mir Sheik von dir erzählt hat. Schön, dass du mal anrufst.«

Das waren ganz schlechte Neuigkeiten. Öffentlichkeit konnten sie gar nicht gebrauchen. »Ich benötige ein paar Informationen.«

»Da bist du bei mir genau an der richtigen Stelle.« Sie lachte und zog anscheinend wirklich an einer Wasserpfeife, denn es blubberte leise im Hintergrund. »Was macht Sheik? Hält er sich immer noch für einen Scheich?«

»Er ist entführt worden, und ich suche ihn«, kürzte er die Geschichte ab. »Ich brauche alles, was du über das Madinah-Krankenhaus in Dubai-City herausfinden kannst. Statistiken, Skandale, Betreiber. So schnell wie möglich.«

»Sobald ich eine Anzahlung von zweitausend Ecu auf meinem Konto habe, mache ich mich auf den Weg ins Schattenland.« Die Frau war ein Profi. Sie nannte ihm die Kontodaten und legte auf.

Er rannte die Treppe des Minaretts hinab, loggte sich vom nächsten Terminal in der Nähe der Moschee ein und tätigte die Überweisung von seinem Privatkonto aus; gleich darauf meldete sich Sheherazade wieder bei ihm.

»Okay, ich habe das Geld. Sag mir, wohin ich die Infos schicken soll.« Sie lachte, als sie hörte, dass der Account des Little Burj Al Arab verwendet werden sollte. »Oh, nicht schlecht. Hätte ich vorher gewusst, dass *du* ein Scheich bist, hätte es dich das Doppelte gekostet. Es wird eine Weile dauern.« Ihr Tonfall änderte sich, sie klang ernst. »Ich habe schon mal unverbindlich vorgefühlt. Das Madinah scheint einen großen Bruder im Hintergrund zu haben. Jemand schützt ziemlich viele Daten, die Verschlüsslungsprogramme sind nicht ohne.«

»Dann ist es mehr als nur ein Krankenhaus?«

»Die meisten Krankenhäuser sichern Patientendaten sehr gut, was man ja auch erwarten sollte. Aber das hier ist eine Nummer zu stark für herkömmlichen Datasafe.« Eine Tastatur klapperte. »Um auf deine Frage zu antworten: Es *kann* mehr als ein Krankenhaus sein, Ordog. Bis denn.«

»Bis denn.« Er senkte das Kom, trabte zum Minarett, musste natürlich erneut Eintritt bezahlen und stand nach zwanzig Minuten wieder neben Tattoo. »Es wird nicht einfach«, sagte er zu ihr.

Sie nickte grimmig und bleckte die Zähne. »Soll mir recht sein. So bleibe ich wenigstens in Übung.«

»Übrigens, du bist eine Berühmtheit in Dubai.«

»Wieso?«

»Stadtkrieg«, sagte er nur. Er erinnerte sich, dass Saeed davon gesprochen hatte, dass die Emirate eine eigene Mannschaft aufstellen wollten. »Du wurdest am Flughafen erkannt. Ich hoffe, dass sie nicht herausfinden, wo du abgestiegen bist. Du müsstest Männern in langen Kleidern Interviews geben.«

Die Elfin lachte. »Hey, nur keinen Neid.« Sie sah die nächste Ambulanz herannahen. Gespannt schauten sie vom Minarett aus zu, was dieses Mal geschah.

Aber es verlief nach allen Regeln der Krankenhauskunst. Vorsichtiges Ausladen der Patientin, ein kleines Mädchen, das zwei Infusionsschläuche in den Armen stecken hatte, dann wurde es vom Ärzteteam sofort betreut; die aufgelösten Eltern, die in Shorts, Sandalen und T-Shirts steckten, eilten hinter der Trage her und wurden von einer Pflegerin beruhigt.

Sie wollten eben das Minarett verlassen, als ein modifizierter Daf Trauma Vaggon IWS Kommando heranschwebte. Der Helikopter landete hinter dem Madinah, und zwei Männer fuhren eine schrankgroße, eiserne Transportbox zum Hubschrauber. Sie wurde sofort eingeladen, und die Maschine hob wieder ab.

»Wetten, dass das die Elfenorgane waren?«, sagte sie und schaute dem Hubschrauber hinterher.

Ordog hatte sich die Nummern seitlich auf dem Blech neben dem Heckrotor gemerkt. Die Überprüfung förderte sicherlich noch mehr Überraschungen zutage. Allmählich dachte er darüber nach, Verstärkung bei Saeed anzufordern.

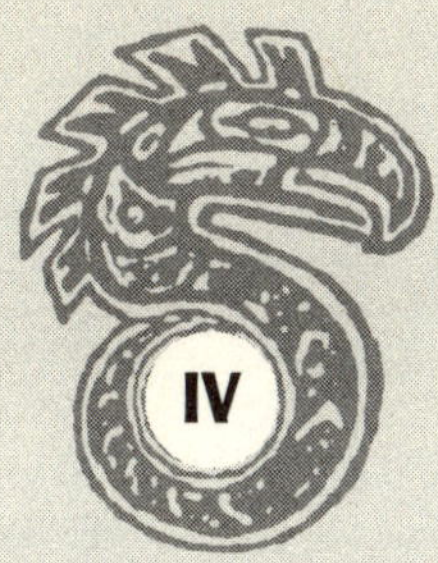

Regel 8: Der Spieler darf bei Strafe der Disqualifikation stets nur einen Caddie zu gleicher Zeit haben.
Caddies dürfen: Ausrüstung (Schläger & Waffen) tragen, Deckung geben, den Kontakt zur Spielleitung halten.
Sie dürfen weder die Lage des eigenen noch des fremden Balls verändern (weder mit den Händen noch mit Hilfsmitteln) oder den gegnerischen Spieler attackieren (weder mit Händen noch mit Hilfsmitteln).
Für jeden Verstoß seines Caddies gegen eine Regel verfällt der Spieler der jeweils anzuwendenden Strafe.

Auszug aus den All-Area-Combat-Golf-Regeln der International Double A Combat Golf Society

Vereinigte Arabische Emirate, Dubai, Dubai-City,
21. 9. 2059, 09:01 Ortszeit

Cauldron saß in dem Celebrian Terrain Geländewagen und sah zu, wie die Skyline von Dubai im Rückspiegel kleiner und kleiner wurde. Mit ihrem Team donnerte sie auf der breiten Ausfallstraße in Richtung Grenze nach Oman, schnurstracks in die Wüste. Bald bog der einheimische Fahrer ab und lenkte das Auto auf die Touristenroute nach Hatta, ihrem ersten Checkpunkt auf der Suche nach dem Lebensquell des Elementars.

Sie folgten der vierspurigen Autobahn, um sie herum türmte sich eine wunderschöne Wüstenlandschaft in allen möglichen Rot- und Brauntönen. Aus der steinigen Umgebung wurde bald eine Dünenlandschaft.

Cauldron hatte so etwas noch nie gesehen. Die Berge aus losem Sand ragten geschätzte 300 Meter in die Höhe, der Wind hatte bizarre Muster hineingemalt, die so schnell vergingen, wie sie entstanden waren.

»Können wir anhalten?« Sie wollte unbedingt eine solche Wand ersteigen, von deren Gipfel der Ausblick phänomenal sein musste.

Der Fahrer setzte den Blinker und fuhr von der Autobahn über den schmalen Standstreifen in den Wüstensand. Cauldron stieg aus und kämpfte sich die Düne hinauf, Sand rann unter ihren Schuhen davon und bewegte sich wie steifes Wasser; endlich hatte sie sich nach oben gekämpft und schwitzte gehörig in ihrem schwarzen, weiten Kleid, aber der warme Wind verdunstete die Feuchtigkeit auf der Stelle.

Es war wunderschön. Wellenkamm schmiegte sich an Wellenkamm, ein erstarrtes Meer breitete sich vor ihr aus, das nur auf den Anstoß zu warten schien, in Bewegung zu geraten.

In einiger Entfernung sah sie ein halbes Dutzend Geländewagen quer durch die Dünen rasen, die Fahrer schonten weder sich noch die Fahrzeuge. Ohne diese Störung und das breite, dunkle Band der Autobahn hätte sie an einen perfekten Ort geglaubt, in dem alles im Einklang schwang. Die Sonnenstrahlen brannten unbarmherzig nieder, und sie war froh, Sonnenmilch mit Lichtschutzfaktor 60+ dabeizuhaben. Gerade ihre blasse Haut wäre für das Gestirn ein gefundenes Fressen.

»Kommen Sie bitte zurück, Miss Peron«, sagte das Minifunkgerät in ihrem Ohr. »Wir müssen weiter.«

Widerwillig machte sie sich an den Abstieg und empfand es, als sie wieder im Wagen saß, darin unglaublich kühl. Dabei stand die Klimaanlage auf 25 Grad. »Was sind das für Deppen, die mit den Jeeps durch die Wüste jagen?«

»Neureiche Angeber und Touristen«, sagte der Fahrer. »Sie nennen es Dune bashing, und es geht einfach nur darum, durch die Wüste zu brettern und mit seinem Wagen anzugeben.« Er grinste. »Ich mache das auch, wenn Touristen es wollen. Aber die meisten kotzen – wegen des Geschaukels.« Er deutete unter ihren Sitz. »Dafür sind die Tüten. Ich habe keine Lust, die ganze Zeit den Innenraum zu putzen.«

»Ich verstehe.« Sie nahm sich den Prospekt, den sie in ihrem Hotelzimmer vorgefunden hatte. »Rätli hat sich getäuscht«, sagte sie nach hinten, wo ihre beiden Begleiter saßen: eine vercyberte, verschleierte Frau namens Barami und Dr. herm. mag. Hasher. »Haben Sie gesehen, wie diese Oase heute aussieht? Da ist keine Spur von Idylle.«

Hatta war eine kleine Oase zwischen Fujairah und Dubai, in der ein altes Fort und ein Teil der alten Häuser wieder aufgebaut wurden. Alles war auf Tourismus ausgelegt, und im Heritage Village bekam der Gast Einblicke in das traditionelle Leben vor vielen, vielen hundert Jahren.

»Viel zu viel Tourismus«, sagte Cauldron nach einem erneuten Blick über die Aktivitäten rund um die Oase. »Ich habe eine solche versteckte Lebensquelle eines Elementars noch nicht mit eigenen Augen gesehen, aber man sagt, sie würde durch einen starken magischen Schild vor Schaden bewahrt. Dieser Schild wiederum hängt unmittelbar mit der Macht des Elementars zusammen. Je stärker er ist, desto stärker der Schild. Und unser Feind ist sehr mächtig. Ich kann mir nicht vorstellen, dass jemand eine solche magische Hintergrundstrahlung beim Ausbau der Oase übersehen hätte. Die Region wurde sicherlich auf Naturgeister überprüft, nehme ich an?«

Hasher, ein dünner, schmaler Araber mit Bärtchen um den Mund, nickte. »Das sehe ich wie Sie, Miss Peron. Viel spannender ist vor allem die Umgebung, wie ich finde. Das Dorf liegt am Fuße des Hajargebirges. Das ist eine ziemlich schroffe und raue Landschaft, wo unser Dschinn ein viel besseres Versteck für seinen Lebensquelle anlegen könnte.«

»Ich schlage vor, wir halten in regelmäßigen Abständen, sobald wir uns der Oase auf zehn Kilometer genähert haben, und sondieren die Umgebung astral.« Cauldron erntete die Zustimmung des Mannes, während Barami sich darauf beschränkte, unbeweglich auf der Rückbank zu sitzen und zu warten, dass etwas geschah, was ihre Künste erforderte. Noch benötigten sie weder Waffen noch Muskeln.

Sie näherten sich Hatta.

Hasher und Cauldron verließen ihre Körper und tauchten mit ihrer Astralgestalt in den Astralraum über der Wüste ein; ein von ihr beschworener Watcher, ein niederer Geist in Form eines Flämmchens, bekam den Auftrag, sofort zu ihr zu kommen, wenn sich etwas am Fahrzeug ereignete. Hasher rief zur Sicherheit einen niederen Luftelementar herbei und gab ihm den Auftrag, Angreifer unschädlich zu machen.

Gemeinsam durchstreiften sie die Umgebung, die außer den unzähligen Auren der Besucher des Forts nicht viel zu bieten hatte. Schon gar keine magische Hintergrundstrahlung oder ein Leuchtfeuer, das auf eine starke magische Quelle schließen ließ.

Gegen Abend gaben sie auf. Sie schwebten fünfzig Meter über der Oase und zeigten dem patrouillierenden Feuerelementar, dass von ihnen keine Gefahr ausging. Vermutlich verrichtete er seinen Dienst im Auftrag der Tourismusbehörde, um über Leib und Leben der Ausländer zu wachen; einige Watcher surrten umher und taten das, was sie am besten konnten: nerven.

Erst als Cauldron kurz einen Bruchteil ihrer Macht aufschimmern ließ, zogen sie sich ehrfurchtsvoll zurück. Meistens hielt die Ehrfurcht nicht lange vor. Es war, als würde man versuchen, neugierige Affen oder junge Hunde zu erziehen.

»Wir sind hier sicherlich am falschen Ort, oder was meinen Sie, Dr. Hasher?«

Der Araber musterte den Feuerelementar. »Mit Sicherheit. Er hätte es schon längst bemerkt, wenn hier etwas Ungewöhnliches wäre.«

»Immerhin können wir Hatta von unserer Liste streichen.« Eine Sache war ihr aufgefallen. Sie hatte in einiger Entfernung und abseits der Touristenrouten etwas bemerkt wie ein Knistern und Prickeln. Es musste in der Nähe eines Wasserlochs gewesen sein. Es war ein Bereich voller Schönheit gewesen, die Natur grünte und blühte rund um den kleinen Teich inmitten der schroffen Felswände. Sie fragte Hasher nach seinem Eindruck.

»Sie meinen das Wadi, ungefähr fünfzehn Kilometer von hier?« Er schaute zur Sonne, dann auf die Menschen zu ihren Füßen. »Jetzt, wo Sie es sagen … Als ob sich einem die Haare sträuben, nicht wahr?«

»Ja.« Cauldron fühlte Jagdfieber in sich aufsteigen, warnte sich aber selbst davor, zu schnell einen Erfolg zu erwarten. Es konnte alles Mögliche sein, von einer Geisterdomäne bis hin zu einem Ort, an dem die Energien eines längst vergangenen, besonderen Ereignisses in der Erde gefangen waren. »Wir sollten es uns ansehen, bevor die Sonne untergegangen …«

»Meisterin, Meisterin!« Ihr Flämmchenwatcher schoss heran. »Es geht was vor! Es geht was vor!«

Hasher und sie eilten zu dem Punkt zurück, wo Barami und ihr Fahrer warten sollten, doch von dem Wagen gab es nichts zu sehen außer ein paar Reifenspuren im Sand. Der Elementar war ebenfalls verschwunden.

»Verdammt!«, fluchte sie und stieg auf dreihundert Meter, um einen besseren Überblick zu erhalten, konzentrierte sich auf ihren weltlichen Körper und forschte nach dem feinen, astralen Band, das Fleisch und Geist verband.

Es war ziemlich einfach, ihren Leib ausfindig zu machen; denn zum einen leitete sie ihr Gespür, zum anderen erkannte sie den Wagen zwei Kilometer westlich der Autobahn, der mit hoher Geschwindigkeit über die Dünenkronen jagte und wie ein mechanisches, radgetriebenes Blechkamel auf und nieder schaukelte. An seinem Heck klebten ein Jeep und zwei Motocross-Maschinen.

»Denken Sie, dass es Abongis Leute sind?« Cauldron nahm die Verfolgung auf und holte die Fahrzeuge spielend ein. Irdische Geschwindigkeit bedeutete im Astralraum nichts, und einen Wagen einzuholen, der sich mit geschätzten achtzig Stundenkilometern bewegte, war nicht einmal eine Herausforderung.

Hasher flog neben ihr her. »Wenn es welche sind, wäre es ein gutes Zeichen.«

Cauldron zauberte und griff auf den alten Trick zurück. Ein enges Netz aus astraler Energie entstand zwischen ihrem Fahrzeug und den Verfolgern, das für alles Lebendige undurchdringbar war.

Gegen Motorräder funktionierte der Spruch einwandfrei, während die geschlossene Kabine des Autos wie ein Faradaykäfig reagierte und die Energien ableitete. Die Menschen im Inneren waren vor der Wirkung des Netzes geschützt.

Die beiden Motorradfahrer blieben jedoch hängen, während ihre Maschinen noch einige Meter weiterrasten, ehe sie sich überschlugen und im Sand liegen blieben. Ihre Auren leuchteten noch schwach, was bedeutete, dass sie den Zusammenprall überlebt hatten.

Hasher hatte den Astralraum verlassen und war in seinen Körper zurückgekehrt, um Barami und den

Fahrer zu informieren. Cauldron sah, dass er einen Spruch formte.

Vor dem Jeep bildete sich durch sein Wirken unerwartet eine zwei Meter dicke Wand aus Sand, mit der das Fahrzeug kollidierte. Der Jeep brach zur Seite aus, verlor an Geschwindigkeit und rollte die Düne hinab, kippte zur Seite und überschlug sich mehrfach; Sand und Staub wirbelten auf.

Alles war unter Kontrolle. Cauldron kehrte in ihren Leib zurück und wurde mit den weltlichen Realitäten konfrontiert. Sie spürte ansatzlos die heftigen Erschütterungen des Fahrzeuges, das mit hundert Stundenkilometern über die Dünen raste, und hopste in ihrem Sitz auf und nieder.

Sie atmete tief ein und aus, um sich wieder an das leibliche Dasein zu gewöhnen, dann öffnete sie die Augen und hielt sich an den Griffen des Armaturenbretts fest.

»Zurück«, befahl sie. »Die Jungs werden uns ein paar Fragen beantworten.«

Das Auto verlangsamte seine Fahrt, beschrieb einen großen Bogen und näherte sich der Unfallstelle. Sie stiegen aus.

Barami hielt ihre AK-97K bereit. In ihrem verschleierten Outfit sah sie wie eine der Selbstmordattentäterinnen aus, die man in Propaganda-Trids oder in den Nachrichten gezeigt bekam.

Ein Mann und eine Frau in Straßenkleidern krochen unter dem umgestürzten Jeep hervor, beide waren mit Uzis bewaffnet.

Die Runnerin hob ruckartig das Gewehr, zielte kurz und feuerte scheinbar sinnlos auf die Dünenkrone, aber von dort erklang ein leiser Schrei, dann rutschte ein Mann in einer Lederkombi den losen

Sand herab. »Einer der Motorradfahrer«, sagte sie kühl. »Er hat auf uns angelegt.«

Cauldron askennte die Überlebenden vor sich, betrachtete ihre Auren und stellte fest, dass der Mann hochgradig vercybert und die Frau eine mittelprächtige Magierin war. Vorsichtshalber blieb sie mit einem Teil ihrer Sinne im Astralraum, um zu überprüfen, was die Magierin machte. »Legen Sie die Waffen in den Sand, und heben Sie die Arme«, sagte sie langsam. »Sollten Sie irgendeinen Trick versuchen, sind Sie tot.«

Der Vercyberte tat, was sie verlangte, während die Magische urplötzlich zu einem Spruch ansetzte.

Cauldron wollte ihren Versuch mit einem Präventivschlag unterbinden, aber die Gegnerin war schneller als sie und errichtete eine Barriere um sich herum, die sie und den Vercyberten vor magischen Attacken schützte. Cauldron wunderte sich, dass sie unterlag. Früher, vor ihrer Schwangerschaft, wäre ihr das nicht passiert.

Aber es gab ja noch Dr. Hasher. Ein Blitz brachte die Barriere zum Zerspringen, und Cauldron schickte die Magierin daraufhin mit einem Schlafzauber in den Sand.

»Du scheinst der Vernünftige von dem Haufen zu sein«, sagte Cauldron zu dem Vercyberten auf Englisch und ging näher heran. Barami stand ihr zur Seite, während Hasher die Gegend magisch sicherte. Der Mann vor ihr sah westeuropäisch aus, steckte in Wüstentarnklamotten und hatte noch eine Pistole in seinem Schulterhalfter stecken. »Was wolltet ihr von uns?«

Er zuckte mit den Achseln. »Keine Ahnung.« Er nickte zu der schlafenden Magierin. »Unser Einsatzleiter liegt mit zerquetschtem Kopf auf der Rückbank, und die hier wusste es mal. Wenn Sie die umgebracht haben, haben Sie Pech, Lady.«

Sie kniff die Mundwinkel zusammen, holte mit dem Fuß aus und trat der Liegenden in die Seite. Die Schmerzen weckten die Frau aus ihrem Schlaf, sie krümmte sich und stöhnte. »Was wollen Sie?«, fragte Cauldron hart und zog die Pistole des Vercyberten aus dem Schulterhalfter, lud durch und richtete die Mündung auf das Bein der Frau.

»Das darf ich nicht …«

Der Schuss klang trocken und abgehackt, es dauerte lange, bis der Schall von den Dünen zurückgeworfen wurde. Die Kugel traf in den Mittelfuß, und die Frau schrie ihre Schmerzen laut hinaus.

»Sie können sich selbst heilen, hoffe ich für Sie«, sagte Cauldron unbarmherzig, und der Lauf schwenkte auf den Oberschenkel. »Mit vielen Löchern im Leib wird es nicht unbedingt einfacher.«

»Halt, nein«, ächzte die Frau und hob die Hand. »Ich bin von CMR und …«

»Ein Konzern?«

»Creative Magical Research AG«, sagte Hasher hinter ihr. »Sie gehören zu Mitsuhama Computer Technologies und haben ihren Sitz in Mannheim.«

»Woher wissen Sie das?«, staunte Cauldron.

Hasher lächelte. »Man sollte die Konkurrenz kennen.«

Wenigstens wussten sie, dass sie keine Handlanger Abongis waren, auch wenn es Cauldron lieber gewesen wäre. »Welchen Grund gibt es, dass Sie uns verfolgen?«

»Das ist ein Missverständnis«, knirschte die Magierin und gab sich Mühe, trotz der Schmerzen einigermaßen die Fassung zu behalten. »Mein Name ist Karla Knecht, ich bin Forschungsleiterin bei CMR. Wir wollten Ihnen im Namen von unserem Geschäftsführer Dr. Piller ein Angebot zur Zusammenarbeit unterbreiten, Frau Peron. Aber Ihr Fahrer und Ihr Elementar haben unsere Absicht missverstanden. Der Wagen ist plötzlich losgefahren ...«

»Frau Peron hat bereits sehr gute Geschäftspartner«, sagte Hasher, der unvermittelt alarmiert klang.

»Schöne Geschäftspartner sind das«, meinte sie und schaute zu Cauldron. »Frau Peron, Sie kennen die Wahrheit über die Ereignisse in Stuttgart nur zum Teil. Als Ihr Freund bei dem Feuer eingeschlossen wurde, da ...« Knecht langte unter ihre Jacke.

Im gleichen Moment schoss Barami der Frau in den Kopf. Blut sprühte hinter ihr in den hellen Sand und gegen das umgestürzte Auto, das Projektil durchschlug sogar noch das Seitenfenster. Knecht fiel zuckend zur Seite, ihre Aura, wie Cauldron rasch prüfte, erlosch. Tot.

»Ich dachte, sie zieht eine Waffe«, meinte Barami teilnahmslos.

Sofort kniete Hasher neben der Toten und begann, die Kleidung zu durchwühlen, aber Cauldron stieß ihn zur Seite. »Das mache ich selbst. Gehen Sie zurück zum Wagen. Wir verschwinden.« Sie fand eine ID mit dem Namen Karla Knecht, ein Visum, eine CMR-Ausweiskarte mit Magnetstreifen und einen Speicherchip, den sie vor Hasher verbarg; außerdem entdeckte sie einen Credstick mit 300 Ecu und Bargeld von umgerechnet 100 Nuyen. »Nichts Wichtiges, nur Papiere.« Sie hielt ihre Funde hoch.

»Keine Waffe?« Barami schaute ihr über die Schulter.

»Nein, keine Waffe.«

Die Runnerin schwieg zwei Sekunden, dann kam ein »Pech« unter dem Schleier hervor.

Sie stiegen in den Celebrian Terrain und ließen den Vercyberten in der Wüste zurück, über der die Sonne versank und die Dünen in blutrotes Licht tauchte. Es wurde spürbar kühler. Ein sanfter Windhauch trug die Hitze fort und wirbelte Sandkörner auf, die reibend über das Blech des Autos strichen.

»Was ist CMR, Dr. Hasher?«, fragte Cauldron unterwegs und studierte die Papiere eingehender, bevor sie diese nach hinten an den Mann reichte.

»Eine deutsche Forschungsgruppe in den Sektoren Zauberei und Alchimie. Sie haben kleinere Teams und mobile Forschungseinrichtungen, mit denen sie magischen Phänomenen nachspüren.« Hasher verwahrte die Plastikstreifen wie selbstverständlich in seiner Tasche. »Die Auswertung erfolgt in der kleinen Ark in Mannheim, die ihnen Mitsuhama hingestellt hat.« Er lächelte herablassend. »Kleine Fische, Miss Peron. Sie können Ihnen nichts bieten.«

»Da bin ich mir ganz sicher.« Sie dachte an den Chip, den sie in ihrer Weste trug. Jetzt wollte sie unbedingt etwas über ihre schweizerischen Verbündeten wissen, die ihr ganz offensichtlich etwas vorenthielten. Sie hatte in der spiegelnden Scheibe des umgestürzten Geländewagens genau gesehen, dass Hasher Barami zunickte, bevor die Runnerin auf Knecht schoss. Die eine oder andere Tatsache zu ihrer Person und zu Xavier sollte offenbar nicht ans Tageslicht kommen. »Machen wir morgen mit unserer Suche weiter?«

»Ja.« Hasher nickte erleichtert, weil die Magierin sich anscheinend keine weiteren Gedanken mehr zu dem CMR-Intermezzo machte. »Wir finden den Lebensquell, Miss Peron.« Er klopfte ihr auf die Schulter, dann lehnte er sich in den Sitz und genoss die Fahrt durch die abendliche Wüste.

Cauldron konnte es kaum erwarten, die Daten des Chips zu sichten.

Vereinigte Arabische Emirate, Dubai, Dubai-City,
21. 9. 2059, 09:01 Ortszeit

Jennings, frisch rasiert, geduscht und angekleidet, starrte auf die Informationen über seinen Schützling, die auf dem Bildschirm seines Palmtops standen. Es war eine Zusammenfassung aus dem, was Shadowland und die offiziellen Nachrichtensender über den Deutschen lieferten. Das war ungefähr so beruhigend wie eine leere Pistole mitten in einem Feuergefecht.

Er wandte sich dem Beistellbett zu, in dem Kraif lag. »Aufstehen«, sagte er halblaut. »Wir müssen reden.«

Der Com-Golfer drehte sich zur Seite und blickte ihn verschlafen an. »Was?«

»Wir müssen reden, Herr Kraif. Nachdem Sie sich gestern Nacht um das Gespräch gedrückt haben, bleibt Ihnen keine andere Wahl.« Er hatte aus seiner Option »Frühstücksbüffet« die Version »Frühstück auf dem Zimmer« gemacht, und vor genau einer Minute war alles gebracht worden, was man von dem Little Burj Al Arab erwarten durfte. Luxuriös traf es nicht einmal im Ansatz. Verschwenderisch schon eher. Er goss sich Kaffee ein, dessen Bohnen vermutlich von einer Jungfrau vom Busch gezupft worden waren, dann reichte er eine Tasse an seinen Kunden. »Sie haben mir verschwiegen, dass Sie eine ziemliche Berühmtheit sind, Herr Kraif.«

Holdo richtete sich auf und nahm die Tasse entgegen. »Nur in den Double-A-C-Kreisen …«

»Hören Sie auf mit dem Scheiß«, fiel Jennings ihm ins Wort und rutschte nach hinten, damit der Mann sah, was er alles in einer Nacht in Erfahrung gebracht hatte. »Sie werden vom BKA gesucht. Wegen Ihrer Flucht nach Dubai hält man Sie inzwischen sogar für den Mörder von Gospini. Ich persönlich finde das, nachdem ich Sie gestern gesehen habe, unmöglich. Erzählen Sie mir Ihre Version?«

Sein Kunde erzählte.

Jennings' Vermutung wurde bestätigt. »Es kommt nur ein Scharfschütze infrage. Aber der Bereich Frankfurts ist eine Tripple-A-Gegend, höchste Sicherheitsstufe. Das heißt, dass es unmöglich ist, mit einer entsprechenden Langwaffe auf das Gelände zu kommen.« Er schlürfte seinen Kaffee. »Es sei denn, einer der Banker hat den Auftrag für seine Liquidierung gegeben und ein Büro oder ein Zimmer zur Verfügung gestellt.« Er betrachtete den Mann, der klein und armselig in Unterhemd und Hose auf dem Bett hockte. Fehlte nur noch der Teddybär. »Was mich wundert, Herr Kraif, ist, dass die Polizei Sie dennoch sucht.«

»Verstehe ich nicht.«

»Die Projektile müssten beweisen, dass die Kugeln aus einem Gewehr und aus großer Entfernung abgefeuert wurden. Jemand in der Mordkommission unterschlägt entweder absichtlich Beweise, um den Mörder zu decken, oder man möchte unbedingt *Sie* verhaften.« Er schwieg und wartete, was Kraif erwiderte.

»Verhaften?« Eigentlich fiel ihm nur eine Möglichkeit ein. »Kann sein, dass die Bullen mich beim letzten Match erkannt haben und mich wegen der Com-Golferei drankriegen wollen und den Rummel nutzen, um mich zu finden.«

»Das ist eine Variante«, nickte Jennings. »Die zweite ist weniger schön.«

»Die zweite?«

»Angenommen, ein Angehöriger der Mordkommission wüsste von der Wette, die Sie ausgerufen haben. Und angenommen, er hätte ein paar Tausender auf Ihren Tod gesetzt. Wäre es nicht einfacher, Sie mit internationaler Hilfe legal suchen zu lassen und Sie bei einem *Fluchtversuch* …«, er dehnte das Wort absichtlich, »… zu erschießen?«

»Sie wissen also von der Wette.«

»Ich, die ADL und Westeuropa. Die Quote liegt bei …«, er aktualisierte die Anzeige auf dem Bildschirm, »… 1 : 31, Herr Kraif. Nach Ihrem phänomenalen Gewinn bei der Al-Lachma-Lotterie haben ein paar Koms in der ADL geklingelt.« Mitleidlos prügelte er seinem Klienten die Fakten um die Ohren. »Meine Kontakte haben nicht weniger als vier ziemlich gute Wetworker aus Sachsen gemeldet, die sich in den Flieger nach Dubai setzten.« Er schaute auf seine Uhr. »Sie landen in anderthalb Stunden.«

»Scheiße«, raunte Kraif und nippte an seinem Kaffee.

»Und wenigstens zwei Gespräche wurden mit ortsansässigen Wetworkern geführt, wie mir mein Freund Halim sagte. Ohne dabei diejenigen mitzurechnen, die einfach nur scharf auf das Los sind, das Sie in der Tasche tragen. Die Kriminalitätsstatistik beträgt in Dubai zwar nur ein Prozent, aber was bringt das, wenn dieses eine Prozent sich auf uns stürzt?« Er nahm sich ein Croissant. »Wenn ich es anders ausdrücken müsste, würde ich sagen: Die 30 000 und das Haus sind absolut angemessen für das, was mir in den nächsten Tagen bevorsteht, um Ihr Leben zu schützen.« Er hielt die Platte mit den Teilchen hinüber. »Auch eins? Essen Sie langsam und genießen Sie. Es könnte Ihr letztes sein.«

Kraifs Miene änderte sich von einer Sekunde auf die andere, er schaute entschlossener. »Ich bin der beste nichtvercyberte Com-Golfer der ADL, ich habe das Spiel in der Zeil gewonnen, ich bin mehr als einem Höllenhund entkommen und hatte Feuergefechte in den versifftesten Slums von Stuttgart«, redete er sich warm und biss in das Croissant. Er würde überleben und Mousse so dermaßen poppen, dass sie nicht mehr wüsste, wo oben und unten war. »Wir drehen den Spieß um. Ich mache die Killer fertig«, sagte er zu Jennings. »Und Sie helfen mir dabei.«

»So gefallen Sie mir schon besser, Herr Kraif. Zuversicht ist eine sehr gute Sache, und sie hilft uns ungemein.« Er schaute wieder auf sein Display. »Wann genau wollten Sie mir von den Schulden erzählen, die Sie dem Oyabun bis Ende des Monats zurückzahlen müssen?«

»Hatte ich das nicht?«

»Nein. Sie sagten nur, dass Sie Schulden bei einem Mitglied der ehrenwerten Yakuza hatten. Sie erwähnten weder Düsseldorf noch Herrn Meda, noch die hunderttausend Nuyen.« Jennings lächelte, und es sah aus, als hätte das Lächeln sich auf seinem Gesicht verirrt. »Ich bin schon etwas länger in dem Geschäft, Herr Kraif, aber glauben Sie mir, einen Kunden wie Sie hatte ich noch niemals zuvor. Und dabei gibt es jede Menge Typen, die echt Pech haben. Wie Gospini. Ich denke, dass die Kugeln Ihnen gegolten hatten, Herr Kraif.«

Das Kom auf dem Tisch summte.

Jennings hob ab und lauschte. »Nein, sagen Sie ihr, dass ich nicht da bin ... Ach, sie ist schon auf dem Weg nach oben? ... Danke.«

Da klopfte es.

Der Runner stand auf, warf sich einen prüfenden Blick im Spiegel zu, richtete die Krawatte und schloss seinen Anzug, dann ging er zur Tür und aktivierte die kleine Kamera im äußeren Türrahmen, um zu sehen, wer davor stand.

Es war eine Frau in einem unauffälligen, knielangen Kleid aus einem knitterfreien weißen Stoff mit schwarzem Muster, darüber trug sie ein passendes Sakko; die Beine steckten in hohen, weißen Schnürstiefeln. Sie fuhr sich mit den Fingerspitzen durch die kurzen schwarzen Haare und hob die Hand, um noch einmal zu klopfen.

Jennings öffnete die Tür einen Spalt. »Was willst du?«

Sie versuchte, an seiner breiten Gestalt vorbeizuschauen, aber er stand so, dass sie nichts zu sehen bekam. »Bist du allein?«

»Ich habe Kundschaft.«

»Kundschaft? Ich dachte, du machst Urlaub in Dubai-City?«

»Dinge ändern sich.«

Sie lachte bitter. »Das kannst du laut sagen, Jennings. *Menschen* ändern sich ebenso. Du bist das beste Beispiel.«

»Wird das eine deiner berühmten Szenen auf dem Flur, Alexa? Die konntest du schon immer ziemlich gut.« Seine graugrünen Augen schweiften über ihren Körper. Abschätzend, nicht begehrend, obwohl das bei anderen Männern durchaus öfter vorkam. Er hatte gelernt, dass unter der schönen Hülle ein Teufel steckte und hinter den weißen Zähnen eine schwarze, giftige Zunge lag. »Bist du bewaffnet?«

»*Ich* mache *Urlaub*, im Gegensatz zu dir.« Sie seufzte. »Komm schon, lass mich rein, damit wir über Eloise sprechen können.«

»Ach? Ich dachte, dein Anwalt hätte mir alles ausgerichtet?«

Sie verschränkte die Arme. »Das Kind vermisst dich, Jennings.«

Er überlegte, dann nickte er und trat zur Seite, sie kam ins Zimmer und schaute zu Kraif. Nach einem Lidschlag begann sie zu lachen. »Jetzt weiß ich, warum du mich nach Waffen gefragt hast.« Sie zeigte auf den Mann. »Wenn das nicht die Zielscheibe ist.« Sie reichte ihm die Hand. »Hallo, Herr Kraif. Sie haben eine gute Wahl getroffen, meinen Mann …«

»Ex-Mann, Alexa. Männer, die Frauen Unterhalt bezahlen, sind Ex-Männer.«

»… meinen Ex-Mann anzuheuern. Er ist ein Arschloch, aber seine Jobs erledigt er formidabel.« Ihre dunkelgrünen Augen musterten ihn auf eine beiläufige, unaufdringliche Weise und erfassten dennoch jede letzte Kleinigkeit. »Sie wissen, dass ein anonymer Spender ein Kopfgeld auf Sie ausgesetzt hat?« Sie lehnte sich nach vorne, ihr Parfüm wehte ihm entgegen: süß, schwer, würzig und mit einer interessanten Beimischung versehen, die an Moschus und Ambra erinnerte. »Zehntausend Nuyen, Herr Kraif. Einfach nur so.« Ihr sphinxenhaftes Lächeln machte ihm ein bisschen Angst.

»Geh weg von ihm, Alexa.« Jennings traute seiner Gattin nicht und schob sich zwischen sie und seinen Kunden. »Du wolltest über Eloise sprechen.«

»Ich gehe dann wohl besser duschen.« Kraif stellte die Tasse ab und wollte aufstehen, aber Jennings hielt ihn mit einem Wink zurück.

»Nein, bitte bleiben Sie, Herr Kraif. Glauben Sie mir, es ist ansonsten nicht meine Art, Kunden mit meinem Privatleben zu belasten, aber in diesem Fall hätte ich Sie gerne als Zeugen dabei.«

»Okay.«

»Wie du möchtest. Waschen wir unsere schmutzige Wäsche.« Alexa setzte sich in den Sessel am Fenster und schaute hinaus auf den Golf, der im Licht der Morgensonne blau strahlte, als bestünde er aus flüssigem Kobalt. »Auch wenn es dir untersagt wurde, sie zu sehen, ändert das nichts daran, dass sie ihren Vater treffen möchte.«

»Mehr als viermal im Jahr? Dein Anwalt sagte so etwas.«

»Sie liebt dich eben, wie das für ein neunjähriges Kind normal ist. Aus irgendeinem Grund hat sie noch nicht erkannt, was für ein Arsch du bist, Jennings.«

»Du bist fremdgegangen, Alexa. Nicht ich.«

Sie schenkte sich Kaffee ein, nahm die Untertasse und roch an dem aufsteigenden Dampf. »Das ist das Einzige, was mir wirklich Leid tut.«

»So?«

»Dass ich es nicht früher getan habe, Jennings.« Sie schaute ihn aus ihren grünen Augen wie eine lauernde Katze an und nahm einen kleinen Schluck. »Vielleicht hättest du dich mehr um uns gekümmert, wenn du früher gemerkt hättest, dass etwas in deinem Leben nicht so läuft, wie du willst.«

»Du hast sicher ein Angebot, das du mir machen möchtest.«

Sie kniff die Lippen zusammen. Man sah ihr an, dass es ihr gar nicht passte, ihn um einen Gefallen zu bitten. Die Siegerin kehrte zum Besiegten zurück und wurde dadurch doch zur Verliererin. »Wir können Urlaub zusammen machen, viermal im Jahr. Zwei

Wochen. Außerdem darfst du sie alle zwei Wochen an zwei Tagen abholen und mit ihr etwas unternehmen. Ausflüge über die Stadtgrenze hinaus dürfen nur mit Absprache …«

Jennings lachte. »Denkst du, ich würde Eloise entführen?«

Sie bemerkte, wie unsinnig diese Einschränkung war. »Das war der Vorschlag von Victor, meinem Anwalt.« Ihr Kom klingelte, sie hob die Hand und nahm den Anruf entgegen, stand dabei auf und ging ans Fenster.

Kraif schaute zu Jennings. »Das hätte ich nicht gedacht«, sagte er dann und bestrich sich ein Brötchen. »Dass ein Runner Probleme hat wie ein ganz gewöhnlicher Mensch.«

»Wir sind ganz normale Menschen, Herr Kraif. Abgesehen von unserem Beruf.« Er schenkte sich Kaffee ein. »Was treiben Sie eigentlich, wenn Sie kein All-Area-Combat-Golf spielen?«

»Ich arbeite bei *Tasty Soykaff's* als Aushilfe. Da kann ich mir die Zeit frei einteilen.« Er kratzte sich über die Stoppeln. »Tja, und wenn ich dank Ihrer Hilfe in einer Woche noch lebe, bin ich reich und spiele nur noch Golf.«

Alexa wandte sich zu ihnen und hielt das Kom zu. »Ich habe einen Herrn Schmidt in der Leitung, der mich eben beauftragen möchte, Herrn Kraif auszuschalten. Sein Angebot steht bei zehntausend.« Sie lächelte wieder katzenhaft. »Höre ich mehr?«

»Lass den Unsinn, Alexa. Du bist unbewaffnet.«

Sie strich das Sakko zur Seite, darunter kam eine Fichetti Security 500a zum Vorschein. »Das habe ich nicht gesagt. Aber dein Waffenkoffer ist weit weg, Jennings. Du weißt, wie schnell ich bin.«

Kraif verschluckte sich an seinem Kaffee. »Sie ist auch eine Killerin?«

»Eine verdammt gute.« Jennings versuchte abzuschätzen, wie viel Bluff in den Worten seiner Ex lag. Die Hand lag an der Hüfte, ungefähr eine Handbreit vom Griff der Fichetti. Wenn sie sich keiner neuen OP unterzogen hatte, steckten in ihr ein Alpha-Reflexbooster der obersten Liga, eine hochstufige Smartverbindung und diverse Cyberspielereien. Alles in allem stand es unentschieden mit einem kleinen Vorteil für ihn. Er war zwar nach außen hin waffenlos, hatte aber eine eingebaute Roomsweeper in seinem linken Unterarm, von der sie noch nichts wusste. »Zwölftausend Nuyen.«

»Zwölftausend«, sagte sie in ihr Kom. »Oh, Herr Schmidt, fünfzehn Riesen?« Alexa schaute ihn abwartend an. »Erhöhst du? Eloise hat sich vor kurzem ein Pferd gewünscht, und damit könnte ich ihren Wunsch erfüllen. Es wäre für deine Tochter, nicht für mich.«

»Zwanzigtausend Nuyen. Nicht mehr. Dafür passt du mit auf Herrn Kraif auf.« Er tat so, als würde er sich strecken, der linke Unterarm zeigte wie zufällig auf sie. Er würde auslösen, sobald ihre Hand zur Pistole zuckte. Es spielte keine Rolle, dass er sie einmal geheiratet und gebumst hatte, sie waren im wahrsten Sinne des Wortes geschiedene Leute. Sie dachte genauso, und das machte sie in dieser Situation sehr gefährlich.

Alexa unterbrach das Gespräch. »Sehr schön, Jennings.« Sie nahm die Hand von der Hüfte und langte in die Innentasche, nahm einen Credstick heraus und warf ihn ihm zu. »Überweise es bitte gleich. Wer weiß, ob du den Job überlebst.«

Kraif kam sich wie eine Randfigur vor, obwohl sich im Grunde doch alles um ihn drehte. Er wunderte sich, warum sich die Killerin ihrer Sache anschloss, und fragte sie danach.

Sie schenkte dem Golfer ein Lächeln. »Reputation, Herr Kraif. In unseren Kreisen zählt ein guter Ruf sehr viel. Wenn mein Ex-Mann und ich das Wunder schaffen und Sie lebend über die nächsten Stunden bringen, wird das unser Renommee gewaltig steigern. Und damit steigen die Preise bei den Aufträgen.«

Jennings transferierte das Geld und entspannte sich sichtlich, auch wenn er sich Angenehmeres vorstellen konnte, als mit Alexa wieder Seite an Seite zu stehen. Er warf ihr den Stick zu und winkte sie zu sich, dann deutete er auf den Laptop. »Das ist alles Wissenswerte. Lies es und schlage vor, was wir als Nächstes tun.«

Sie ging zu dem kleinen Tisch und studierte die Daten, dabei schenkte sie sich einen neuen Kaffee ein.

Jennings packte seinen Koffer. Der Umzug war dringend notwendig, Halim hatte einen Unterschlupf vorbereitet, der nur schwer zu finden und unmöglich zu knacken war. »Wir ziehen um«, verkündete er. »Ich habe einen alten Schutzraum gemietet aus der Zeit, als sich die reichen Scheichs aus Angst vor Raketengrüßen aus dem Irak und dem Iran eigene Atomschutzbunker in den Wüstensand gebaut haben. Stahlbetonwände, Bleimantel, eigene Luft- und Wasservorräte, Küche und Proviant für zwei Jahre«, zählte er auf. »Niemand kommt da hinein, wenn wir es nicht wollen.«

»Du traust Halim?«

»Ich traue seiner Sekretärin, die mich über alles

unterrichtet, was ihr Chef macht, wenn er denkt, er sei alleine«, korrigierte er. »Es läuft, Alexa.« Er schaute sie beim Sprechen nicht an. »Und, wie ist deine Einschätzung?«

»Ich hätte das Gleiche gemacht.« Sie leerte den Kaffee und erhob sich. »Genau das macht mir Sorgen. Die Reaktion ist zu vorhersehbar. Man wird sich nach solchen Orten wie diesem Bunker umhören.« Sie schaute wieder aus dem Fenster und verfolgte ein kleines Flugzeug, das über die Skyline von Dubai-City zog. »Es wäre besser, wenn wir in Bewegung bleiben und von einem Flieger in den nächsten wechseln. Es gibt nichts Sichereres als Flughäfen.«

»Sofern man selbst nicht gesucht wird.« Er liebte es, ihr ihren Fehler unter die Nase zu reiben. »Herr Kraif hat leider ein Problem mit der deutschen Polizei, und ich weiß nicht, wie gut die sich mit den Fahndungskräften der Emirate versteht.«

»Das sehe ich ein.« Sie ärgerte sich sichtlich.

Wieder klopfte es. Vor der Tür stand ein Livrierter in den Farben des Little Burj Al Arab, eine Hoverdrohne, auf der ein Tablett mit frischen Früchten montiert war, schwebte neben ihm. Das Frühstück sollte wohl ergänzt werden.

»Der älteste Trick der Welt, seit es Hotels gibt«, meinte Alexa mit einem Blick auf das Display und zog ihre Fichetti. »Lassen wir ihn rein?«

Jennings zoomte die Drohne größer. »Nein. Wer weiß, was das Ding eingebaut hat«, entschied er und drückte die »Sprechen«-Taste. »Was möchten Sie?«

»Verzeihen Sie die Störung. Ich bringe den Früchteteller, den der Service heute Morgen vergessen hat«, sagte der Mann beflissen.

»Stellen Sie ihn vor die Tür.«

Der Mann wusste nicht, was er tun sollte, und suchte stumm nach einem zwingenden Grund, weshalb man ihn hineinlassen könnte. »Haben Sie schon Geschirr, das ich abräumen kann?«, versuchte er es.

»Nein. Stellen Sie den Früchteteller einfach ab.«

Alexa hatte das Fenster im Auge behalten, dann packte sie Kraif bei der Schulter und drückte ihn nach unten, bevor der Mann überhaupt verstanden hatte, was sich vor dem Glas abspielte. Es ratterte laut, Hagel knallte gegen die Scheiben und versuchte, das Material zu zerstören.

»Zwei Mikroskimmer«, rief sie Jennings zu. »Sicherheitsglas. Es wird eine Weile standhalten, aber nicht ewig.« Sie rief die Zentrale des Hotels und machte sie auf den Angriff aufmerksam. Der Sicherheitsmagier würde sich gewiss der Sache annehmen und ihnen Arbeit ersparen.

Dafür schoss auch die Drohne vor der Tür los; unter ihrer Tablettkonstruktion hatte sich ein leichtes Maschinengewehr verborgen, das ratternd seine Projektile gegen die Tür und die Wand spie, um einen Durchgang zu schaffen. Der vermeintliche Angestellte hatte die Kurzversion des AK-74 gezogen und war zurückgetreten, um nicht von Querschlägern getroffen zu werden.

Jennings schüttelte den Kopf und blieb, wo er war: hinter der Tür. Er wusste, dass deren Inneres mit einer dünnen Stahlschicht und Kevlar versehen war und einem Flugzeugabsturz standgehalten hätte.

Als das MG für einen kurzen Moment schwieg, weil der steuernde Rigger erkannt hatte, dass es auf diese Weise kein Durchkommen gab, öffnete er die Tür, schnappte sich die Schwebedrohne und drehte sie in Richtung des Mannes mit dem AK. Die Salve, die dem Runner gewidmet gewesen war, kam einen Tick zu spät, und so jagten die Vollmantelgeschosse in den Livrierten und perforierten seinen Oberkörper. Jennings zog seine Predator II und feuerte in das Triebwerk des Skimmers, der sofort abstürzte und scheppernd auf den Boden prallte; kleine Lämpchen, die eben noch geblinkt hatten, erloschen.

Jennings rannte ins Zimmer und schnappte sich seine Koffer. Die Glasfront hatte wegen des Dauerbeschusses bereits erste Risse erhalten. Es würde nicht mehr lange dauern, bis die Scheibe zersprang. »Wir gehen«, befahl er.

Er begab sich an die Spitze, direkt hinter ihm folgte Kraif, und Alexa deckte den Rückzug. Sie nahmen die Treppe und entgingen dadurch dem bewaffneten Hotelsicherheitsteam, das aus dem Aufzug gestürmt kam und nach dem Rechten sehen wollte. Eilig ging es quer durch die mehrgeschossige Tiefgarage, in der die Fahrzeuge durch das Zusammenspiel von Autopilot und einem vollelektronischen Computerprogramm auf Aluminiumpaletten geparkt wurden; gabelstaplerähnliche, wendige Elektroroboter verschoben die Paletten und nutzten die Lücken optimal. Es gab keine Aus- und Einparkunfälle, keine Abgase und keine Verletzten mehr. Wenn man sich nicht unautorisiert zwischen den Maschinen bewegte, wie das die Menschen taten.

»Dort steht er«, sagte Jennings und zeigte auf einen dunkelgelben Ford Buffalo, hielt an und machte einem Bot Platz, der eine Palette vor seinen Fußspitzen vorbeimanövrierte. »Einsteigen.« Sie nahmen im Wagen Platz, der Runner befahl dem Hotelcomputer, den Wagen auszuparken.

Sofort schnurrte ein Bot heran, klinkte die Palette

ein und fuhr mit ihr in einem Höllentempo den Korridor entlang. Am anderen Ende schwenkte das Eisentor auf und ließ die Wüstensonne hereinfluten.

Jennings nutzte die Zeit, um das eigene AK-98SE zusammenzusetzen und den Granatwerfer zu montieren. Das Modell sah aus, als fasste es mehrere Mikrogranaten.

»Ein Multiwerfer«, sagte Alexa und verzog anerkennend die Mundwinkel. »Und ein AK aus der Spezialedition. Das ist so neu, dass es mein Schieber noch nicht besorgen kann.«

Klickend rastete das überlange Magazin mit der zweikammerigen Munitionsführung in den Schacht ein. »IQ-Mag. Praktische Erfindung. Per Smartlink kannst du die Kammer ansteuern, von der du gerade die Patronen brauchst.«

»Das ist doch mal vernünftig. Aber wie geht das bei einem Feuerstoß?«

»Schwierig. Du bleibst anfangs lieber bei einem Schacht, sonst kann es sich verklemmen, aber mit ein bisschen Übung kannst du auch mitten in einer Salve wechseln.«

Kraif verfolgte das Killerfachgespräch mit einer Mischung aus Staunen und Fassungslosigkeit. Andererseits, wie würden sie schauen, wenn er ihnen über die Beschaffenheit von Golfschlägern, Bällen und Tees referierte?

Vor dem Eingang schwebte plötzlich ein Skimmer, sein Maschinengewehr bestrich den Ford sofort und gönnte dem Lack eine Kugeldusche. Glücklicherweise verzichtete Jennings niemals auf ein gepanzertes Fahrzeug, nicht einmal im Urlaub.

Er beging nicht den Fehler, das Fenster runterzudrehen, um das Feuer zu erwidern. Ein verirrtes Projektil im schussfesten Innenraum wurde zu einem multiplen Querschläger. Stattdessen startete er den Wagen, schaltete den Autopiloten aus und trat aufs Gas.

Der Geländewagen schoss von der Plattform und rammte den Skimmer aus dem Himmel; in Einzelteilen fiel er auf den Asphalt, die Räder rollten über die Überreste und bereiteten ihm ein Ende.

Kraif gab sich Mühe, mit der Rückbank zu verschmelzen und so klein zu werden, dass er nicht einmal für den besten Scharfschützen der Welt zum Ziel wurde, auch wenn die Vorstellung utopisch war. »Die bescheißen«, sagte er wütend. »Ich hatte laut und deutlich gesagt, dass es sich nur um herkömmliche Killer handeln darf. Von Drohnen war niemals die Rede.«

»Es ist wie bei einer Fuchsjagd, Herr Kraif. Bevor man auf den Fuchs schießen kann, schickt man den Hund in den Bau, um den Fuchs nach draußen zu treiben.« Er beobachtete die Umgebung, doch es blieb von nun an ruhig. Fast ruhig.

»Der Sicherheitsmagier hat endlich reagiert«, sagte Alexa, die aus dem Dachfenster hinauf zum 87. Stock schaute, wo es mehrere Explosionen vor dem Fenster gab. »Er hat sehr lange gebraucht.«

Jennings schaute auf die Uhr. »Ich weiß, warum.«

»Und?«

Er steuerte den Wagen auf die Autobahn stadteinwärts und beschleunigte. Je schneller sie in Halims Bunker saßen, desto besser. »Es war Zeit für das Gebet.«

Vereinigte Arabische Emirate, Dubai, Dubai-City,
21. 9. 2059, 13:01 Ortszeit

Die Türen der Notaufnahme flogen schwungvoll auf und prallten gegen die Gummipuffer. Es knirschte bedenklich. Normalerweise öffnete sich die Tür selbsttätig, aber die Frau, die erst auf den zweiten Blick als Elfin erkannt wurde, hatte gewalttätig nachgeholfen. Sie stützte einen bleichen, blassen Mann, über dessen Oberschenkel ein breiter Schnitt verlief.

»Ich brauche einen Arzt«, rief Tattoo laut und zeigte auf die Schwester, die mit einem Pad in der Hand an ihr vorbeilief. »Rufen Sie mir einen, oder ich gehe los und zerre mir einen aus dem OP.«

Die Frau nickte und eilte davon.

Ordog humpelte zu einer freien Liege und warf sich darauf, tat so, als litt er große Schmerzen, aber sein eingebauter Schmerz-Editor unterdrückte die Signale, welche die Wunde ans Hirn meldete und sofortige Schonung verlangte.

Er sah keinen einzigen Wachmann und schaute zur Elfin, die ihm zuzwinkerte. Die Suche nach Sheik begann.

Um sie herum saßen ein halbes Dutzend Patienten, die auf Behandlung warteten; darunter befand sich nicht ein einziger Einheimischer. Die Menschen sahen entweder wie Gastarbeiter oder Touristen aus.

Eine Araberin in einem weißen Kittel über dem dunkelroten Kleid und mit einem dunkelroten Kopftuch tauchte aus einem Seitengang auf und kümmerte sich auf der Stelle um Ordog; ein Assistenzsarzt gesellte sich dazu, um zu sehen und zu lernen.

»Was ist passiert?«, fragte die Frau auf Englisch mit starkem Akzent, während sie untersuchte.

»Ein Unfall.«

Sie sah die glatten Wundränder und schaute ihn strafend an. »Ein Unfall mit was?«

»Zwei Typen mit einem Messer«, antwortete er. Die Wunde hatte er sich natürlich selbst und mit seinem eigenen Messer zugefügt. Der Schnitt verlief so, dass er keine nachhaltigen Schäden am Gewebe, den Muskeln und den Implantaten hinterließ. »Ist es schlimm?«

Das kleine Mädchen, dessen Einlieferung sie vor zwei Stunden beobachtet hatten, kam an der Hand seiner Mutter und mit einem kleinen, bunten Pflaster am Hals aus Behandlungszimmer eins. Als es die Elfin sah, leuchteten die Augen. »Schau mal, Mutter! Die sieht aus wie Tattoo, die Stadtkriegspielerin«, rief es glücklich.

»Nein, das ist sie nicht. Tattoo ist viel größer und breiter«, sagte ihr Vater und lächelte der Elfin zu, was wohl eine Entschuldigung für die Behauptung seiner Tochter sein sollte.

Sie bückte sich zu dem Kind. »Aber natürlich bin ich es«, lächelte sie und zeigte zum Beweis ihre Metallzähne.

»Ui«, staunte die Kleine. »Ich heiße Ulla. Wenn ich groß bin, möchte ich auch mal Stadtkriegerin sein, so wie du!«, schwärmte sie. »Ich sehe immer nur die Zusammenfassungen der Kämpfe, weil meine Eltern mich die ganzen Spiele nicht sehen lassen.« Sie wandte sich an ihren Vater. »Siehste? Sie ist es doch, Papi!«

Der Mann grinste verlegen. »Tut mir Leid, dass ich Sie verwechselt habe.«

»Kann ich ein Autogramm haben?« Ulla nahm einen Stift von der Anmeldung, gab ihn Tattoo und straffte ihr T-Shirt mit ihren Händen. »Einfach nur deinen Namen und *Für Ulla. Es ist wieder Kriiiieg*. Mit vier *i*, bitte.«

Die Elfin unterschrieb, obwohl sie sich nicht sicher war, dass sie einen derart jungen Fan von sich und dem Sport gut finden sollte. Doch wer Ego-Shooter auf dem Trid oder vielleicht mit SimSinn spielte, den würde der Anblick von Stadtkrieg auch nicht mehr zu hart treffen; eine gute Animation war von echten Bildern sowieso nicht mehr zu unterscheiden. Und die Jugend war immer härter im Nehmen als die Alten.

»Sie sind Tattoo?«, fragte der Assistenzarzt vorsichtig und hielt seine Freude nur mühsam zurück. »In den Sportnachrichten hieß es, dass Sie in Dubai Urlaub machen.« Er verbeugte sich vor ihr. »Sie sind einfach großartig, wenn ich das sagen darf. Ich habe ein DeMeKo-Abo im Pay-TV-Network, und ich lege sogar meine Schichten um, damit ich die Spiele sehen kann.«

Der Ärztin wurde der Rummel zu viel. »Helfen Sie mir, die Liege in Behandlungszimmer eins zu fahren«, wies sie ihn an. »Ich muss den Schnitt nähen.«

Sie rollten Ordog in den kleinen, hellen Raum, der außer dem Eingang über zwei weitere Türen verfügte. Fenster gab es keine, und das war den beiden Runnern sehr recht.

Die Ärztin zog sich Gummihandschuhe an, ihr Assistent schob den Wagen mit den Utensilien heran und knipste die OP-Lampe an, deren Lichter zum Leben erwachten. Als der junge Mann Tattoo wieder mit Fragen löcherte, herrschte ihn die Ärztin auf Arabisch an, und er verstummte beleidigt.

Ordog betrachtete zufrieden, wie die Ärztin ihre Arbeit verrichtete. »Das ist selbstauflösender, antiseptischer Faden«, erklärte sie und machte die letzten Stiche. »Er ist mit einer Heilsubstanz hergestellt worden, welche die Haut bei der Regeneration unterstützt und die Stelle lokal anästhesiert. In zwei Tagen müsste der Schnitt verheilt sein.«

»Vielen Dank.« Er zog seine Predator, die unter seiner Jacke verborgen lag. »Nun möchte ich, dass Sie mir ein paar Fragen zu einem guten Freund beantworten. Wir suchen Ali Reza Abolhassan. Er ist ein sehr guter Freund von mir. Wo ist er?« Er spuckte einmal mehr einen roten Speichelklumpen aus und traf über einen Meter hinweg genau ins Waschbecken.

»Ich … Wer?«, stammelte sie und wollte rückwärts gehen, aber er packte ihre Hand und hielt sie fest.

Tattoo hatte darauf verzichtet, eine Waffe zu zücken. Sie vertraute auf die Wirkung von Ordog und beschränkte sich darauf, bedrohlich auf den jungen Arzt zu wirken. Und es wirkte sehr gut.

»Wir wissen, dass er in Ihrer Klinik behandelt wird, ein Araber«, er beschrieb ihn knapp, »und er hat eine neue Form der Leukämie. Wissen Sie nun, wen ich meine?«

Sie biss sich auf die Lippen, schaute zu dem Assistenzarzt, dann zu den Türen, hinter denen Freiheit oder zumindest vielleicht Hilfe wartete. »Ich weiß, wen Sie meinen«, antwortete sie langsam. Er sah ihr an, dass sie fieberhaft nach einem Ausweg suchte. »Er liegt im elften Stockwerk, Intensivstation.«

»Das Gebäude hat nur eins.«

»Untergeschoss«, sagte sie dann. »Wir haben wegen der Hitze in die Tiefe gebaut und nicht in die Höhe.«

Ordog und Tattoo wechselten einen schnellen Blick. Damit waren die Lagepläne, die sie von Saeed bekommen hatten, falsch. Das veränderte die Lage eklatant. »Wie viele Stockwerke sind es insgesamt?«, wollte er wissen.

»Siebenunddreißig.«

»Fuck«, fluchte die Elfin und stand kurz vor einem Tobsuchtsanfall.

»Bleib ruhig. Wir haben alles, was wir brauchen«, meinte er und deutete auf ihre beiden Gefangenen.

Ungefähr fünf Minuten später rollte eine Liege mit einem Sauerstoffzelt aus Behandlungszimmer eins, geschoben von einem Mann in Kittel mit einem Mundschutz; neben ihm ging die Ärztin, die plötzlich sehr groß und dünn aussah, und auch sie trug einen Mundschutz.

Im Zelt auf der Liege zeichnete sich unter dem Tuch der Umriss einer Frau ab, das Gesicht war zugedeckt. Ein Dutzend Infusionsflaschen hingen an Halterungen ringsum, zwei Maschinen, auf denen Anzeigen rauf und runter liefen, waren zwischen die Füße des Patienten gelegt worden. Ein Gewirr aus Kabeln und Schläuchen verschwand unter dem Tuch, und wer immer dieses Bild sah, gewann die feste Überzeugung, dass es der Patientin sehr, sehr schlecht gehen musste.

Sie verschwanden im Aufzug, der Assistenzarzt drückte den Knopf mit der 11, ihre Fahrt abwärts begann.

»Ich lache mich kaputt, wenn das klappt«, sagte Ordog undeutlich hinter der Maske hervor.

»Und ich schlage dich kaputt, wenn es nicht klappt«, drohte Tattoo ihm leise, sodass nur er es hören konnte. Sie ging davon aus, dass es im Lift Kameras und Mikrofone gab. »Wir hätten uns Unterstützung von Saeed holen sollen.«

Sie schwiegen fortan. Unbehelligt gelangten sie tiefer in das Madinah, glitten an allen möglichen medizinischen Abteilungen vorbei, wie ihnen das Display verriet, und dann stoppte der Fahrstuhl. Die Anzeige verkündete »10« und »Sicherheitscode eingeben«.

»Ich werde Sie erschießen, wenn Sie mir den falschen Code gegeben haben«, raunte sie der Ärztin zu, die sie unter das Tuch gepackt und mit einem Lokalanästhetikum an Armen und Beinen betäubt hatten. Sie wandte sich zu der Schalttafel und tippte die genannte Zahlenkombination ein. Butterweich fuhr der Lift an und hielt kurz darauf auf Station elf: *Intensivmedizin*.

Die Tür öffnete sich und erlaubte den Runnern einen Blick in eine Krankenhauswelt, die so vollkommen anders aussah als das, was an der Oberfläche geschah. Zwei gepanzerte Gardisten standen hinter der Anmeldung und warfen ihnen professionell misstrauische Blicke zu. Hinter ihnen begann die eigentliche Intensivstation, die mit zahlreichen Schleusen auf dem Korridor ausgestattet war.

Tattoo hielt den Ausweis hoch. »Zurück«, sagte sie zu den Männern. »Wir haben eine Frau mit einem Schock und einer ansteckenden Krankheit, irgendein ausländisches Fieber.«

»Weswegen reden Sie Englisch, Dr. Dilar?«, fragte der rechte Mann verwundert.

Sie deutete auf das Sauerstoffzelt. »Wegen der Patientin. Es beruhigt sie, wenn sie ihre Sprache hört.« Sie gab Ordog das Zeichen, die Liege weiterzuschieben. »Schicken Sie mir den Oberarzt in den Schockraum. Es ist ein heikler Fall.«

Der Wachmann nickte und aktivierte sein Kehlkopfmikrofon, um ihre Anweisung weiterzuleiten.

Tattoo grinste hinter ihrer Maske. Allmählich entspannte sie sich sogar ein wenig. Wenn sie jetzt noch den Schockraum fand, war alles in Ordnung. »Hey, Sie«, rief sie einen Pfleger an, der ihrer Einschätzung nach nicht arabischer Herkunft war. »Bereiten Sie den Schockraum für die Patientin vor.«

Der Mann sah sie und das Zelt irritiert an, dann lief er los, und Ordog folgte ihm einfach. Leichter konnte es fast nicht mehr sein. Im Schockraum angelangt, schauten sie sich rasch um, schlugen den Mann bewusstlos, legten ihn auf ein freies Bett und warteten neben der Tür, dass der Oberarzt erschien.

Das geschah nach knappen drei Minuten.

Auch er sah alles andere als orientalisch aus, oder aber seine Vorfahren hatten Bekanntschaft mit einem plündernden Kreuzfahrer gemacht, der seine Gene munter in der Fremde verteilt hatte. Noch blonder konnten Haare gar nicht sein, und der Name Bannings plus britischem Akzent machte die Vermutung zur Gewissheit.

»Es ging nicht schneller, entschuldigen Sie, Doktor«, sagte er und schaute irritiert auf das Sauerstoffzelt. »Aber … das ist ja vollkommen fehlerhaft aufgebaut.« Er schaute zu Tattoo. »Sie sind nicht Dr. Dilar.« Er hob den rechten Arm und wollte den Panik-Knopf an seinem Armband-Kom drücken, da traf ihn auch schon die Faust der Elfin gegen den Unterkiefer und warf ihn gegen die Wand. Da sich Tattoo ihre echten Arme gegen eiserne, stärkere hatte ersetzen lassen, war ein Hieb von ihr wie eine Begegnung mit einem Vorschlaghammer.

Dr. Bannings hatte Mühe, sich auf den Beinen zu

halten. Tapfer stemmte er sich gegen die Benommenheit, dann gaben die Knie doch nach und knickten ein. Er sackte auf den gekachelten Boden.

Die Elfin umfasste schützend den Panikknopf und riss den Oberarzt am Handgelenk in die Höhe. »Wir wollen wissen, wo wir Ali Reza Abolhassan finden«, raunte sie drohend. »Es ist mir ein Leichtes, Ihren Arm aus dem Gelenk zu reißen, und ich stehe momentan ziemlich unter Stress. Also, keine Scheißspiele.« Er öffnete den Mund, aber sie unterbrach ihn. »Sagen Sie nicht, wir würden einen großen Fehler machen. Wir sind es gewohnt, große Fehler zu machen. Also?«

Ordog, seine Predator im Anschlag auf die Tür, erwartete dennoch, dass in einer Sicherheitszentrale ein Mann auf den Monitor schaute und gleich Alarm auslöste.

»Ich weiß nicht, von wem Sie sprechen«, sagte der Arzt leidend und unverständlich, weil seine Gesichtshälfte anschwoll. Ein riesiger Bluterguss bildete sich an der Stelle, wo ihn die Faust getroffen hatte.

Tattoo nahm einen Hochdruckinjektor, der geladen auf der Ablage lag, und hielt ihn an den Hals des Mannes. »Keine Ahnung, was drin ist, Doktor Bannings, aber ich sehe gleich, wie es wirkt, wenn Sie nicht sofort sagen, was wir hören möchten.« Sie knurrte. »Und was machen Sie mit den Metamenschen? Wem gehört das Krankenhaus?«

Bannings wurde bleich. »Ich zeige Ihnen, wo Patient 0963 liegt«, bot er leise an. »Tun Sie mir nichts. Ich habe Familie.«

»Und Sie haben eine Lebensversicherung, oder?« Ordog spürte einen leichten Schwindel, die Nebenwirkungen der vielen Medikamente, die durch seinen Körper rasten. »Dann ist Ihre Familie ja abgesichert, wenn Sie draufgehen.«

»Wo müssen wir hin?« Tattoo zog den Injektorkopf zurück.

»Auf Ebene 23. Wir haben ihn verlegt.« Er schaute ängstlich zwischen ihnen hin und her.

Sie trat zurück. »Bauen Sie das Sauerstoffzelt richtig auf und dann los. Ein falsches Wort, und Sie sind ebenso hinüber wie Dilar. Noch ist sie nur betäubt, aber das können wir schnell ändern.«

Bannings nickte. Kurz darauf verließen sie den Schockraum und schoben das Alibibett zurück zum Fahrstuhl.

Mit Bannings an ihrer Seite stellten die Gardisten keine Fragen. Ohne Zwischenfall gelangten sie auf Ebene 23; zuvor musste der Oberarzt den Computer des Fahrtstuhls jedoch mittels Retinascan und einer neuerlichen Codeingabe überzeugen, sie tiefer hinunterzufahren.

Als sich die Türen des Lifts öffneten, standen dieses Mal vier Gardisten in Vollpanzerung davor, unter der Decke schwebten zwei Mikroskimmer im Standby-Modus. »Guten Tag, Dr. Bannings«, kam der blecherne Gruß aus den kleinen Lautsprechern des Helms. Das Visier war undurchsichtig, machte den Gardisten zu einem Neutrum oder einem roboterhaften Wesen. »Grund Ihres Aufenthaltes auf Ebene 23?« In der Linken hielt er ein Pad.

»Schweres Gentherapie-Trauma und Kreislaufschock«, log der Arzt souverän. »Ein Neuzugang. Ich transferiere die Akte gleich auf den Rechner.«

Der Gardist regte sich nicht; anscheinend hatte er die Außenkommunikation abgeschaltet und funkte mit der Zentrale. »Okay, Sie können rein, Dr. Bannings«, verkündete er, und das schwere Schott hinter den Gepanzerten öffnete sich mit einem Zischen.

Sie gingen in die Schleuse und warteten, bis die Reinigungsprozedur abgeschlossen war. Antibakterielle Luft wurde eingeblasen und gleich wieder abgesaugt, dann durften sie ihren Weg fortsetzen.

Ordog kämpfte mit dem Schwindel und klammerte sich an die Liege, obwohl er sich am liebsten zu Dilar unters Sauerstoffzelt gelegt hätte. Aus diesem Gefängnis entkamen sie nur mit sehr, sehr viel Glück. Aber sie hatten mit dieser subtilen Methode mehr Erfolg als mit einem Runnerteam. Nicht auszudenken, was passiert wäre, wenn sie das Madinah blindlings gestürmt hätten.

Viel Aufwand, vermutlich viele Tote und kein Sheik. Totales Fiasko.

Tattoo bemerkte sein leichtes Schwanken. »Geht es noch?« Er nickte.

Nach den Gardisten erwartete sie ein komplettes Notfallteam, bestehend aus zwei Pflegern und zwei Ärzten, die ebenfalls alles andere als arabisch aussahen und in Schutzanzügen steckten. »Dr. Bannings, was haben Sie Schönes für uns?«, meinte ein Mann, auf dessen Schildchen De Nevall stand. »Wie kommt denn Ihre Abteilung an einen Gentherapie-Schock?«

»Eine Touristin«, log er. »Sie hatte sich vor ihrem Urlaub einer Gentherapie unterzogen und wohl die Sonne Dubais nicht vertragen.« Er deutete auf das Sauerstoffzelt. »Kann sein, dass sie sich in einem Nomadencamp irgendeine ansteckende Krankheit eingefangen hat, deswegen habe ich das Zelt aufgebaut.«

»Super«, meinte der andere Mann sarkastisch. »Am besten mutiert die Kacke noch. Als ob es hier nicht gefährlich genug wäre.« Er deutete auf eine Tür, über der ein grünes Lämpchen leuchtete. »Da hinein. Der ist frei.«

Ordog schob an, ein Pfleger half ihm dabei, die Liege in den Raum zu manövrieren.

Tattoo hatte inzwischen einen einfachen, aber brutalen Plan gefasst. Geiselnahme. Sie würde so viele Ärzte wie möglich zusammentreiben, ihnen ein paar Fläschchen mit Genmaterial um den Hals hängen und drohen, auf sie zu schießen, wenn man sie bei ihrer Flucht aufhielt. Aber erst mussten sie Sheik finden. Sie hatte keine Kameras entdeckt, vermutlich gab es auch keine. Es sah alles nach nicht erlaubten Experimenten aus, für die besser keine Beweise existierten.

Sie zog ihre Waffe. »Bitte steigen Sie aus den Schutzanzügen, und legen Sie sich auf den Boden«, befahl sie und zwang den kräftigen Pfleger mit einem schnellen Schlag auf die Kacheln. »Niemandem wird etwas geschehen.« Sie schaute zu Bannings. »Geben Sie ihnen was, das sie ruhigstellt, aber bewegungsfähig hält.«

»Dr. Dilar, haben Sie den Verstand verloren?« De Nevall starrte sie an. »Was glauben Sie, was General Genetics mit Ihnen macht?«

»Das ist nicht Dilar«, sagte Bannings, während er der Pflegerin, die aus dem Anzug gestiegen war, etwas injizierte. »Das sind Runner, die sich für Patient 0963 interessieren. Bitte, steigen Sie aus dem Anzug.«

Der namenlose Arzt machte plötzlich einen Hechtsprung in Richtung des Alarmknopfs an der Wand. Aber die Elfin war schneller, erschien vor ihm, fuhr ihren Unterarmsporn aus und rammte ihm die Spitze durch den Anzug in den Bauch. Röchelnd fiel er und hielt sich das Loch in der linken Seite.

»Selbst schuld«, meinte sie. »Ich habe absichtlich auf die linke Seite gezielt, damit Sie den Treffer überleben.« Sie zeigte mit dem blutigen Sporn auf De Nevall. »Aussteigen. Sofort. Und dann kommen Sie mit uns.«

Ordog setzte sich auf den Abstelltisch, zog seinen Mundschutz aus und sah, dass er auf Nasenhöhe rote Flecken bekommen hatte. »Scheiße«, fluchte er und spuckte aus. Er nahm sich ein Stück Watte und schob es sich ins Nasenloch, dann legte er einen neuen Mundschutz an und folgte Tattoo, die mit De Nevall zur Tür ging. Im Vorbeigehen schlug er Bannings nieder, der in der Zwischenzeit alles Personal und sogar den Verletzten betäubt hatte.

Zu dritt marschierten sie den Flur entlang und erweckten den Anschein, Kollegen zu sein.

»Was immer Sie wollen, Sie kommen damit nicht durch«, sagte De Nevall leise. »General Genetics wird Ihnen nicht erlauben, 0963 einfach mitzunehmen.«

»Warum nicht? Sie haben ihn ja auch einfach mitgenommen«, erwiderte sie leichthin, die Umgebung und den angeschlagenen Ordog im Auge behaltend. »Weswegen eigentlich? Umbringen wollen Sie ihn vermutlich nicht.«

Er schüttelte den Kopf. »Kann es sein, dass Sie keine Ahnung haben, was Sie im Begriff sind zu tun?«

»Stimmt. Für mich zählt nur die Befreiung. Der Kon, der hinter der Entführung steckt, ist mir scheißegal. Ich habe schon andere Dinge überstanden.«

Vor einer Tür mit einem Biohazard-Zeichen blieb De Nevall stehen, 0963 stand auf dem Schild. »Wir sind da.«

»Machen Sie auf«, forderte sie.

Er regte sich nicht. »Ich unterbreite Ihnen ein Angebot. General Genetics zahlt Ihnen dreißigtausend Nuyen und lässt Sie unbehelligt entkommen, wenn Sie auf der Stelle umdrehen und in den Fahrstuhl steigen.«

»Nein«, sagte Ordog und spürte, dass ihm wieder Blut aus der Nase lief. »Wir haben andere Pläne.«

»Mein Arbeitgeber auch«, lächelte De Nevall. »Fünfzigtausend? Für jeden von Ihnen? Und Sie sagen uns, wer Sie geschickt hat.«

»Aufmachen«, wiederholte Tattoo und rempelte ihn leicht an, sodass er gegen die Schaltfläche taumelte. Er tat, was sie wollte, absolvierte den obligatorischen Retinascan, und die Tür aus Hartplastik fuhr zur Seite.

Sheik lag in einem Bett und schaute Trid, in seinem Arm steckten zwei Infusionsschläuche. Er war vollkommen kahl, wohl eine Folge der harten Therapie, die er über sich ergehen ließ, um die Leukämie zu bekämpfen. Er schaute zur Tür. »Dr. De Nevall, was machen Sie denn hier?«, fragte er und klang dabei kein bisschen feindselig; fast schien es, als freute er sich über den Anblick. »Haben Sie die neuen Laborwerte?«

Der Arzt deutete auf die beiden Begleiter. »Nein. Wir haben zwei Besucher, die Sie entführen wollen.«

Ordog zog den Mundschutz herab. »Hoi, alter Fakir«, lächelte er. »Wir holen dich raus.«

»Ordog!« Der Mann strahlte ihn an. »Die Propheten mögen gesegnet sein, dass sie mich dich sehen lassen! Da werde ich nach was weiß ich wie vielen Tagen wach, und dann sehe ich dich! Was für eine Freude.« Er deutete auf sein Bett. »Sorry, aber ich kann nicht aufstehen. Bin noch zu schwach.« Er grinste. »Aber dem Krebs zeige ich es. Was war das mit der Entführung?«

Dem Runner kam das Verhalten merkwürdig vor.

Für jemanden, der gefangen gehalten wurde, reagierte der Magier zu gelöst. »Du bist entführt worden ...«

»Wie entführt? Echt entführt?« Er schaute verwundert zu De Nevall. »Nein, bin ich nicht, oder? Sie haben mir vorhin gesagt, ich bin aus dem Krankenhaus verlegt worden, weil mir dort nicht mehr geholfen werden konnte.«

»So war es auch«, bestätigte der Mediziner. »Die beiden Individuen, die Sie offenbar kennen, sind der festen Ansicht, dass wir Sie gegen Ihren Willen festhalten. Sagen Sie denen, dass Sie bleiben wollen, oder ich kann für den Erfolg Ihrer Therapie nicht garantieren«, tröpfelte er Gift in den Verstand des Magiers.

»Sheik, dein Halbbruder hat uns geschickt. Er dachte, du wärst von deinem jüngeren Bruder entführt worden und dass man dich umbringen will«, erklärte er rasch und setzte sich neben ihm aufs Bett. Hastig wischte er sich den Blutfaden unter der Nase weg. »Die Leute haben dich entführt und in deinem alten Krankenhaus ein Blutbad angerichtet, um dich zu bekommen.«

Sheik durchbohrte De Nevall mit seinen Blicken. »Wen hatte ich am Kom, als ich mit meinem Halbbruder gesprochen habe?«, verlangte er zu wissen.

»Es war Ihr Halbbruder«, beschwichtigte ihn der Arzt. »Glauben Sie mir, Ihre Freunde wurden unter Vorspiegelung falscher Fakten von einem unserer Konkurrenten geschickt, um Sie uns zu entreißen.«

»Halten Sie die Schnauze«, zischte Tattoo und richtete die Pistole auf seinen Kopf. »Kein Wort mehr.«

Ordog beschrieb den Mann, der ihnen den Auftrag erteilt und sie nach Dubai gebracht hatte, die Bilder, die ihnen gezeigt worden waren, und erzählte die Geschichte, die sie gehört hatten.

»Ja, das war Rashid«, sagte der Magier entgeistert. »Scheiße, dann haben Sie mich doch entführt!«, rief er wütend zu De Nevall. »Das kostet Sie Ihren Kopf!«

Der Arzt knirschte mit den Zähnen. »Sie kommen nicht raus.«

»Darauf wette ich.« Tattoo schaute zu Ordog. »Okay, gleiches Spiel wie vorhin. Wir verlegen jetzt Patient 0963 nach oben. Und De Nevall wird uns dabei helfen, oder der Schaden für General Genetics wird riesig.«

Sie klemmten die Leitungen ab, schoben Sheik in seinem Bett auf den Flur und machten einen Zwischenstopp im Behandlungsraum, wo das betäubte Personal lag. Das Bett luden sie mit Gasflaschen voll und verwandelten es damit zu einer rollenden Bombe. Es würde die Entschlossenheit unterstreichen, lebend aus dem Madinah zu entkommen oder lieber bei dem Versuch zu sterben. Mit Kabelbinder, die sie in der Schublade fanden, verbanden sie ihre Geiseln mit dem Bettgestänge. Ihre Flucht konnte beginnen.

Tattoo küsste Ordog leidenschaftlich. »Wir schaffen es. Und wir besiegen deine Leukämie.« Sie blickte ihm fest in die Augen. »Versprich es mir.«

Er schluckte sein eigenes Blut. »Ich verspreche es dir, Tattoo.« Dann drückte er den Türöffner.

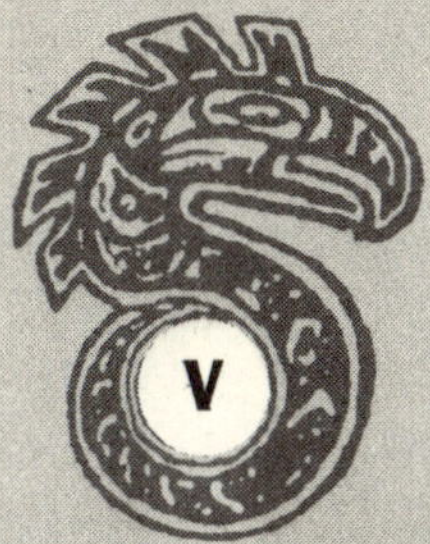

Regel 11: Ein Spieler darf das Spiel nicht unterbrechen, es sei denn, die Spielleitung hat das Spiel ausgesetzt; er sieht Blitzgefahr als gegeben an; er benötigt eine Entscheidung der Spielleitung über eine zweifelhafte oder strittige Einzelheit; oder aus anderem zwingenden Grund wie plötzliches Erbrechen, Unwohlsein o.ä.
Schlechtes Wetter, Polizei, Gardisten, Ganger und Critter als solche o.ä. sind kein triftiger Grund für Spielunterbrechung.
Anmerkung: Verlassen des Platzes ist keine Spielunterbrechung.
Stirbt einer der Kontrahenten im Verlauf des Spiels, gilt die Partie für den Übriggebliebenen nicht als automatisch gewonnen. Er muss einlochen.

Auszug aus den All-Area-Combat-Golf-Regeln der International Double A Combat Golf Society

Vereinigte Arabische Emirate, Dubai, Dubai-City,
21. 9. 2059, 22:01 Ortszeit

In der Welt der Konzerne durfte man niemandem vertrauen. Keinem Menschen, keinem Metamenschen, keinen Bildern, keinen Informationen – wenn man sie vorher nicht mindestens durch zwei bis drei weitere Quellen hatte verifizieren lassen.

Cauldron saß in ihrem neuen Hotelzimmer und hatte über das Hotel-Kom zwei Verbindungen ins Schattenland geöffnet. Auf der einen sandte sie den Inhalt des gefundenen Speicherchips an einen Decker, der für sie online prüfte, ob die Aufnahmen manipuliert waren; auf der anderen hatte sie ihre Schieberin Grave am Kom und unterhielt sich über die verschlüsselte, abhörsichere Leitung. Der überraschende Wechsel der Unterkunft garantierte ihr, dass es keine Abhörwanzen gab. Jedenfalls noch nicht. Ihr Essen, köstlich duftende Tortellini arrabiata, hatte sie noch nicht angerührt.

Grave war eine gute Freundin aus London, die ihre Vorliebe für Gothic und das Dunkle teilte; dementsprechend schminkte sie sich auf untot: viel weißes Puder, Permanentkajal und Lidschatten gaben ihr eine geisterhafte Erscheinung, und das dünne Gesicht machte sie im Halblicht zu einem erschreckenden Anblick. »Was kann ich für dich tun, Cauldron?«

Sie wollte eben etwas sagen, da bekam sie die Meldung auf das Trid, dass der Decker die gecheckten Chipdaten zurückgesandt hatte. Nach seiner Einschätzung und nach eingehender Analyse der Bits, Bytes und Bestandteile des Memorychips waren die Informationen mit einer Wahrscheinlichkeit von 98,1 Prozent nicht manipuliert. Und es war eine versteckte, geschützte Datei darauf enthalten.

»Ich melde mich wieder, Grave.« Essend las die Magierin, was die tote Karla Knecht ihr in der Wüste überlassen hatte.

Es war eine dezidierte Aufstellung, ein Flussdiagramm, in dem die Namen von unbekannten Firmen und Mini-Kons standen. Was sie sofort alarmierte, war das Kästchen mit *Kaltesch-Natal-Klinikum.*

Als sie darauf klickte und die Daten dazu abrief, erschienen Bilder der Anlage, die von einem Satelliten aufgenommen wurden, dazu verwackelte Fotos von Fluren und Krankenzimmern, auf denen verschiedene und für sie gänzlich uninteressante Details markiert worden waren.

Unter den Bildern erschien eine Aufstellung des leitenden Personals inklusive Bild, darunter auch Professor Mannli. Eben dieser Professor Mannli, so lautete ein Vermerk, hatte ein Jahr zuvor noch für German Aztechnology AG gearbeitet.

Und zwar in Labors in den Alpen, im Schwarzwald und am Kyffhäuser. »In erster Linie beschäftigte sich Professor Mannli mit Spruchforschung im Bereich Kampfmagie und der Abwehr von Magie«, las sie halblaut. Ein brillanter Kopf, den Aztech niemals hätte freiwillig gehen lassen.

Ihr wurde kalt. Sie kehrte ins Flussdiagramm zurück und verfolgte den Faden, der vom *Kaltesch-Natal-Klinikum* nach oben verlief. Über vier Stationen und kleinere Firmen gelangte sie tatsächlich zu German Aztechnology und von dort zu Aztechnology Internationale technische und magische Entwicklung (Europa) AG.

»Diese Mistkerle«, murmelte sie heiser. Wut flackerte über den Betrug auf. Sie hatte sich von Mannli die Unterlagen des ach so unabhängigen Klinikums zeigen lassen, wie die Finanzierung funktionierte, wer sie förderte. Und weil alles klar erschien und er sich sogar von ihr hatte magisch überprüfen lassen, schenkte sie ihm Glauben und gab der Klinik auch noch eine Spende. Eine Spende! Ein glatter Hohn, wenn man an das milliardenschwere Unternehmen Aztech dachte, das im Hintergrund arbeitete. Ihr Sohn befand sich damit in der Gewalt eines der größten und gefährlichsten Kons der Welt.

»Dieser verdammten Arschlöcher!«, schrie sie dieses Mal, packte den Teller und schleuderte ihn gegen den Trid.

Sie sprang auf, lief im Wohnbereich der Suite hin und her und zwang sich selbst zur Ruhe. Es brachte nichts, wenn sie sich aufregte und übereilt handelte.

»Ich sitze in Dubai, im Little Burj Al Arab, Grave. Ich brauche sofort ein Notfallteam in Dubai-City, drei Messerklauen und zwei Magier, am besten Initiierte. Keine Metas, die fallen hier sofort auf.«

»Oha. Das wird erstens nicht leicht und zweitens teuer.« Sie legte den Kopf schief. »Man erzählt sich, dass du neuerdings erstklassige thaumaturgische Connections zur Weltklasseliga hast. Bist du bei denen wieder ausgestiegen?«

»Grave, du sollst mir das Team besorgen.« Cauldron lächelte düster. »Keine Fragen, okay? Verpflichte sie für eine Woche, das Geld schicke ich dir nach unserem Gespräch. Und organisiere ihnen einen Anschlussflug in die Schweiz, am besten Bern.«

»Jetzt sofort?«

»Mach es einfach. Oder sag mir lieber gleich, wenn du es nicht schaffst. Ich brauche das Team dringend.«

»Ich kriege das schon hin, schwarze Schwester. Meine Kontakte sind erstklassig.« Sie erwiderte das Lächeln. »Oh, hast du schon gehört? Es hat den Snoop erwischt. Poolitzer. War das nicht ein Freund von dir?«

»Poolitzer?« Sie schaute bedauernd auf den Teller, der vor dem Trid lag. »Wann?«

»Vor zwei Tagen. Ich schicke dir eine Zusammenfassung von dem, was passiert ist. Und die neuesten Theorien dazu.« Ihre Augen schauten in die Kamera. »Ich leiere deine Bestellung an, Cauldron.«

»Danke, Grave.« Sie legte auf, orderte beim Roomservice neue Pasta und tippte die Nummer, die sie am Ende der Datei auf dem Chip gefunden hatte. Poolitzers Tod wurde durch ihre neuesten Erkenntnisse in den Hintergrund gedrängt.

»Ja?«, sagte eine männliche Stimme am anderen Ende. »Spreche ich mit Frau Peron?«

»Ja«, erwiderte sie, kaum überrascht von dem Umstand, dass man wusste, wer sie war. Vermutlich war die Ziffernfolge eigens nur für sie ins Leben gerufen worden. »Und Sie sind wer?«

»Piller, Geschäftsführer von CMR, Frau Peron. Und es freut mich, dass Sie Interesse an unserem Angebot haben.« Er klang angespannt und aufgeregt.

»Welches Angebot?«

Stille. »Hat Ihnen Frau Knecht ...«

»Frau Knecht ist tot, Herr Piller. Sie wurde von einer Runnerin exekutiert, nachdem klar wurde, um wen es sich bei ihr handelte. Aber nicht auf meinen Befehl«, unterbrach sie ihn. »Ich habe den Chip gefunden, Dr. Piller. Ich finde den Inhalt sehr bemerkenswert. Würden Sie nun Ihr Angebot wiederholen und können Sie mir sagen, was Aztech und Sie eigentlich mit meinem Sohn vorhaben?«

»Sollten wir das am Kom besprechen?«

»Kommen Sie nach Dubai und lassen sich auch erschießen?«, konterte sie.

Piller seufzte. »Nein, Sie haben Recht. Ihr ungeborenes Kind ist ein Phänomen, Frau Peron, so wie es sein Vater gewesen ist. Und zwar ein außergewöhnliches Phänomen. Antimagie, oder wie immer man die Kraft bezeichnen möchte, ist kaum erforscht. Wir würden das gerne in enger Zusammenarbeit mit Ihnen und Ihrem Kind tun, Frau Peron. In Mannheim, in unserer Ark. Und ich verspreche Ihnen, dass es keine Geheimnisse geben wird.«

»Ich weiß, dass Ihr Unternehmen zu Mitsuhama gehört und dass Sie sich mit der industriellen Verwertbarkeit magischer Phänomene befassen. Was also wollen Sie mit Anti-Magie?«

Piller ließ sich mit seiner Antwort Zeit. »Das wissen wir noch nicht, Frau Peron. Da bin ich ehrlich. Wir halten es nur für sinnvoll, diese Unterart in der Thaumaturgie näher zu untersuchen, bevor es die Konkurrenz macht.« Es klang für Cauldron, als trinke er rasch etwas. »Übrigens, ich habe noch einen Beweis, dass Ihre derzeitigen Partner nicht mit offenen Karten spielen, Frau Peron. Nehmen Sie den Chip aus dem Lesegerät, stecken Sie ihn wieder ein und geben Sie den Code ein, den ich Ihnen nenne.«

»Und dann?«

»Schauen Sie genau hin. Es ist eine kurze Trid-Datei. Ich warte so lange.«

Sie folgte den Anweisungen, gab die Buchstaben- und Zahlenkombination ein, und schon öffnete sich ein zweites Fenster, in dem wieder Satellitenaufnahmen abgespielt wurden.

Eingeblendet wurden Datum und Uhrzeit, zu sehen

war ein brennendes Gebäude inmitten eines Wohnviertels, dann blinkte »Stuttgart-Mühlhausen, Chemie-Fabrik IG ChemPetro« auf, und die perfekten Kameraaugen zoomten eine Gruppe von Leuten näher, die aus dem einstürzenden Hallenkomplex getaumelt kamen.

Cauldron erkannte sich selbst wieder, sah Simone Du Garotte, die Frau mit den kurzen schwarzen Haaren, und den Rest ihres Teams, die sie aus den Flammen gerettet hatte. Der Satellit verfolgte, wie die schwer verletzte Magierin in einen Transporter geladen wurde und das Fahrzeug davonbrauste.

Dann, und Cauldron wollte ihren Augen nicht trauen, kam ein Lkw-ähnliches Fahrzeug angedonnert, der Fahrer bremste in Höhe der Frau, die auf die brennende Halle deutete.

Die Klappe schwang auf, fünf Mann in silbernen Schutzanzügen sprangen heraus, während ein sechster sich vor den Eingang stellte. Gleich darauf wurde das Blech mit unvorstellbarer, unsichtbarer Gewalt verbogen und zur Seite geschoben. Der Magier, denn nichts anderes konnte der Mann sein, bahnte der Truppe einen Weg durch das Chaos. Die fünf silbernen Männer drangen in das Gebäude ein, dann flackerte das Bild und erlosch.

»Piller«, flüsterte sie in das Kom, »wollen Sie damit sagen, dass Xavier noch lebt?«

»Ich will Ihnen keine falschen Hoffnungen machen, Frau Peron, aber Sie haben gesehen, dass ein Aztech-Rescue-Team noch mal in die Halle ging. Leider hat unser Spionagesatellit seine günstige Bahn verlassen müssen und konnte uns den Ausgang der Unternehmung nicht übermitteln.« Piller spielte mit seinem Kugelschreiber, sie hörte es klicken. »Unsere wachen Augen und Ohren haben uns allerdings gemeldet, dass es einen Patienten gab, der mit starken Verbrennungen und inneren Verletzungen in eine mit Aztech befreundete Klinik eingeliefert wurde, der konservativ, also ohne Heilmagie, behandelt werden musste.« Er holte Luft. »Mein Angebot, Frau Peron: Wir finden heraus, ob es sich dabei um Ihren Mann handelt, und helfen Ihnen, ihn aus den Händen von Aztech zu befreien, wenn Sie zu uns nach Mannheim kommen. Es wäre so etwas wie eine Familienzusammenführung. Ich möchte Sie nicht drängen, also entscheiden Sie sich bis … sagen wir in zwei Tagen? Meine Nummer haben Sie. Alles Gute für Sie in Dubai.« Er legte auf.

Cauldron schaute auf das Display. Sie hatte Piller absichtlich nicht korrigiert, sondern ließ ihn in dem Glauben, dass Sie immer noch schwanger sei. Erst wollte sie gründlich darüber nachdenken, was sie unternahm. Plötzlich war sie umzingelt von neuen Fakten, die alles andere als erfreulich waren.

Sie blieb bei zwei Prioritäten. Das Leben ihres Sohnes musste unter allen Umständen geschützt werden, und Abongi hatte mit dem Elementar zum Teufel zu gehen. Sie zwang sich dazu, sich erst um das zu kümmern, weswegen sie eigentlich nach Dubai gekommen war; schon allein, um ihre eigentlichen Auftraggeber in Sicherheit zu wiegen. Der unangekündigte Umzug hatte sie gewiss nervös genug gemacht.

Sie legte sich auf die Couch, schloss die Augen und trennte ihre astrale Gestalt von ihrem Körper, um in den Astralraum einzutauchen und auf Reisen zu gehen.

Die Watcher des Little-Burj-al-Arab-Sicherheitsdiensts reagierten äußerst gereizt, als sie durch den Stahlbeton nach außen trat; ein Luftelementar schob sich ihr in den

Weg und hielt sie auf, und schon schwebte die astrale Projektion eines Mannes heran.

»Frau Peron, dürfte ich Sie bitten, in Zukunft vorher in der Hotelzentrale Bescheid zu geben, wenn Sie eine astrale Reise unternehmen möchten. Sie wurden beim Einchecken auf diese Pflicht hingewiesen«, sprach er höflich, aber bestimmt. »Wir würden es außerordentlich bedauern, wenn es zu einem Unfall käme, obwohl uns durch eine unangemeldete Projektion kein Vorwurf gemacht und keine Schadensansprüche geltend gemacht werden können.« Er verneigte sich vor ihr. »Ich wünsche Ihnen eine angenehme Reise. Wenn Sie aus touristischen Gründen in den Astralraum eingetaucht sind, versäumen Sie nicht, einmal über die Wüste zu fliegen. Es ist ein magischer Ort, vor allem bei Nacht.«

»Danke sehr.« Sie flog an dem Elementar vorbei, der es sicherlich mit den Wesen, die sie beschwören konnte, an Kraft aufnahm. Sie verbesserte ihre Gedanken selbst und sofort: Früher hatte sie solche mächtigen Elementare beschwören können. Vor ihrem Sohn. Heute benötigte sie die Unterstützung von Aztech, um ihre Rache an Abongi und dem Elementar zu vollenden.

Sie orientierte sich an der Autobahn, die als totes graues Band in der Wüste lag, und hielt auf Hatta zu. Die Strecke, für die sie am Tag anderthalb Stunden benötigt hatten, legte sie in irdische Zeit umgerechnet in wenigen Sekunden zurück.

Der Sicherheitsmagier hatte Recht behalten. Bei Nacht wirkte die Wüste noch geheimnisvoller; die Dünen wurden vom Wind bewegt, schlängelten sich Sandkorn um Sandkorn vorwärts und marschierten unaufhaltsam voran, genau auf Hatta zu. Fast sah es so aus, als besäßen die Berge aus Sand eigenes Leben.

Sie suchte den Punkt in der Nähe von Hatta, den sowohl Hasher als auch sie als auffällig markiert hatten. Aber es war nicht leicht, sich in einer zerklüfteten, nur von Gestirnen beschienenen Gegend, wie sie um die Stadt herrschte, zurechtzufinden, zumal sie erst ein einziges Mal hier gewesen war.

Dann entdeckte sie die Gestalt, die einsam durch die Wüste marschierte. Die Aura war so einmalig, dass Cauldron sie sofort erkannte: Abongi!

Die Gestaltwandlerin stapfte ohne Licht, ohne Ausrüstung, nur in ihren Kleidern quer durch das unwirtliche Gelände und hielt genau auf ein Wadi zu.

Vorsichtig, damit sie nicht bemerkt wurde, umrundete Cauldron Abongi und verspürte über der versteckt gelegenen, grünenden Wasserstelle wieder dieses seltsame Kribbeln, das über das Gefühl einer einfachen Hintergrundstrahlung hinausging. Es war ein seltsamer Ort, der mit Sicherheit magisch sein musste, ohne sich aber durch ein intensives astrales Leuchten, wie es beispielsweise bei einem Artefakt oder einem Zauberspruch der Fall war, zu verraten.

Sie hörte die Schritte der Gestaltwandlerin, und eilig schwebte sie hinter einen großen Felsbrocken. Aus seinem Schutz heraus beobachtete sie, wie die Frau auf der Klippe über dem Wadi stehen blieb und aus ihren Kleidern schlüpfte. Nackt und vom schwachen Mondlicht beschienen, stand sie auf dem Vorsprung und drückte sich schwungvoll ab.

Ihr Sprung war elegant. Sie tauchte wie eine Klinge ins klare, noch warme Wasser des Wadis ein, ohne dass es besonders viel spritzte. Prustend erschien sie nach wenigen Lidschlägen in der Mitte und schwamm mit kräftigen Zügen an den Sandstrand des linken Ufers.

Sie stieg aus dem Wasser, legte sich nackt in den

Sand und verwandelte sich in die schwarze Löwin, schüttelte die Tropfen aus dem Fell und leckte sich die Pfoten, dann senkte sie den Kopf auf die Vorderläufe und schloss die Augen.

Cauldron beherrschte sich. Sie ließ sich nicht dazu hinreißen, einen magischen Angriff gegen Abongi und den Elementar zu starten. Auch wenn die Gelegenheit günstig wirkte, ohne Beistand war sie ihrer Todfeindin unterlegen.

Sie benötigte zumindest die Unterstützung von Hasher und einem Trupp, der das paradiesische Wadi in Schutt und Asche legte oder es auf eine andere Weise zerstörte, um damit auch die Macht des Elementars, des Dschinns, zu brechen. Danach war Abongi nur noch eine Gestaltwandlerin, die in dem beschworenen Feuerballzauber Cauldrons zu Asche zerfallen würde. Sie brauchte ihre derzeitigen Verbündeten also noch.

Cauldron flog einen großen Bogen, warf einen letzten Blick auf die schlafende, schwarze Löwin und raste so schnell sie vermochte nach Dubai-City zurück, wo die eine oder andere magische Barriere um Hochhäuser und Gebäude flirrte.

Ohne Schwierigkeiten kehrte sie in ihr Zimmer zurück, fuhr mit ihrem Astralleib in ihren fleischlichen Körper zurück und gönnte sich einige Minuten, um sich von der Anstrengung zu erholen.

Dann richtete sie sich auf und wählte Hashers Nummer. Sie schaute dabei auf die Uhr und lauschte auf die schräge Wartemelodie, die an wahnsinnige Klarinettenspieler erinnerte, denen man beim Musizieren offenbar noch Schmerzen zufügte. 00:21 Uhr.

Es dauerte sehr lange, bis Hasher an sein Kom ging. »Ja?«, murmelte er.

»Verzeihen Sie die Störung, Dr. Hasher. Ich habe gute Neuigkeiten«, sagte sie. »Ich war noch einmal in der Wüste, bei Hatta.«

»Und?«, ächzte er dösig und versuchte, seine Aufmerksamkeit auf sie zu richten. »Haben Sie die Stelle wiedergefunden?«

»Ich habe das Wadi gefunden. Und Abongi.«

»Was?« Jetzt klang der Magier sehr wach. »Wo?«

»In dem Wadi. Sie ist darin geschwommen und schläft dort. Wenn Sie mich fragen, gönnt sie sich gerade so etwas wie eine Auszeit oder einen Urlaub.« Cauldron entdeckte die kalten Tortellini, die während ihrer Reise auf ihr Zimmer geliefert worden waren, und schob sie in den AutoChef, um sie zu wärmen. Sie verspürte einen riesigen Hunger. »Wie sieht Ihr Plan aus, Dr. Hasher?«

»Vorgesehen war, dass ich das zweite Spezialistenteam aktiviere und wir das Wadi vernichten, solange Abongi in der Weltgeschichte unterwegs ist und wir freie Bahn haben.« Er klang immer munterer. »Das können wir vergessen, wenn sie dort ist. Einen Elementar auf seinem eigenen Grund und Boden anzugreifen ist keine gute Idee.«

»Kommt darauf an. Wir brauchen eine Ablenkung«, spann sie den Gedanken fort. »Wie lange benötigen Ihre Spezialisten, um alles vorzubereiten?«

»Zuerst müssen wir genau festlegen, wo die Grenzen des Lebensquells sind, danach berechnen wir die benötigte Menge an Sprengstoff und bringen die Ladungen so an, dass wir die Gegend nachhaltig zerstören«, zählte er auf. »Der Lebensquell besitzt eine enorme Widerstandskraft, die über das natürliche Maß der Umgebung hinausgeht. Das bedeutet, dass schon ordentlich C12 zum Einsatz kommen muss.« Er schwieg.

»Diese Widerstandskraft hängt direkt mit der Macht des Elementars zusammen. Wie hoch schätzen Sie diese ein?«

»Enorm hoch«, antwortete sie und sah zu, wie die Tortellini auf dem Teller zu dampfen anfingen, und schnell holte sie ihr Essen heraus, um es vor Ungenießbarkeit zu bewahren. »Haben Sie überhaupt so viel Sprengstoff?«

»Lassen Sie das unsere Sorge sein, Frau Peron.«

»Ich weiß, Sie haben mir in dem Plan die Rolle des Lockvogels zugedacht.«

»Wir verstehen uns, Frau Peron. Sicher, ich könnte es selbst übernehmen, aber bei Ihrem Anblick wird Abongi vermutlich eher anbeißen, um es auf diese Weise auszudrücken. Sobald die Verfolgung losgeht, beginnt Team zwei seine Arbeit.«

Cauldron hätte vor dem Gespräch mit Piller von CMR keinen Verdacht bei Hashers Worten geschöpft, aber nun könnte diese Ablenkungsaktion sehr gut von ihm und seinen Hintermännern hervorragend dazu genutzt werden, sie auf einfache Art loszuwerden. Aus der Sicht des Kons war es logisch: Sie hatten ihren Sohn und vermutlich ihren Mann; Aztech brauchte sie nicht mehr, sie konnte im Kampf gegen den Elementar ruhig sterben. Aus ihrer eigenen Sicht war das jedoch Verrat. »Wie viel Zeit benötigen Sie?«

»Verschaffen Sie uns eine halbe Stunde«, bat Hasher. »Ich rufe Sie wieder an, sobald wir einsatzbereit sind und der Tanz beginnen kann.« Er stutzte. »Von welchem Kom rufen Sie denn an, Frau Peron?«

»Ich bin in ein anderes Zimmer umgezogen«, sagte sie knapp, ohne weiter auf den Wechsel einzugehen.

»Weshalb das denn?«

»Die Aussicht gefiel mir nicht«, wich sie aus. »Lassen Sie mich nicht zu lange warten. Habe ich Zeit, mir noch einen Feuerelementar zur Unterstützung zu beschwören?«

»Das ist nicht notwendig. Ich lasse Ihnen genug Hilfe zukommen, Frau Peron. Überanstrengen Sie sich vor der Begegnung mit Abongi nicht. Ich möchte nicht, dass Ihnen etwas zustößt.« Er klang ehrlich besorgt.

»Danke, Dr. Hasher. Ich erwarte Ihren Anruf.« Sie legte auf und aß ihre Nudeln, die mit einer orientalischen Gewürzpaste gefüllt waren und höllisch auf der Zunge brannten.

Da musste sie wieder an Poolitzer und dessen Vorliebe für vollkommen überschärften Döner denken. Wieder ein Bekannter mehr, der nicht mehr unter den Lebenden weilte. Er hätte ihr sicherlich eine Unsumme dafür bezahlt, bei dem Kampf gegen Abongi mit seiner Kamera dabei sein zu dürfen.

Sie lud sich Graves Daten zu seinem Ableben runter und überflog sie. Und tatsächlich spürte sie ein bisschen Wehmut in sich. Poolitzer hatte sie genervt, keine Frage, aber vollkommen auf sein Gesicht, seine Storys und seine unnachahmliche Art verzichten zu müssen fand sie sehr schade. Das Straßenleben verlor eine schillernde Persönlichkeit und einen Gerechtigkeitsfanatiker, der Sauereien der Kons ans Licht gezerrt hatte. Nicht dass sich dadurch die Erwachte Welt verändert hätte, aber die Schwankungen in den Aktienkursen taten selbst großen Firmen weh. Anscheinend war es eine der Firmen leid gewesen, sich noch mehr in die Karten schauen zu lassen. Peng und weg. Problem erledigt.

Ihre Probleme dagegen begannen erst noch.

Sie spülte die letzten Stückchen Nudeln mit einem

Glas Milch hinab, dann rief sie in der Sicherheitszentrale des Little Burj Al Arab an, um den Magier über das in Kenntnis zu setzen, was sie gleich zu tun gedachte. Sie hasste es nämlich, von Sprinkler- oder Halongaslöschanlagen bei ihren Beschwörungen unterbrochen zu werden.

Vereinigte Arabische Emirate, Dubai, Dubai-City,
21. 9. 2059, 13.47 Ortszeit

Die Tür öffnete sich, und sie schoben ihr Gefährt mit den Geiseln in den Gang, hatten ihre Waffen gezogen und gingen langsam auf die Schleuse zu, hinter der der Lift in die Freiheit wartete.

Das polierte Cromargan-Stahlschott öffnete sich lange, bevor sie es erreichten. Vor ihnen marschierten die Gepanzerten auf, die FN-HAR-Sturmgewehre auf sie angelegt, fächerten auseinander und bildeten einen Halbkreis.

»Bleiben Sie stehen«, verlangte eine scheppernde Stimme, die aus den Helmlautsprechern des Mannes rechts außen drang. »Sie werden den Komplex nicht verlassen.«

Tattoo schaute zur Kamera, die aus der Decke ausgefahren war und sie genau im Sucher hatte. »Ziehen Sie Ihre Gardisten zurück, oder ich schieße auf die Gasflaschen. Keinen magischen Hokuspokus.« Zur Bekräftigung ihrer Drohung drehte sie den Hahn der Flasche auf, die mit dem Explosiv-Zeichen bedruckt war. »Und falls einer von Ihren Leuten auf die Idee kommt zu feuern, geht alles in die Luft. Ärzte, Labor, wertvolle Patienten und deren Krankengeschichte.« Sie nickte Ordog zu, der die Liege ungerührt weiter auf die Gepanzerten zu schob.

Das Sicherheitsteam zog sich auf einen unhörbaren Befehl, der über die interne Kom-Einrichtung des Helms erfolgt war, zurück und gab den Weg zur Schleuse frei.

Sie gehorchten sogar, als Tattoo ihnen befahl, die

Gewehre auf den Boden zu legen und sie zu ihnen zu schieben. Sie nahm sich zwei, Ordog und Sheik bekamen ebenfalls eins. Nun waren sie wenigstens mit guten, durchschlagkräftigen Waffen ausgestattet. Ihre Zuversicht stieg noch mehr.

Der nächste kritische Punkt von insgesamt zweien stand ihnen bevor: die Schleuse. Hier konnten die Sicherheitsrigger alles Mögliche versuchen, von Gaseinsatz bis Vakuum, um sie zu überwältigen.

»Keine Tricks«, drohte sie noch einmal unmissverständlich und öffnete, als sie sich in der Kammer befanden, einen weiteren Hahn.

Die Tür fuhr mit einem leisen Surren zu, klackend verriegelte sie sich. Ansonsten geschah nichts.

Tattoo lud durch und hielt den Hülsenauswurf neben das Ventil, aus dem zischend das Gas entwich. »Auf drei gibt es ein Feuerwerk. Eins …«

Ein lautes Knacken ertönte, wie bei den Kernspinthomografen, dann wurde die Elfin ohne Vorwarnung blind. Ein einziger Schmerz raste durch ihren Körper und überlastete ihre Rezeptoren, lähmte sie, und dann gaben die Beine nach, ohne dass sie etwas dagegen tun konnte. Sie stürzte und verlor im Fallen das Bewusstsein.

Tattoo erwachte, weil etwas an ihrer rechten Seite zerrte. Sie hielt die Augen geschlossen, um dem Feind nicht zu verraten, dass sie bei Bewusstsein war.

»Verdammte Scheiße!«, fluchte ein Mann. »Diese Runner! Bei denen sitzt nichts mehr dort wie bei einem normalen Lebewesen. Wenn man nicht die Datei besitzt, in denen die ganzen Eingriffe aufgezeichnet sind, ist man rettungslos verloren.« Bestecke klirrten, es blubberte, dann schoss ein greller Schmerz durch ihre Eingeweide. »Ah, okay, ich habe die Leber entdeckt. Sie liegt hinter irgendwelchen Leitungen. Fangen Sie schon mal oben an.«

Eine Hand berührte ihren Kopf und drehte ihn nach rechts zur Seite, dann spürte sie einen kalten, spitzen Gegenstand an ihrer Ohrmuschel. Es wurde Zeit, dass sie etwas unternahm.

Sie öffnete die Augen, sah das erstaunte Gesicht eines Mannes und schlug mit der linken Faust zu, dabei gab sie dem Sporn in ihrem Unterarm den Befehl, aus seiner Hülle zu gleiten. Der Sporn blieb, wo er war, aber wenigstens verpasste sie ihm einen Treffer ins Gesicht; ächzend wankte er rückwärts und fiel gegen die Wand.

Tattoo richtete sie auf und schrie, weil ein heftiger Schmerz in ihrer Bauchhöhle tobte. Sie lag nackt auf einem Stahltisch, ihre rechte Seite war geöffnet worden, und ein Mann in einem grünen OP-Kittel starrte sie voller Angst an. An seinen Gummihandschuhen lief Blut herab. *Ihr* Blut!

»Du Wichser!« Ihre Adrenalinpumpe sprang an, die künstlichen Hormone schossen in ihren Kreislauf. Die Elfin schickte den Mann mit einem mörderischen Hieb zu Boden, sie hörte ein leises Knacken, und der Kopf des Mannes ruckte so weit nach rechts, dass es nicht mehr gesund sein konnte.

Sie schaute auf den Schnitt, aus dem ihr Rot quoll. Wenn er sich wirklich schon an ihrer Leber zu schaffen gemacht hatte, war es nur eine Frage von Minuten, bis sie verblutet war.

Sie rutschte von der Liege, schnappte sich den Mann, der ihr das Ohr hatte abschneiden wollen, und zerrte ihn auf die Beine. Um alles noch schlimmer zu machen, sah sie unvermittelt für zwei Sekunden nichts mehr, dann war wieder alles wie vorher. Erst der Sporn, jetzt die Augen. Ihre Cyberware hatte eine massive Fehlfunktion.

»Mach es zu«, schrie sie ihn an und hielt ihm ein Skalpell an den Hals.

»Ja, ja«, keuchte der Mann und vernähte mit zitternden Fingern den Schnitt.

»Hat er die Leber angeschnitten?«

»Nein, wir haben noch gesucht«, antwortete er ängstlich, eingeschüchtert von ihrem Metallgebiss und ihrer Gleichgültigkeit, obwohl sie unendliche Qualen verspüren musste. Er sprühte eine Heiltinktur auf, damit die Fleischränder verklebten.

»Was wolltet ihr mit meiner Leber und meinen Ohren?« Sie nahm einen Tacker vom Beistelltisch. »Klammern«, befahl sie. »Ich will nicht, dass die Wunde aufgeht.«

Er gehorchte. »Wir ... wollten sie für einen Kunden.«

Sie packte ihn mit der anderen Hand an der Kehle. »Meine Ohren für einen Kunden?« Tattoo erhob sich und ignorierte das Ziehen, der Schmerzeditor und das Adrenalin filterten das störende Gefühl und verringerten die Intensität.

Sie entdeckte Boxen, auf denen Beschriftungen wie Augen, Galle, Milz, Ohren, Leber, Herz, Lunge und andere Organe standen. »Was geht hier vor?«, knurrte sie und stieß ihm das Skalpell unter die linke Achsel; er jaulte auf und konnte sich nicht aus dem stählernen Griff befreien. »Sag es, oder ich schlitze dir die Arterie auf!«

»Asien«, kreischte er schrill. »Asien! Wir liefern Metaorgane nach Asien für die neo-traditionelle Medizin. Trollhoden gegen Impotenz, Elfengalle gegen

Fieber- und Augenleiden, Elfenherzen für ein langes Leben …«

Sie stach zu und ließ den verblutenden Mann auf den Boden gleiten, dann schleuderte sie die Behälter nach ihm, die Deckel öffneten sich und gaben den Inhalt frei. »Such dir was, was gegen Ausbluten hilft«, rief sie hasserfüllt und zog dem Mediziner, dem sie das Genick gebrochen hatte, Hose, Hemd, Schuhe und Kittel aus, um ihre Blöße zu bedecken.

Tattoo verfluchte ihre Adrenalinpumpe. Zu viel Stresshormon hatte sie wieder durchgehen lassen wie ein ungestümer Stadtkrieganfänger; dabei hätte sie den Mann und dessen Informationen noch benötigt.

Aber das Schicksal sandte ihr eine neue Chance in Form einer jungen, mit einem Overall bekleideten Frau, die eintrat und gelähmt auf die Toten starrte. Da hatte sie die Elfin bereits am Hals gepackt und gegen die Wand gedrückt. Leider hatte die Frau keine Waffen bei sich.

»In welchem Stockwerk bin ich?«, zischte sie.

»Erdgeschoss«, flüsterte ihre Gefangene.

»Was wird hier gemacht?«

»Die Organe werden entnommen und für den Transport mit dem Helikopter vorbereitet.«

»Wo ist der Mann, der mit mir zusammen die Forschungsabteilung überfallen hat? Und Patient 0963?« Tattoo verstärkte den Druck. »Ich habe überhaupt nichts mehr zu verlieren, du schon«, erinnerte sie die Frau.

»Der Patient wurde verlegt. Er befindet sich auf dem Weg zum Flughafen. Und Ihr Freund liegt im Zimmer nebenan und wird gerade vorbereitet.«

»Vorbereitet?«

»Keine Ahnung, ehrlich!«, krächzte sie. »Die Ärzte haben was von Leukämie und Glücksfall gesagt.«

Tattoo glaubte ihr, dafür war die Angst zu deutlich in den Augen zu erkennen. »Gut. Ganz ruhig, Kleine. Du bringst mich und meinen Freund hier raus, ohne Aufsehen. Wir gehen zu deinem Wagen und ...«

»Ich habe keinen Wagen. Ich bin die Hubschrauberpilotin.« Sie strich die Haarsträhne zur Seite und zeigte ihr zwei Buchsen in der Schläfe, die Schnittstellen für das Interface der Steuereinrichtung.

Das war natürlich noch besser. »Los. Und wenn du schreist, steche ich dich nieder wie den anderen.«

Sie traten auf den Gang, und die Frau zeigte Tattoo den Raum, in dem Ordog lag. Davor stand ein gepanzerter Gardist, der von der Elfin jedoch spielend leicht überwältigt wurde. Er hatte mit dem Angriff nicht gerechnet und bekam nicht einmal die Chance einer Gegenwehr. Mit gebrochenem Genick rutschte er an der Wand nach unten.

Tattoo nahm das Sturmgewehr, ließ die junge Frau die Tür öffnen und stieß sie hinein.

Zwei Frauen in weißen Kitteln sahen die Bedrohung und duckten sich sofort, ein Pfleger stand mit zwei Injektoren in der Hand über den nackten Ordog gebeugt und schaute unschlüssig umher. Doch die beiden Gardisten am Eingang wirbelten herum und schossen nach zwei Sekunden, die sie zur Orientierung benötigten, trafen allerdings nur die bemitleidenswerte Pilotin, die von den Kugeln durchsiebt wurde.

Die Elfin lag bereits am Boden unter einem der Stahltische und feuerte unter ihrer Deckung heraus auf die Beine der Gardisten, der Ärztinnen und des Helfers. Schreiend stürzten die Menschen, und unbarmherzig hielt Tattoo weiter auf sie drauf. Es gab keinen Grund, Gnade zu gewähren.

Erst als sich keiner mehr rührte, hörte sie mit dem Beschuss auf, wechselte das Magazin und stand auf. »Ordog?« Ihre Augen schweiften über den Körper des Mannes, an dem sie keine sichtbaren Verletzungen erkannte. So weit, so gut. Nach zwei kräftigen Ohrfeigen flatterten seine Lider, und er schaute sie verwirrt an.

»Tattoo«, raunte er und drehte den Kopf. »Wo ...«

»Hoch«, befahl sie. »Nimm dir was zum Anziehen und ein Gewehr und dann raus, bevor die magische Kavallerie anrückt und uns den Arsch grillt. Sie wollen Sheik ausfliegen. Wir müssen zum Flughafen.« Sie zerschoss einige Behälter, auf denen das Zeichen für Feuergefährlichkeit prangte, dann zündete sie die Flüssigkeit an. Eine Sekunde darauf jaulte der Alarm los.

Ordog schlüpfte in einen Kittel, der an der Wand hing, und nahm sich ein FN HAR, dann rannten sie gemeinsam hinaus.

Um sie herum herrschte plötzlich Leben im Korridor. Patientenbetten wurden aus Zimmern gerollt, Ärzte und Pfleger liefen umher, evakuierten sich und die Kranken. In dem Durcheinander fielen Tattoo und Ordog zunächst nicht auf, sie folgten dem Strom zum Hinterausgang, schwenkten dann aber nach links zur Landeplattform des IWS Kommando-Helikopters. Verwundert stellten sie fest, dass es inzwischen Nacht geworden war.

»Was machst du denn?« Ordog konnte es nicht glauben. »Kannst du das Ding fliegen?«

»Nein. Aber der Autopilot kann es.«

Zwei Gardisten tauchten hinter einem Mauervorsprung auf und legten auf sie an. Aber die Elfin beharkte sie mit einer gezielten Garbe, schickte einen tot auf den Boden und zwang den anderen nach einem Schultertreffer zurück hinter die Mauer. Sie hatten damit Zeit genug, um in die Maschine zu steigen und den Rotor zu starten.

Wieder hatte Tattoo einen Aussetzer. Ihr rechter, künstlicher Arm blieb mitten in der Bewegung stehen, als hätte jemand den Strom abgeschaltet. Nach zwei Sekunden führte er den Handgriff zu Ende. »Fuck, schon wieder.«

Sie gab dem Autopiloten den Befehl, den Flughafen von Dubai-City anzusteuern. Der IWS Kommando erhöhte die Drehzahl der Rotoren und löste sich von der Erde, die Klinik fiel unter ihnen zurück, wurde kleiner und kleiner.

Irgendetwas prasselte gegen das Bodenblech und schrammte an der Kabine vorbei. Doch die Schüsse richteten nichts aus. Wenn keiner der Gardisten zufällig einen Raketenwerfer in der Tasche hatte, gelang ihnen die Flucht.

»Elektromagnetischer Impuls. Damit haben sie uns in der Schleuse kaltgestellt«, sagte Ordog und entspannte sich etwas. Der Schweiß rann ihm aus allen Poren, er fühlte sich krank und erschöpft wie nach einem 24-Stunden-Run. »Die Ärzte haben sich unterhalten.«

Tattoo hob die Augenbrauen. »EMP?«

»Die Schleuse funktioniert anscheinend wie ein großer Generator. Sie benutzen sie, um die Systeme von vercyberten Patienten sicherheitshalber abzuschalten, bevor sie zu einer Untersuchung gefahren werden.«

»Ich hoffe, dass es keine tragbare Version von dem

Scheiß gibt. Das wäre das Aus von Vercyberungen«, murmelte Tattoo und bemerkte, dass sich eine kleine Euphorie anschlich. Nach den ganzen Rückschlägen wertete ihr Hormonhaushalt die gelungene Flucht als einen bedeutsamen Sieg.

Sie ließ sich vom Autopiloten eine Kom-Verbindung zu Saeed herstellen, und in aller Kürze schilderte sie, was im Madinah geschehen war, ohne den Organverkauf zu erwähnen. »Wir sind auf dem Weg zum Flughafen, um sie abzufangen, könnten aber noch ein Team gebrauchen, Saeed«, sagte sie. »Wir sind beide nicht mehr in dem allerfrischesten Zustand und sehen ziemlich auffällig aus.«

»Ich habe verstanden. Danke für die Information. Ich werde etwas veranlassen. Sie kehren am besten in Ihr Hotel zurück und warten, bis ich mich wieder bei Ihnen melde. Ein Arzt wird sich sofort nach Ihrer Ankunft bei Ihnen melden und Sie behandeln.« Saeed legte auf.

Plötzlich leuchtete eine blaue Lampe auf dem Display auf, der Hinweis »Manuell override« erschien, und der IWS drehte ab. Er verließ seine ursprüngliche Route, sackte um einige Meter nach unten und kehrte im Tiefflug zu seinem Ausgangspunkt zurück.

»Wir müssen raus. Ich habe keine Lust, irgendeinem Japaner oder Chinesen als Heilmittel zu dienen«, knurrte sie.

»Was ist los?« Ordog verstand nicht, was sie damit meinte.

»Später«, winkte die Elfin ab und suchte hinter dem Sitz nach einem Fallschirm.

»Vergiss es. Wir sind zu tief.« Er deutete nach vorne. »Aber da könnten wir raus.« Vor ihnen erschien der Dubai Creek als schwarzes Band in der leuchtenden Stadt, und der Höhenmesser zeigte fünfzig Meter an. »Es wird ein harter Aufprall.«

»Dann zwingen wir das Ding, niedriger zu gehen.« Sie küsste ihn. »Wir schaffen es, Ordog. Erinnerst du dich an dein Versprechen?«

»Du erinnerst mich die ganze Zeit an mein Versprechen«, gab er schwach grinsend zurück, stand auf und zwängte sich durch den schmalen Durchgang nach hinten in den Transportbereich.

Sie folgte ihm und öffnete die Seitentür. Pfeifend fuhr der Luftstrom in die Kabine und zerrte an ihren Kleidern.

»Transportwinde«, schrie Ordog ihr ins Ohr und zeigte auf die Trommel mit dem Haken und dem langen Stahlkabel. »Lassen wir uns damit runter?«

»Nein. Wir sind zu schnell. Aber ich versuche etwas anderes.« Tattoo löste die Arretierung und schleuderte den Haken nach oben.

Bei ihrem ersten Versuch wurde er vom Rotor getroffen, prallte ab und wurde wie ein Geschoss davongeschleudert; das Kabel rollte sich durch die Wucht fünf Meter ab.

»Beeil dich«, rief er. »Der Creek ist genau unter uns.«

Hastig zog sie das Kabel hoch und wiederholte den Versuch.

Dieses Mal funktionierte es.

Die Rotoren erfassten das Kabel und wickelten es auf, surrend rotierte die Winde, die Halterungen glühten auf, und ein Zittern lief durch den Leib des Helikopters; der Motor gab ein überlastetes Kreischen von sich, die Drehzahl der Blätter verringerte sich.

»Sehr gut. Wir sinken«, schrie Ordog, der die Brücken als Orientierungspunkt benutzte. »Gleich ist es so weit.«

Da straffte sich das Kabel knirschend. Es war vollständig abgewickelt, krachend riss die Trommel aus der Verankerung, schnellte nach oben, schlug den ersten Rotor in Stücke und wirbelte wie eine Bola umher. Dabei schlug sie immer wieder gegen das Kabinendach.

Der IWS Kommando geriet in Schräglage und verlor seine Stabilität. Qualm füllte den Innenraum und wurde vom Wind in den letzten Winkel gepresst. Er stank nach Öl und brannte in den Lungen.

»Raus«, rief Ordog und schleuderte Tattoo hinaus, dann sprang er hinterher und hoffte, dass es nicht mehr als zwanzig Meter bis zur Wasseroberfläche waren. Er versuchte, das Gleichgewicht zu halten und mit den Füßen voran einzutauchen, drehte sich aber um die eigene Achse.

Unter ihm trudelte der brennende Helikopter vorbei, die Rotorstummel wirbelten wie Hackmesser und sogen den Runner förmlich an. Sie wollten ihn in kleine Stückchen häckseln, schreddern und zerreißen. Er verfehlte sie knapp, prallte stattdessen mit der Schulter gegen die Abschirmung des überlasteten Heckrotors und wurde nach links geschleudert.

Der Aufschlag in den Dubai Creek empfand er als Erlösung. Über ihm explodierten die Tanks des Helikopters und machten die Nacht über dem Fluss für wenige Augenblicke zum Tag. Sicherlich standen einige Touristen auf den Brücken und hielten das, was sie sahen, für eine der vielen Shows, die man ihnen in dem einzigen großen arabischen Stadtvergnügungspark bot.

Ordog spürte, wie warm das Wasser war, in dem

die Kraft der Sommersonne gespeichert war. Denken konnte er nichts mehr, er paddelte wie in Trance, um nach oben zu gelangen. Er durfte nicht aufgeben. Das hatte er Tattoo versprochen. Paddeln, paddeln, paddeln …

Vereinigte Arabische Emirate, Dubai, Dubai-City,
21. 9. 2059, 23:01 Ortszeit

Jennings betrachtete das Ergebnis der Arbeit seiner Ex-Frau. Sie hatte Kraif eine schwarze Langhaarperücke aufgesetzt, die Haut im Gesicht und an den Händen mit einer chemischen Substanz dunkelbraun gefärbt und ihm ein Schnauzbärtchen und Kontaktlinsen verpasst. Dazu gab es einen Geschäftsanzug und ein kleines Aktenköfferchen, und schon wurde aus dem All-Area-Combat-Golfer Holdo Kraif ein veritabler Exec, der in Dubai-City unterwegs war, um Geschäfte anzubahnen und vielleicht ein wenig auszuspannen.

Jennings sah am Gesicht des Mannes, dass er sich selbst vollkommen fremd vorkam. Das war ein guter Anfang. »Herr Kraif?« Sein Kunde drehte den Kopf. »Und schon wären Sie tot.« Er nippte an seinem Wasser. »Vergessen Sie in den nächsten Tagen, dass Sie Kraif heißen. Selbst wenn Ihre Mutter im Sterben läge und man Ihr Blut bräuchte, um sie zu retten.«

»Meine Mutter ist bereits tot.«

Jennings betrachtete diese Information nüchtern von der beruflichen Seite. »Umso besser.«

Sie saßen in dem kleinen Hotelzimmer des Star of Arabia, das ihnen Halim besorgt hatte. Der versprochene Bunker musste erst noch geräumt werden, wie der Araber ihm kurz vor der Ankunft gemeldet hatte. Der letzte Benutzer hatte vergessen, sämtliche Sachen mitzunehmen. Und da es sich um »brisantes Material« handelte – mehr wollte Halim am Kom nicht sagen –, dauerte es etwas. Aber er schickte ihnen alles, was sie benötigten, um Kraif äußerlich zu verändern.

Der Runner überprüfte seine Waffen, entfernte ein paar kleine Fussel und versah sie mit ihren Magazinen. Auch wenn er sie gegen die Drohnen lediglich einmal benötigt hatte, Umsicht war nie falsch. Danach loggte er sich in die Matrix ein, benutzte mehrere Zwischenknoten des Netzes und erreichte den ADL-Schattenserver. Hier liefen die aktuellsten Neuigkeiten zusammen, darunter auch der Überfall auf seinen Klienten.

»Hier steht, dass es der Versuch eines örtlichen Runner-Teams war, anscheinend ein Haufen blutiger Anfänger«, las er Alexa und Kraif vor. »Der Rigger wurde von der Polizei anhand der Frequenz seiner Drohnen-Fernsteuerung aufgespürt und in seiner kleinen Bastelgarage erschossen.« Er las die neueste Quote: 1 : 38! Aus taktischen Gründen verschwieg er diese Zahl lieber und schaute auf sein Armband-Kom. »Die Sachsen sind gelandet und haben inzwischen ihre Ausrüstung erhalten«, vermutete er und schaute zu Alexa. »Halim hat mir gesagt, dass sie ihn als Lieferanten haben wollten.«

»Kannst du ihn nicht dafür bezahlen, dass er Ihnen entweder nichts oder Schrott liefert?«

Er schenkte ihr ein mitleidiges Lächeln. »Halim ist Geschäftsmann wie ich. Ich wollte damit sagen, dass wir wenigstens wissen, womit sie ausgerüstet werden. Das ist ein strategischer Vorteil.«

Kraif betrachtete sich im Spiegel, zog eine Sonnenbrille auf und steckte sich eine Zigarette an einem langen Mundstück zwischen die Lippen. Selbst seine besten Freunde würden ihn in diesem Outfit nicht erkennen. »Und wird er ihnen nicht sagen, wo wir sind und welche Waffen wir besitzen?«

Er wandte den Kopf zu ihm. »Nein, Herr Kraif. Ich

bin Halims Stammkunde. Die Sachsen sind sozusagen Einweggeschirr.«

»Was bedeutet das?«

»Dass man sie getrost vergessen kann. Sie ziehen gegen mich und meine Ex-Gattin ins Feld, und das, ohne hochmütig zu sein, verringert ihre Chancen, lebend in die ADL zurückzukehren. Ich habe mir ihre Files angeschaut.« Jennings warf seiner Ex das Pad zu, und sie überflog die Daten.

»Elf Einsätze, meistens Extraktionen von Kon-Männern ohne große Gegenwehr«, fasste sie zusammen und las die bekannten Cybereinbauten. »Das ist machbar.«

Jennings' Kom klingelte, und er führte ein knappes Gespräch. »Das war Halim. Die Sachsen haben eingekauft und sind auf dem Weg ins Little Burj Al Arab, um Spuren zu suchen.« Er zählte einige Namen auf, von denen Kraif annahm, dass es sich um Waffenfabrikate handelte. »Und der Bunker ist so weit. Wir können los.«

Wenig später verließen drei Geschäftsleute das Star of Arabia, stiegen in einen BMW 342LS, den Halim im Austausch für den Buffalo besorgt hatte, und fuhren davon. Jennings betrachtete das nächtliche Dubai, in dem sich die Touristen sehr wohl fühlten, vor allem die Westeuropäer und von denen wiederum diejenigen mit den etwas fetteren Ebbies.

Dubai mutierte vom Ölland zum Vergnügungspark, aber beides hatte eine übereinstimmende Eigenheit: die Kostspieligkeit. Pauschalangebote gab es selten, die Scheichs achteten darauf, dass die Besucher reich waren und damit die Scheichs noch reicher machten. Das Prinzip des Kapitalismus war von den Wüstensöhnen verstanden worden. Bald wäre Vegas selbst zu seinen glorreichsten Zeiten ein Dreck dagegen, im wahrsten Sinne des Wortes. Die traditionsbewussten Araber achteten sehr darauf, dass der Rahmen des Geschmacks und des Anstands gewahrt wurde.

Sein Kom klingelte erneut, wieder war es Halim, der dieses Mal sehr aufgeregt klang. »Vanderbilt, geben Sie auf sich Acht. Die Sachsen …« Abrupt endete das Gespräch. Jennings glaubte aber, dass er im Hintergrund die bezaubernde Fatima hatte schreien hören. Das war nicht gut.

»Jennings, wir haben Besuch«, meldete Alexa, die den BMW steuerte und in den Rückspiegel schaute. »Zwei Fahrzeuge, ein BMW Off-Roader und ein Honda Safari. Sie lassen sich abwechselnd zurückfallen, sind aber zu regelmäßig in ihren Manövern. Deswegen sind sie mir aufgefallen. Die Insassen sind Westeuropäer, wenn ich das richtig erkenne.«

Damit war der Bunker als Fluchtort Geschichte. »Die Sachsen haben sich Halim vorgeknöpft«, sagte er sachlich. »Wir müssen den Wagen loswerden. Halim hat bei allen seinen Fahrzeugen einen GPS-Peilsender eingebaut, damit sie nicht abhanden kommen.« Er schaute in den Außenspiegel und entdeckte die Verfolger. »So haben sie uns gefunden, schätze ich.« Er bedeutete Kraif, sich flach in den Fußraum zu kauern. »Halten Sie den Kopf auf alle Fälle unten. Es kann sein, dass sie trotz des dichten Verkehrs versuchen, uns auszuschalten.«

Der All-Area-Golfer nickte und machte sich so klein, dass man ihn in eine Schublade hätte stecken können.

»Achtung«, sagte Alexa. »Der Off-Roader kommt auf deiner Seite längsseits.«

Die flache Schnauze schob sich auf die Höhe des Runners, der Fahrer sah in seinem bunten Hemd und dem albernen Hütchen aus wie ein harmloser Tourist. Er schaute zu ihnen ins Auto, als suche er jemanden, dann beschleunigte er.

»Ich schalte sie aus«, sagte Jennings, als verkündete er, dass er einkaufen ginge und gleich wieder mit einem Päckchen Funsticks, Sojabrötchen und Instant-Trockenmilch zurück wäre. Er steckte sich drei Minigranaten ein, die für den Werfer am AK-98SE vorgesehen waren, und fuhr das Fenster nach unten.

Bei knappen neunzig Stundenkilometern kletterte er so sicher wie ein Affe hinaus und drückte sich ab. Im Sprung drehte er sich, bekam den Griff der Seitenschiebetür des Off-Roader zu fassen, die Schuhe landeten auf dem verchromten Trittbrett und gaben ihm bei seiner filmreifen Aktion sicheren Halt.

Einer der Söldner, die hinten saßen, hob seine Defiance T-250 und schoss auf ihn, hatte aber vergessen, dass es sich um Panzerglas handelte. Die Projektile der Schrotflinte hinterließen Unmengen von milchigen, münzgroßen Punkten auf der Scheibe, die Querschläger flogen den Männern um die Ohren.

Den Moment nutzte Jennings, um die Tür einen Spalt breit zu öffnen, eine Minigranate ins Innere zu schleudern und sich vom Trittbrett abzudrücken. Er landete auf der Motorhaube des Sportwagens, unmittelbar danach zündete die Granate.

Der Innenraum des Transporters füllte sich mit Rauch, die Scheiben färbten sich mit einem Mal rot, einige bekamen Risse, aber sie hatten der Wucht der Explosion standgehalten. Nur die seitliche Schiebetür wurde davongeschleudert, fiel auf die Straße und geriet unter das nachfolgende Auto. Dann zog der Off-Roader nach rechts, prallte gegen die Leitplanke und überschlug sich hinter ihnen mehrfach; die Insassen im Fond wurden durch die offene Tür hinausgeschleudert.

Aber schon die abgerissene Seitentür hatte ausgereicht, um eine Katastrophe auszulösen. Der Fahrer des Wagens, der das Stück Off-Roader vor sich sah, versuchte noch zu bremsen und setzte damit eine Kettenreaktion in Gang, die eine Massenkarambolage zur Folge hatte. Dutzende Fahrzeuge verkeilten sich in kürzester Zeit ineinander und machten die Autobahn dicht.

Das kümmerte Alexa wenig. Die schwarzhaarige Frau sah, wie der Honda Safari an dem rasch anwachsenden Schrottpulk vorbeizog und rasch näher kam. Jennings arbeitete sich derweil akrobatisch von der Motorhaube durchs Seitenfenster zurück auf seinen Beifahrersitz.

»Da kommen die Nächsten.« Sie sah aus den Augenwinkeln, wie er im Spiegel seine Krawatte prüfte und sie zurechtzurrte. »Das war ziemlich beeindruckend«, lobte sie.

»Danke.« Er nahm noch zwei Minigranaten hervor und warf sie in kurzen Abständen durch das Seitenfenster hinaus.

Der ersten Granate konnte der Safari noch ausweichen, die zweite detonierte exakt unter der Vorderachse des Wagens; da nutzte auch das Panzerbodenblech nichts. Die Lenkmechanik wurde beschädigt, der Honda schlug bei vollem Tempo nach rechts ein und überschlug sich wieder und wieder, bis er gegen die Mittelleitplanke prallte.

»So viel zu den Sachsen. Anfänger.« Jennings legte den Gurt an und deutete auf die nächste Ausfahrt. »Da raus. Die Verkehrspolizei wird Ü-Drohnen ausgesandt haben. Ich will nicht, dass man uns in den

Nachrichten sieht.« Er beschäftigte sich bereits mit einem Notfallplan. Halim kam als Quelle derzeit nicht in Betracht, denn wer wusste schon, wie viele Söldner sie eben ausgeschaltet hatten und wie viele noch bei dem Araber zu Hause saßen.

Alexa lenkte den BMW streng nach Vorschrift die Ausfahrt hinab. »Was machen wir jetzt?«

»Sage ich dir gleich.« Er schaute zur Skyline der Wüstenstadt und hatte eine Idee. »Wo würdest du einen Geschäftsmann am wenigsten beachten?«

»In einem Geschäftsviertel.« Sie setzte den Blinker und bog in Richtung Financial District ab, die Schilder leiteten sie unmissverständlich. »Denkst du, wir kommen mit unserem Waffenarsenal überhaupt rein?«

Sie fuhren durch eine Vorstadt, die klein, aber sauber und aufgeräumt dalag wie der Rest von Dubai-City. Es war, als gäbe es keinen Schmutz, nicht einmal eine leere Dose oder einen Pappbecher. An einer roten Ampel stoppte Alexa.

»Nicht bis in den Financial District. Aber die Bankervorstadt genügt mir, um unseren Herrn Kraif sicher zu deponieren.« Aufmerksam beobachtete er die leer gefegte Umgebung. Außer ihnen fuhren nur wenige Fahrzeuge. Das war gut für die Übersicht.

Die Ampel sprang auf Grün, der Autopilot gab zudem ein zusätzliches Piepsen von sich, damit dem Fahrer ja nicht entging, dass er fahren durfte.

»Ich bin gespannt.« Alexa legte den Gang ein und trat vorsichtig aufs Gas.

Da flog wie gerade aus dem Hyperraum materialisiert eine Ambulanz heran, hupte und krachte seitlich in die Motorhaube des Sportwagens. Sie wurden hart durchgeschüttelt. Die Airbags lösten aus, Vorstadtdubai verschwand in einem nach Gummi riechenden, grauen Ball, der gleich darauf wieder erschlaffte.

»Scheiße«, fluchte die Killerin und tastete nach ihrer linken Schläfe, die eine Platzwunde aufwies. Sie starrte auf das Blut. »Wo kam dieses Arschloch her? Er hatte keine Sirenen an, oder?«

»Nein.« Jennings' cyber- und biowaremodifizierte Natur hatte den Unfall ohne weiteres überstanden. Er schaute nach Kraif, den es mit dem Kopf voran gegen die Seitenverkleidung geschoben hatte; ein dünnes Blutrinnsal sickerte aus der Nase, und Blutergüsse bildeten sich unter den Augen. Das sah verdächtig nach Schädelfraktur aus. Was für eine Ironie, dass sie von einem Krankenwagen gerammt worden waren. »Verdammt.«

Er trat die Tür auf, die sich durch den Aufprall verzogen hatte, und stieg aus, um zu der Ambulanz zu gehen. Sie könnten sicherlich helfen; dennoch behielt er eine Hand halb unter seinem Sakko am Griff der Pistole. Man konnte nie wissen.

Die Hecktür schwang auf, ein Mann in einer Vollrüstung sprang heraus, vier weitere folgten ihm und hoben die Gewehre. Noch ein Runner-Team, dieses Mal aber besser ausgerüstet und mit klarem Vorteil. Jetzt wurde es erst richtig lustig.

Jennings zog seine Max-Power, schoss dreimal auf das Visier des ersten Gegners und tauchte sofort hinter der Motorhaube des BMW ab. Er hörte, dass der Mann fiel, klappernd landete er auf der Straße. Die meisten Träger von Vollrüstungen begingen den Fehler, sich zu sicher zu fühlen. Visiere waren und blieben Schwachstellen.

Das Feuer wurde erwidert, doch glücklicherweise fing die Panzerung des Wagens die Projektile ab. Währenddessen tauschte Jennings seine Patronen aus und lud die panzerbrechenden Geschosse.

Alexa glitt wie eine Schlange durch die Beifahrertür auf den warmen Asphalt und reichte ihm sein AK. »Wenn ich gewusst hätte, dass wir eine Kon-Truppe am Hals haben, hätte ich meinen Preis verdoppelt«, sagte sie unwirsch und zog ihre Fichetti, dann schob sie den Rock halb hoch. Jennings sah, dass sie auf der Innenseite des linken Oberschenkels ein zweites Halfter mit einem Colt America L36 verborgen hatte. Und er sah das dunkelrote Höschen aufschimmern. »Die Gegend darf dich nicht mehr interessieren. Wir sind geschieden.« Sie grinste ihn böse an und zog den Rock wieder herab.

Er lud die Anti-Fahrzeuggranaten in den Werfer. Sie taugten hervorragend gegen aufgemotzte Gardisten. »Es wird genügend Interessenten für die Gegend geben«, sagte er, lehnte sich um die Motorhaube herum und schickte eine Granate in einen Gepanzerten, den es daraufhin in mehrere Stücke zerriss. Jennings sah sich bestätigt: Vollrüstungen wurden extrem überbewertet.

»Die gibt es«, erwiderte Alexa sofort, sprang auf und feuerte ihre beiden Pistolen auf den Gardisten, der versuchte, sie zu umgehen und von hinten zu überrumpeln. Sie hatte sich eine weitere Schwachstelle ausgesucht. Die gehärteten Kugeln hämmerten zielgenau auf die rechte Kniescheibe, zerschlugen die Panzerung und zerfetzten das Gelenk. Stumm ging der Angreifer zu Boden und bekam noch vier Treffer in den rechten Ellbogen. Seine Schreie blieben innerhalb des Helmes.

Drei Gardisten blieben übrig. Einer hatte gelauert und schoss auf die Frau, zweimal traf er sie in den

Oberkörper. Das Sakko aus Spezialstoff, das Kleid aus einem Kevlarhybrid darunter und ihre Orthoskin verhinderten allerdings, dass die Kugeln in ihren Körper drangen. Dennoch waren die Beschädigungen ärgerlich, denn Maßanfertigungen waren teuer. Sie duckte sich wieder hinter den Wagen.

»Ich hoffe, dass du Eloise bei deinen Männergeschichten außen vor lässt und sie nicht zu sehr mit deinen Errungenschaften belastest.« Jennings befestigte den Miniaturspiegel in der Halterung unter dem Lauf und hob ihn über die Motorhaube, um gefahrlos nach den verbliebenen Angreifern zu sehen. Dann federte er in die Höhe und sandte einen von ihnen mit zwei kurzen Feuerstößen gegen den Helm in die Gardistenhölle.

In dem Augenblick sah er, dass ein Gardist eine Granate nach ihnen warf. Er hechtete zur Seite und riss Alexa mit sich, da detonierte der Sprengkörper. Er registrierte, dass ihn mehrere Fragmente an den Beinen erwischten, ohne dass sie viel Schaden anrichteten. Seine Cyberware unterdrückte die Schmerzimpulse, die chemischen Substanzen in seinem Leib würden die Löcher schnell stopfen und ihn vor zu großem Blutverlust bewahren.

Er landete auf Alexa, rollte sich über sie hinweg ab und kam auf die Knie, das AK im Anschlag, und feuerte auf den Gardisten, der um den BMW herumkam, um ihnen nach der Granate den Rest zu geben.

Das Fadenkreuz des Smartlink legte sich auf das Visier, dann schwenkte er einen Tick nach unten und visierte die Kehle an. Einen Feuerstoß später lag der Mann röchelnd neben dem rechten Vorderreifen und griff sich mit beiden Händen an den Hals. Die Panzerung hatte nicht gehalten. Auch wenn die Wirbelsäule verfehlt worden war, hatte es vermutlich jede Menge Gewebe und die Schlagader zerfetzt. Von ihm ging keine Gefahr mehr aus.

Alexa lag auf dem Rücken, schaute nach hinten und sah den fünften Gegner um das Heck des Wagens kommen. Sie blieb liegen, hob nur die Arme, um über ihren Kopf hinweg zu feuern, und deckte den Mann mit Störfeuer ein, bis sich Jennings einen Lidschlag danach umdrehte und dem Gepanzerten mit seinen Anti-Fahrzeug-Geschossen fingerdicke Löcher in den Leib punzte.

Der Getroffene sackte zu Boden, blieb eine Sekunde lang sitzen, als müsste er überlegen, ob er wirklich tot war, dann kippte er nach hinten um.

Jennings wechselte sein Magazin, die Anzeige hatte ihn vor »low ammo« gewarnt. In einiger Entfernung hörten sie eine Sirene heulen.

»Eloise bekommt sie nicht zu Gesicht«, antwortete Alexa jetzt auf die Frage ihres Ex und erhob sich; auch sie lud nach. »Sie würde niemanden außer dir an meiner Seite akzeptieren. Leider.«

Sie pirschten sich von zwei Seiten an die Ambulanz heran, auf der »Madinah« geschrieben stand. Fahrer und Beifahrer lagen entweder tot oder besinnungslos auf ihren Sitzen und bedeuteten keine Gefahr, also sicherten sie die Behandlungskabine.

Eine Liege war frei, auf der anderen lag ein verschnürter Mann, der anscheinend eben zu sich kam. Er schaute aus noch verschlafenen kleinen Augen zu Jennings und Alexa. »Wer sind Sie denn?«, fragte er auf Englisch. »Hat Sie Rashid geschickt?«

»Ich glaube, wir haben gerade eine Entführung verhindert«, grinste sie und senkte die Pistolen.

»Das ist nebensächlich. Wir brauchen die Ambulanz,

um unseren Kunden sofort ins Krankenhaus zu transportieren.« Er ging zur leeren Liege, löste die Verankerungen und schob sie hinaus. Für den Gefesselten hatten sie keine Zeit. So wie er dalag, konnte er sich wenigstens nicht einmischen und keine Scherereien machen. Vorsichtig luden sie Kraif auf, Jennings legte dem Mann eine aufblasbare Kopfstütze an, um den Schädel zu stabilisieren und Erschütterungen abzudämpfen; dann schoben sie ihn in die Kabine der Ambulanz.

»Wir nehmen den Krankenwagen.« Er schaute zu dem Gefesselten. »Ich weiß nicht, wer Sie sind und wer Sie entführt hat, aber ich lasse Ihnen die Wahl: Entweder ich lade Sie hier aus und lasse Sie für die Polizei von Dubai-City stehen, oder Sie begleiten uns. Das setzt jedoch voraus, dass Sie sich benehmen. Sonst setze ich Sie während der Fahrt aus – ohne anzuhalten.«

Alexa ging an ihm vorbei, warf die Männer aus dem Führerhaus und setzte sich hinters Steuer. Der Wagen sprang nach einigem Stottern an, der Autopilot pfiff warnend und meldete zahlreiche Beschädigungen. Er wurde von ihr abgeschaltet.

»Fahren Sie mich ins Massala Hospital«, bat er. »Ich wurde von dort von diesen Leuten entführt, und man wäre sehr glücklich, mich dort wiederzusehen. Ich garantiere Ihnen, dass man Ihnen und Ihrem Patienten die beste Behandlung angedeihen lässt, die man in Dubai bekommen kann.«

»Sie sind aus Dubai?«

»Meine Familie lebt hier. Ich bin ein einflussreicher Mann, und wenn Sie mich ins Massala bringen, wird Ihnen ein reicher Lohn sicher sein.« Er blickte auf seine Fesseln. »Würden Sie die bitte abnehmen?«

Jennings überlegte. »Nein. Erst, wenn wir am Massala angekommen sind.« Er hatte entschieden, das

Angebot anzunehmen. Es war zwar unsicher, aber man würde – vorausgesetzt die Story des Arabers stimmte – ihnen keine Fragen stellen und sie behandeln. Er nickte ihm zu. »Entschuldigen Sie mich.«

Er stand auf und stieg nach vorne auf den Beifahrersitz, um sich vom Computer das Handbuch des Wagens anzeigen zu lassen. Mit dessen Hilfe fand er den Sitz des GPS-Lokalisierungssystems und riss es kurzerhand heraus. Es musste niemand sonst wissen, wohin sie fuhren. Er griff auf das allgemeine Verkehrsleitsystem zu, suchte das Massala Hospital und beschrieb anschließend die kürzeste Route.

Danach betrachtete er seine Wunden an den Unterschenkeln und die Löcher in den Schuhsohlen. Die Blutung hatte nachgelassen, die Chemie in seinem Blut hatte ganze Arbeit geleistet. Schade, dass es so etwas nicht für Zweihundert-Nuyen-Schuhe gab.

Jennings beobachtete Alexa, schaute auf ihr Profil und lauschte in sich hinein. Es gab keine besonderen Gefühle mehr für die Frau, mit der er unverantwortlicherweise eine Tochter gezeugt hatte. Bei den Berufen der Eltern würde sie früher oder später zur Waise oder die beste Attentäterin der Erwachten Welt. Seine Ex war noch immer attraktiv, aber die Streitereien hatten alles Positive und Schöne von damals überlagert. Selbst wenn sie nackt vor ihm stand, würde er sie nicht anrühren.

»Wann genau ist es passiert?«, fragte sie und wendete die Augen nicht von der Straße.

»Was meinst du?«

»Uns, Jennings.«

»Es ist zu spät für eine Analyse, Alexa. Und außerdem stecken wir mitten in einem Run, also lass das Private, bis die Sache erledigt ist.«

»Vielleicht lebt dann einer von uns beiden nicht mehr.«

»Dann wäre es ohnehin egal.« Er hatte nicht vor, alte Wunden aufzureißen. »Belassen wir es dabei: geschieden, Neuanfang.«

Sie schwieg einen Moment. »Weißt du, dass ich dich damals am liebsten umgebracht hätte?«

Er nickte. »Ich hatte damit gerechnet. Meine Vorbereitungen waren getroffen.«

Alexa schnaubte. »*Das* war der Grund, Jennings. Deine verdammte geschäftsmäßige Art, die du sogar in unserer Ehe durchgezogen hast.«

»Wenn du mehr Unbeständigkeit hättest haben wollen, hättest du es nur sagen müssen. Dann wäre ich zuerst fremdgegangen.«

Der Treffer saß. Ihre Lippen wurden zu einem Strich. Es dauerte sehr lange, bis sie sagte: »Willst du wissen, warum ich es getan habe?«

»Nein«, sagte er schroff und deutete nach links. »Da ist das Massala.« Er hielt das AK so unter sich, dass man es von außen nicht sah, dann huschte er zu den beiden Männern nach hinten. »So, Herr …?«

»Abolhassan«, sagte der Araber.

»… Herr Abolhassan. Wir erreichen das Massala. Gibt es einen Ansprechpartner für uns?«

»Verlangen Sie an der Pforte nach Professor Singh, und sagen Sie ihm meinen Namen. Danach wird alles geregelt.«

»Das hoffe ich sehr für Sie. Wir haben eine Abmachung, und ich persönlich bestehe auf Abmachungen.« Der Wagen hielt an. Jennings öffnete die Hecktür, sprang hinaus und ging zu dem Glashäuschen neben der Auffahrt.

Der Pförtner mit sicherlich indischen Wurzeln

staunte nicht schlecht, als er den Aufdruck Madinah auf der Ambulanz und gleich darauf den Mann im ramponierten, blutbefleckten Geschäftsanzug vor sich sah, der in der Rechten einen weißen Kittel hielt; darin war etwas Längliches eingewickelt. »Was wollen Sie …«

»Guten Tag. Ich hätte gerne mit Professor Singh gesprochen.« Jennings lächelte. Pförtner sah man heutzutage selten. Vermutlich war es in Dubai eine Frage des Prestiges, sich menschliche Mitarbeiter an Positionen zu leisten, wo andere billigere Terminals einsetzten. »Ich möchte etwas zurückbringen.«

»Ich weiß nicht, ob ich ihn einfach so anrufen kann«, stotterte der Pförtner.

Jennings hob den Kittel, unter dem er das AK-98SE trug, und schob den Lauf in die kleine Öffnung, durch die Papier und Unterlagen geschoben wurden. »Ich nehme an, dass Sie es jetzt wissen«, sagte er immer noch lächelnd. »Seien Sie so nett und versuchen Sie es bitte.«

Der Mann bediente sein Kom und führte mehrere Gespräche, wurde anscheinend durch verschiedene Stationen verbunden, bis er Jennings endlich zunickte. »Was soll ich ihm ausrichten?«

»Sagen Sie ihm, dass ich einen Herrn Abolhassan dabeihätte und ein Notfallteam bräuchte, das sich um einen Patienten mit einem Schädelbruch kümmert.«

Seine Nachricht wurde weitergegeben. »Fahren Sie zu Rampe drei«, sagte der Pförtner und schaute immer noch auf das Sturmgewehr. »Es wird alles vorbereitet sein.«

»Vielen Dank. Und entschuldigen Sie, dass ich Ihnen Angst gemacht habe.« Jennings nickte und stieg wieder zu Abolhassan. Mit einem Skalpell durchtrennte er die Fesseln. »Anscheinend hat der erste Teil Ihrer Story gestimmt. Schauen wir, wie es weitergeht.« Er rief Alexa zu, welchen Schildern sie folgen sollte, und bereitete sich auf ein neues Feuergefecht vor. Er traute der Situation nicht. Dabei schwor er sich, nie wieder unvorbereitet Urlaub in Dubai-City zu machen.

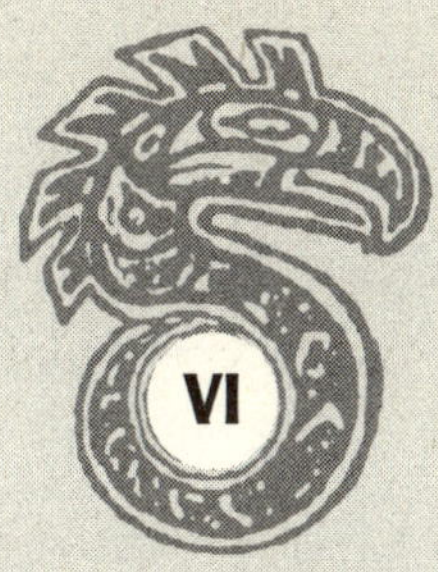

VI

Regel 13: Ein Ball ist verloren, wenn 1. er binnen fünf Minuten, nachdem die Partei des Spielers oder deren Caddies die Suche danach begonnen haben, nicht gefunden oder nicht vom Spieler als sein eigener identifiziert ist; oder 2. der Spieler einen anderen Ball gemäß den Regeln ins Spiel gebracht hat, selbst ohne nach dem ursprünglichen Ball gesucht zu haben; oder 3. der Spieler von dem Ort, wo sich der ursprüngliche Ball mutmaßlich befindet, oder von einem Punkt, der näher zum Loch liegt als dieser Ort, einen Schlag mit einem provisorischen Ball gespielt hat, wodurch der provisorische Ball zum Ball im Spiel wird.
Wird der Ball von einem Critter verschluckt, darf der Critter erlegt, zerlegt und der Ball gespielt werden. Passiert der Critter mit dem Ball im Magen das elektronische Loch und der Sender meldet »eingelocht«, wird der Punkt nicht gezählt.

Auszug aus den All-Area-Combat-Golf-Regeln der International Double A Combat Golf Society

Vereinigte Arabische Emirate, Dubai, Dubai-City,
21. 9. 2059, 23:01 Ortszeit

Ordog driftete schwerelos durch den Weltraum. Um sich herum sah er schimmernde Sterne, die ihn mit freundlichem Funkeln grüßten und ihn unter ihresgleichen willkommen hießen. Er fühlte, dass das Weltall nicht so eisig war, wie man von ihm behauptete, und es gelang ihm mühelos, im luftleeren Rum zu atmen.

Was ihn jedoch noch mehr verwunderte, war, dass sich das Vakuum anfühlte, als hätte man Wasser im Ohr. Dann schob sich ein dunkler Schatten vor die Sterne, er erkannte Streben und Metallpfeiler … eine Brücke? Ordog streckte seine Hand danach aus, Tropfen fielen von ihr herab und trafen sein Gesicht. Sofort ging er unter und schluckte Wasser. Das brachte die Erinnerung zurück: Er trieb im Dubai Creek in Richtung Persischer Golf.

Spuckend und hustend schwamm er ans Ufer, schleppte sich das flache Ufer hinauf und fiel in den warmen Sand, den die Scheichs aus der Wüste hierher hatten karren lassen, damit es für die Touristen schöner aussah.

Der gleißende, bläuliche Strahl einer Taschenlampe traf ihn unvermittelt, jemand rief etwas auf Arabisch, und schnelle Schritte näherten sich ihm. »Keine Sorge, Mr. Stauffer«, sagte eine Stimme auf Englisch und mit starkem Akzent. »Mr. Saeed hat uns geschickt. Ihre Freundin haben wir bereits gefunden.« Starke Arme hoben ihn an, er wurde auf eine Trage gelegt und quer über den Sand geschleppt.

»Mach das Licht aus«, sagte er schwach und wischte sich das Wasser unter der Nase weg, um festzustellen, dass er mal wieder Nasenbluten hatte. Verschissene Leukämie. Er fühlte sich absolut schwach, nach und nach erwachten verschiedene Schmerzherde in seinem Körper und loderten immer heftiger wie sich ausbreitendes Feuer.

»Er hat mehrere Prellungen und eine Fraktur des linken Unterschenkels«, sagte jemand auf Englisch. »Das Schlüsselbein sieht auch nicht gut aus, kann sein, dass es was abgekriegt hat.«

»Ich bin gegen einen Hubschrauber geknallt«, sagte er leise und grinste. »Wie viele Menschen überleben wohl so etwas?«

Das Gesicht eines Mannes tauchte undeutlich neben ihm auf. »Nicht viele, Mr. Stauffer. Wir kriegen das mit Ihrer Schulter aber recht schnell wieder hin.« Er zerschnitt den Stoff, seine Hände rochen nach Desinfektionsmittel. »Ja, das sieht nach einem Bruch aus.« Er nahm einen Injektor aus seiner Tasche. »Ich gebe Ihnen etwas gegen die Schmerzen, einverstanden?«

Ordog nickte. Das Metall berührte seine Armbeuge, es zischte, und es wurde trüb und grau vor seinen Augen. Er hörte alles wie durch Watte, sah nur noch verschwommen und bekam von dem, was man mit ihm tat, kaum etwas mit.

Irgendwann klärte sich sein Blick, und er sah Tattoo neben seinem Bett sitzen. Sie trug einen Krankenhaus-Einwegpyjama und einen Verband an ihrer Stirn; Teile der Kunsthaut über ihren Metallarmen fehlten, darunter schimmerte die dunkelblaue Eisenlegierung hervor, unter der wiederum die Technik verborgen lag.

»Hoi, Ordog.« Sie küsste ihn auf den Mund und streichelte seine Wange. Zum ersten Mal wurde er sich richtig bewusst, dass er die Zärtlichkeiten von falschen Gliedmaßen erhielt, die sich dennoch echt und sanft anfühlten. »Alles in Ordnung. Deine Schulter ist behandelt worden.«

»Wo sind wir?«

Sie zuckte mit den Achseln. »Keine Ahnung. Irgendeine Schattenklinik, nehme ich an. Jedenfalls sieht es ganz danach aus.«

Er schaute sich um, sah ein kleines Zimmer, in der eine Uhr über der Tür 23:29 verkündete. »Was ist mit Sheik? Ist er ...«

Die Tür öffnete sich, und ihr Auftraggeber Saeed kam herein; ihm folgten ein Mann und eine Frau, die Pistolen und Teilrüstungen trugen. »Schön, dass Sie den Absturz überstanden haben«, sagte er und nickte. Er schaute dabei sehr väterlich. »Es ist gefährlicher geworden, als ich angenommen habe. Ich entschuldige mich aufrichtig dafür. Auch wenn Geld nicht für alles entschädigt, so hoffe ich doch, dass es die Schmerzen erträglicher macht.« Er reichte der Stadtkriegerin einen Credstick, auf dessen Anzeige die Zahl 10 000 leuchtete.

»Das heißt, Sie können uns sagen, was da draußen vor sich geht?« Ordog ließ sich von der Anzeige auf dem Stick nicht ablenken. Er wollte erfahren, warum ein Kon den Magier entführt hatte und nicht den älteren Bruder, wie sie alle zunächst angenommen hatten. »Wir sind beinahe draufgegangen.«

»Ich habe bislang nur eine Ahnung.« Rashid schaute abwechselnd zwischen ihnen hin und her. »Vermutlich hat es etwas mit der Behandlungsmethode zu tun. Die Therapie wurde zum ersten Mal bei meinem Halbbruder angewandt, wie mir der ärztliche Leiter des Massala-Krankenhauses, Professor Singh, erklärte.« Er hob die Arme. »Fragen Sie mich nicht nach Details, aber anscheinend hat bisher noch kein Krankenhaus diesen Ansatz verfolgt.«

»Verstehe.« Ordog nahm sich die Trinkflasche vom Tisch und stillte seinen Durst. Obwohl er im Creek geschwommen war, fühlte er sich vollkommen dehydriert, vielleicht eine Folge des Medikamentencocktails, den er derzeit in seiner Blutbahn hatte. Chemo-Pillen, Aufbaupräparate, Beruhigungsmittel mischten sich. Es war nicht die Zeit geblieben, sich um Wechselwirkungen zu kümmern. »Das heißt, ein anderes Krankenhaus hat von der Therapie gehört und sich sozusagen die Medikamente und den Probanden unter den Nagel gerissen.«

»Vermutlich«, bestätigte Rashid.

Tattoo betrachtete Saeed. »Wissen Sie etwas über einen Kon namens General Genetics? Der Name fiel nämlich mehrmals im Madinah.« Sie band ihm nach wie vor keine Details auf die Nase. Diese Informationen gedachte sie später mithilfe der Kontakte von Ordog an Kons oder im Schattenland zu verkaufen. Aber der Araber reagierte weder ertappt noch in irgendeiner anderen Weise auffällig. Er hörte den Namen zum ersten Mal. »Nein. Sollte ich den kennen?«

»Nicht so wichtig«, winkte sie ab.

Ordogs Runnerblut blieb neugierig. »Aber eine Sache wollte ich noch wissen: Wieso haben Sie sich so dagegen gewehrt, als ich wollte, dass Sie mehr über die Klinik herausfinden?«

Saeed verneigte sich. »Weil ich die Notwendigkeit nicht sah und es als Zeit- und Geldverlust betrachtete, zusätzliche Informationen einzuholen. Im Nachhinein betrachtet, war es natürlich ein Fehler.«

»Werden Sie es nachholen?«, bohrte Ordog und

wunderte sich nicht, als er ihn mit dem Kopf wackeln sah.

»Nein. Soweit ich erfahren habe, ist ein Wagen soeben vor dem Massala Hospital vorgefahren, in dem sich mein Halbbruder einigermaßen unbeschadet befand.« Er hob sein Kom. »Ein Mr. Vanderbilt und eine Miss Du Garotte haben ihn glücklicherweise aus den Händen der Entführer befreit. Anscheinend handelte es sich dabei um Runner, die durch einen Zufall in die Angelegenheit verwickelt wurden.« Er wandte sich zur Tür. »Ich lasse Ihnen etwas zu essen bringen, und danach fahren wir Sie, Herr Stauffer, gleich ins Massala. Ich habe Ihnen die Therapie versprochen, und die sollen Sie auch erhalten.« Er verließ das Krankenzimmer, gleichzeitig brachte eine Pflegerin ein Tablett mit frischen Früchten und anderen leicht bekömmlichen Dingen für Tattoo und Ordog. Sie zog sich gleich danach wieder zurück. Die beiden waren alleine.

»In diesem Job geschieht nichts aus Zufall«, sagte der Runner und freute sich auf etwas zu essen. Seit dem Frühstück hatte er nichts mehr zwischen die Zähne bekommen.

Tattoo nickte. »Klingt für mich auch ein wenig zu sehr nach Unzufall.« Sie nahm sich die Erdbeeren und aß sie genüsslich eine nach der anderen.

Ordog beschäftigte sich hingabevoll mit diesem Thema. »Ich wette, Vanderbilt und Du Garotte waren von dem Krankenhaus angeheuert worden, aus dem Sheik entführt worden ist.« Er rieb sich über sein Kinn. »Wenn General Genetics hinter dem Madinah steckt, wer trägt dann dieses Massala?«

Tattoo wollte das alles gar nicht mehr wissen. Sie war eine Stadtkriegerin, die ihrem Geliebten dabei half, die Leukämie zu überwinden und endlich ein normales Leben zu führen, soweit man ihr Leben normal bezeichnen konnte. Kons, Intrigen, Spionage, Entführungen, das war alles nicht ihre Welt.

Sein Kom schlug Alarm, er nahm das Gespräch entgegen und sah das Zeichen von Sheherazade auf dem Display. »Hallo, großer Krieger. Ich habe ein paar Information für dich ins Little Burj geschickt.«

»Hallo, Sheherazade. Danke, aber da sind wir nicht mehr. Kannst du sie mir auf meinen Account im Schattenland legen? Ich sichte sie dort«, bat er sie. »War es ein großes Problem?«

Er hörte ein samtenes, dunkles Lachen. »Anfangs war es eine interessante Abwechslung, dann ist es richtig stressig geworden. Damit du es gleich weißt: Das Madinah gehört über Umwege der General Genetics Worldwide Incorporation, und die wiederum ist ein Tochterunternehmen der deutschen AG Chemie. BuMoNa ist auch ein Kind der Chemie AG, das nur nebenbei.«

»Und was macht General Genetics?«

»Sind kleine Dreckschweine, wenn du mich fragst. Sie haben ihren Sitz auf den Bahamas und betreiben Genforschung, wie sie in den ADL verboten sind. General Genetics ist ein Kon, der sich auf Humangenetik spezialisiert hat. Manche sagen, dass die Medikamente, die sie entwickeln, eher ein Abfallprodukt ihrer Forschung sind.«

Er dachte an die 37 Ebenen des Klinikums. Vermutlich war in Dubai mit dem entsprechenden modernen Schmiermittel Nuyen auch vieles erlaubt. »Was noch?«

»Dass Probanden von General Genetics auf Haiti und in der DomRep verschwunden sind.« Im Hintergrund piepste etwas, Sheherazade fluchte. »Fuck, da versucht gerade jemand, mein System zu hacken.«

»Kannst du noch einen Auftrag erfüllen? Auf die Schnelle?«, bat er sie. »Ich muss etwas über das Massala Hospital in Dubai wissen.«

»Nicht jetzt«, sagte sie gehetzt. »Ich muss meine Burg sichern ... Oh, verflixt, was ist *das* denn?« Sie legte auf.

Ordog schaute zu Tattoo, welche die Unterredung mit einem unguten Gefühl verfolgt hatte. »Beschaffst du mir einen Computer, damit ich meinen Account checken kann?«

»Es geht uns nichts an, Ordog. Ich wette, diese Deckerin hat deswegen Schwierigkeiten bekommen.« Sie ging widerwillig zum Ausgang. »Du wirst dir die Daten anschauen und nichts unternehmen«, verlangte sie beschwörend.

»Ja, gut«, willigte er ein und aß, während er auf sie wartete. Er glaubte plötzlich wieder daran, dass sich sein Leben zum Guten wenden konnte. Wenn er die Elfin nun noch überzeugen konnte, das aktive Stadtkriegspiel sein zu lassen, wäre ihm noch wohler zumute.

Sie kehrte mit einem kleinen, leistungsfähigen Wireless-Palmtop zurück, der sich nach wenigem Tastendrücken über einen Hotspot illegal in die Matrix klinkte und die Verbindung zu seiner virtuellen Nachrichtenbox herstellte.

»Ah, da ist es«, sagte er zu der Elfin, die sich gerade über das Gemüse hermachte und es zusammen mit dem vegetarischen Soy-Steak vertilgte. »Also, die Klinik hat in erster Linie Ausländer in Behandlung und ...«, er scrollte nach unten, »von denen starb kein Einziger.« Hinter den Akteneinträgen entdeckte er kleine Vermerke. »Sie haben die Gendaten gesammelt und sich Notizen zu den Menschen gemacht, die sie behandelt haben.«

»Was hast du erwartet?«, grinste Tattoo. »Sie heißen General Genetics Worldwide.«

Ordog fand es sehr raffiniert. Einfacher als in einem Touristenparadies kam man nirgends an eine Großzahl von unterschiedlichem Genmaterial, Blutproben und allen möglichen Gewebesamples. »Sie haben illegal gesammelt.« Manche Namen waren grün und blau markiert. »Was das wohl zu bedeuten hat?«

»Hör auf, dich mit den Dingen zu beschäftigen«, riet sie ihm noch einmal und wurde allmählich wütend, weil er nicht auf sie hören wollte. »Du bekommst keinen müden Nuyen für das, was du da tust. General Genetics wird dir in die Eier treten, wenn sie erfahren, dass du diese Daten hast.«

»Die werden bald nichts mehr machen, denn ich werde die Daten verkaufen. An …« Er hatte *Poolitzer* sagen wollen. Da fiel ihm ein, dass es den Reporter erwischt hatte. Das hier, diese Sache in Dubai, die Machenschaften von Kons, die Verfolgungsjagden, das wäre nach seinem Geschmack gewesen. »An irgendjemanden eben«, meinte er dann etwas nachdenklicher.

Die Elfin musste seine Gedanken gelesen haben. »Hältst du dich für den Nachfolger des Schnüfflers?«

»Bestimmt nicht.« Er starrte auf die farbigen Namen auf dem Monitor. »Aber ich denke, dass einige von den Leuten in ernster Gefahr schweben.«

Ordog untersuchte die Fälle der im Madinah behandelten Metamenschen und entdeckte dabei eine sehr geringe Anzahl von absoluten Todesfällen. Aber die Zahl der Austauschorgane war sehr hoch. Fast jedem reichen Troll, Elfen oder Ork war etwas entfernt und durch ein künstliches Organ oder eine rasche Organnachzucht ersetzt worden. Auch auf diese Weise konnte der asiatische Markt der neo-traditionellen Medizin bedient werden, ohne durch zu hohe Patientenverluste das Vertrauen zu verlieren. Wenn er die Daten an die Öffentlichkeit bringen würde, bekam General Genetics ein ziemliches Problem, zumindest in Dubai.

Der Computer meldete, dass eine enorme Datenflut auf seinen Account schwappte und den Speicherplatz zu überlasten drohte. »Was ist denn …« Glaubte er zuerst an einen Decker-Angriff, um die brisanten Dateien zu hacken, merkte er jedoch sehr schnell, dass es sich um weitere Infos handelte.

Sein Kom schrillte. »Ja?«

»Ich rate Ihnen: Behalten Sie Ihr Wissen für sich, oder es ergeht Ihnen wie Sheherazade«, drohte eine durch einen Verzerrer veränderte Stimme. *Klick*. Mehr gab es nicht zu sagen.

Tattoo stand neben ihm. »Lösch die Scheiße!«, verlangte sie. »Auf der Stelle!«

»Die können mich mal. Ich lasse mich nicht einschüchtern.« Ordog war vollkommen ruhig und kopierte die Daten in den Hauptspeicher des Palmtops, danach schaute er sie sich an; synchron dazu versuchte er, die Deckerin zu erreichen. Ohne Erfolg.

Auf dem Monitor erschienen kryptische Zeichen und chiffrierte Meldungen, die er ohne entsprechende Software nicht knacken würde. Eine Sache jedoch war unverschlüsselt gesendet worden. Es war eine Nachrichtenschlagzeile:

Cross Applied Technologies übernimmt in Überraschungscoup Universal Treatment

London/Bombay. Soeben wurde bekannt, dass Cross Applied Technologies die Hospitalkette Universal Treatment übernommen hat. Damit wird CAT in dieser Nacht, am 22. 9. 2059 ab 00:01 Uhr, ein internationales Netz von Krankenhäusern und Forschungszentren überraschend in seinen Besitz bringen.

Die Abwehrversuche des indischen Unternehmens UT konzentrierten sich die ganze Zeit über auf General Genetics Worldwide mit der starken AG Chemie im Rücken sowie auf die Proteus AG. Der dritte Mitspieler hat das geschafft, was niemand für durchführbar gehalten hat.

Möglich machte die Übernahme der Wertpapiergroßhändler Horge Stamos, der sein Aktienpaket von elf Prozent abstieß, das von einem CAT-Treuhänder erworben wurde.

Zur UT-Kette gehören insgesamt 37 Einrichtungen, darunter auch das renommierte Massala Hospital in Dubai-City, das für seine revolutionären Behandlungsmethoden von verschiedenen Krebsarten bekannt ist.

»Tattoo, ruf sofort Saeed her«, sagte er und las die Meldung noch einmal. »Wenn er irgendwo noch mehr Bodyguards hat wie die beiden, die ihn vorhin begleiteten, soll er sie einpacken und zum Massala Hospital fahren. Ich nehme an, dass CAT das Gebäude gleich dichtmacht.« Er hielt ihr den Monitor hin, damit sie seine Sorge verstand.

Sie lief hinaus. Er versuchte, Sheherazade zu kontaktieren, kam jedoch nicht durch. Da meldete sein Account noch eine Nachricht. Es war ein Bild in gestochen scharfer Qualität und zeigte den Oberkörper einer jungen Frau mit brauner Haut, langen, schwarzen Locken und leichtem Übergewicht, wie der Ansatz des Doppelkinns verriet.

Sie trug ein weißes T-Shirt, auf dem »Decker decken besser« gedruckt stand, ein Blutstrom hatte den

Stoff über die Brüste hinweg rot gefärbt. Sie hing wie eine Marionette ohne Fäden in einem sehr bequem aussehenden Stuhl. Jemand hatte ihr mit einer Schrotflinte aus kürzester Entfernung in den Hals geschossen; weil ihr Kopf sonst zu Boden gefallen wäre, war er mit dem Decking-Kabel am Stuhl festgebunden worden.

Auf dem Display blinkte »Schweigen ist Leben«, dann funkte Ordogs Palmtop plötzlich aus zwei seitlichen Buchsen. Qualm stieg kräuselnd zur Decke, es stank nach schwelendem Plastik und Schmorbrand. Eilig warf er das Gerät auf den Boden, damit die Decke nicht in Brand geriet.

Als Saeed und Tattoo hereinkamen und er gerade die Wasserflasche auf den Computer leerte, schrillte der Feueralarm los.

Vereinigte Arabische Emirate, Dubai, Dubai-City,
21. 9. 2059, 23:31 Ortszeit

»Auch wenn es nicht unser Spezialgebiet ist, Sie können sicher sein, dass Ihr Freund den Unfall ohne weitere Beeinträchtigungen übersteht.« Professor Singh, ein kleiner Inder von etwa fünfzig Jahren mit einem breiten, weißen Schnurbart und warmen, braunen Augen, nickte Jennings zu. Sie standen vor der Tür des Zimmers, in dem Kraif lag, während Alexa neben dem Bett des Mannes wachte. »Herr Abolhassan hat sich bereit erklärt, die Kosten der Behandlung zu übernehmen, daher war der Einsatz von Heilmagie auch kein finanzielles Problem.«

»Sehr gut.« Jennings betrachtete seine ramponierten Hosenbeine. »Kann ich mit Herrn Abolhassan sprechen?«

»Gewiss. Die erste Untersuchung nach seiner Entführung ist abgeschlossen. Es sieht so aus, als sei er bei bester Gesundheit, wenn wir von den Belastungen durch die Leukämie-Therapie einmal absehen.« Er nahm ihn am Ellbogen und führte ihn durch den zweiten Stock des Massala.

Jennings hatte schon lange bemerkt, dass um sie herum eine seltsame Geschäftigkeit herrschte. Aktenschränke wurden geleert, Labors ausgeräumt, Koffer voller Speicherchips gepackt und zum Verladen vorbereitet. Für ihn sah es nach einem hektischen Aufbruch aus.

»Entschuldigen Sie die Frage, aber geht hier irgendetwas vor, was ein Sicherheitsproblem für meinen Kunden bedeutet?«, fragte er Singh und gab seiner

Stimme einen verlangenden Unterton, der keine Ausflüchte duldete.

»Nein, nichts Besonderes. Wir haben nur den Hinweis bekommen, dass Buchprüfer überraschend auftauchen könnten. Und Sie wissen, welch ein schwieriges Feld die Finanzen eines Hospitals sind.«

Nein, das wusste Jennings nicht. Und an Singhs Stelle hätte er auch keinem Wildfremden davon erzählt, dass man vor einer Behörde Beweise unterschlug. Weil er dem Professor einen Funken Verstand unterstellte, ging er von einer Lüge aus, die man ihm eben spontan aufgetischt hatte.

Er ließ sich nichts anmerken und wählte Alexas Nummer. »Pass gut auf. Es kann sein, dass ein paar Buchprüfer bei dir vorbeischauen.« Mehr musste er nicht sagen. Es hatte als Warnung für sie ausgereicht.

Sie betraten Abolhassans Zimmer, in dem der Mann entspannt in seinem Bett lag und Trid schaute. Man hatte ihm zwei Infusionen gelegt, die Therapie für oder gegen Was-auch-immer ging weiter.

»Ich wollte mich persönlich bei Ihnen bedanken, Herr Abolhassan«, sagte Jennings und schlenderte zum Fenster, von dem aus er die Pforte sehen konnte. Die Schranke war nach oben geklappt, zwei kleine Transporter rollten von der Einfahrt weg und hielten auf die Ausfahrt zu; ein dritter wurde gerade mit Kisten und Kühlboxen mit aufgemalten Biohazard-Zeichen beladen. Das hier hatte nichts mit einer Buchprüfung zu tun. »Sie haben es ermöglicht, dass wir unseren Freund bald wieder mitnehmen können.«

Der Araber lachte. »Herr Vanderbilt, das war ich Ihnen mehr als schuldig. Sie haben mein Leben gerettet. Sobald ich in den Kreis meiner Familie zurückgekehrt bin, werde ich Ihnen und Ihrer Partnerin eine stattliche Summe zukommen lassen.«

Jennings wollte den Raum noch nicht verlassen, um das Geschehen vor dem Hospital im Auge behalten zu können; Singhs Beeper schlug an, und er ging nach einer knappen Entschuldigung hinaus. »Wollen Sie mir sagen, wer Sie entführt hat? Hatte das Madinah etwas damit zu tun, oder war die Ambulanz nur eine Tarnung?«

Abolhassan dachte wirklich darüber nach. »Ich weiß nur sehr wenig darüber.« Er schaltete den Trid aus, um sich besser konzentrieren zu können. »Sie sind Runner, und das war auch einst mein Beruf. Hermetischer Magier. Bis ich nach Dubai zurückkehrte und Leukämie bekam. Die Behandlungsmethode hat die Bindung an mein magisches Potenzial schwer erschüttert, aber da hat ein Freund von mir das Massala Hospital empfohlen. Ich bin die erste Testperson eines neuen, alternativen Verfahrens zur Bekämpfung besonders aggressiver Krebsarten.« Seine Finger spielten mit der Decke. »Anscheinend kann die Leukämie geheilt und der Rest von Magie in mir konserviert werden.«

»Verstehe. Es gab noch einen Kon, der sich für diese neue Methodik interessierte.« Jennings sah, wie vier schwarze GMC Mastiff in einer Kolonne angefahren kamen und die Zufahrt des Massala abriegelten; auf der Motorhaube und auf den Seiten prangten die Zeichen CAT, darunter stand Cross Applied Technologies. »Anscheinend hat er sein Interesse noch nicht aufgegeben«, kommentierte er und aktivierte sein Kom. »Alexa? Bring unseren Kunden auf die Beine. Wir gehen. Ich bin gleich bei dir.« Er nickte dem Magier zu. »Ich wünsche Ihnen alles Gute, Herr Abolhassan.«

Der Mann stand behutsam auf, ging zum Fenster und schaute, was sich an der Pforte tat. »CAT? Was machen die denn hier? Ich dachte, General Genetics hatte mich entführt?«

Die Türen der Mastiffs schwangen auf, Kon-Truppen in Vollrüstungen stiegen aus und eilten auf den Eingang zu, ein massives Eisentor mit einer Doppelreihe Monofilamentdraht obenauf, das sich vor ihrer Nase schloss.

Die Transporter des Massala wendeten auf der Ausfahrt, der Pförtner verließ fluchtartig sein Häuschen und rannte zum Gebäude. Da hob einer der Gardisten sein Gewehr, Jennings sah zwei Feuerblumen vor dem Lauf zucken, dann stürzte der Pförtner auf den Boden.

Die Tür des Krankenzimmers wurde hastig geöffnet. Jennings zog seine Max-Power, richtete sie auf das erschrockene Gesicht von Singh; hinter dem Professor standen zwei Pfleger und wagten nicht, ihren Vorgesetzen zu überholen. »Möchten Sie Herrn Abolhassan vielleicht erklären, was da gerade geschieht?«

»Eine feindliche Übernahme«, stotterte er. »Unser Mutterhaus wurde von CAT aufgekauft.«

»Und Sie hatten den Auftrag des Mutterhauses, alle Forschungsergebnisse in Sicherheit zu bringen«, fügte Jennings das Gesehene zusammen.

»*Noch* ist es Eigentum von United Treatment. CAT besitzt die Einrichtung erst ab Mitternacht.«

Das erklärte, weswegen die Truppen von CAT aufgezogen waren: Sie wollten den Verlust wertvollen Wissens verhindern. »Wie geht es weiter? Ich nehme an, es gibt einen geheimen Ausgang, durch den Sie die Test-Patienten und die Forschung wegbringen? Ich würde mich Ihnen gerne anschließen.«

Er schwieg, schaute zu Abolhassan.

»Es ist Ihre kostbare Zeit, die verstreicht, Professor«, bemerkte Jennings, die Pistole weiterhin auf ihn gerichtet.

»Ja, es gibt einen Tunnel. Er führt zum Dubai-Creek, wo wir erwartet werden.«

Jennings verstaute die Pistole. »Sehr schön.« Er schaute noch einmal aus dem Fenster. Die CAT-Gardisten brachten Sprengladungen an den Verankerungen des Tores an. »Kümmern Sie sich um Herrn Abolhassan, ich hole meine Ausrüstung, und dann gehen wir.«

Tattoo und Ordog saßen im Hubschrauber, ein Ares GCR-22S Modell, der sich dem Massala näherte, und sahen schon von weitem, dass die Übernahmeschlacht um das Hospital tobte. Obwohl sie dieses Mal mit ordentlichen Gewehren und Ausrüstung versehen worden waren, kamen sie sich nur unzureichend bewaffnet vor.

Schwer gepanzerte Gardisten mit dem CAT-Emblem sprengten das geschlossene Eingangstor auf und begannen mit dem Sturm auf das Gebäude. Aus dem unteren Stockwerk wurde das Feuer eröffnet, weswegen die Angreifer gezwungen waren, sich zurückfallen zu lassen.

»Da reinzugehen ist Selbstmord«, raunte Tattoo und beobachtete, wie Mini-Türme aus den Dächern der schwarzen CAT-Transporter ausfuhren und Mini-Guns zum Vorschein kamen. Die Mündungen rotierten, und dann spien sie unaufhörlich Geschosse gegen die Widerstandsnester. Fenster gingen zu Bruch, Rahmen wurden zerfetzt, und Beton spritzte in großen Stücken aus der Wand. Ein guter Schütze konnte mit seiner Mini-Gun sogar seinen Namen in die Mauer schreiben, aber bislang beschränkten sich die Rigger in den Transportern darauf, die Verteidiger zu dezimieren. Zeit für Unsinn blieb später.

Währenddessen setzten die Gardisten im Schutz des Deckungsfeuers zum zweiten Sturm an. Eine Rakete zischte vom Dach herab und bohrte sich in den mittleren Transporter. Das Fahrzeug verschwand in einem ersten rotgelben Explosionsblitz, danach ging die Munition der Mini-Gun hoch und zerriss die Karosserie vollständig; Trümmer und Leichenteile flogen umher und prasselten gegen die anderen Wagen.

Die Antwort ließ nicht lange auf sich warten. Ohne den Beschuss einzustellen, schwenkte eine Mini-Gun nach oben und suchte nach dem Mann mit dem Raketenwerfer. Weitere Fenster barsten. Der Schütze bestrich die Dachkante des Massala, und damit geriet der Hubschrauber in Bedrängnis.

»Weiter runter«, befahl Ordog dem Piloten und schlüpfte nach hinten, wo der Rest des Einsatzteams wartete: die beiden Bodyguards von Saeed. Sonst wollte der Araber niemandem vertrauen. Das Misstrauen, dass Sheiks jüngerer Bruder Mörder einschmuggeln könnte, bestand noch immer. »Nicht landen. Wir springen raus. Warten Sie auf meinen Funkruf, um uns abzuholen.«

Tattoo folgte ihm, die Seitentür wurde geöffnet. Als die Kufen zwei Meter über dem Dach waren, sprangen sie, rollten sich ab und eilten sofort auf den Dachausgang zu; der Helikopter drehte mit einem waghalsigen Manöver ab.

Aber die Mini-Gun hatte ihn entdeckt. Die Kugeln schnitten in das lang gestreckte Heck, sägten sich durch die Panzerung und durch das darunter liegende Metall.

Der Pilot versuchte, den sensiblen Bereich durch eine rasche Drehung zu schützen und aufzusteigen, da fuhren die Projektile in den Heckrotor und zerschlugen die empfindlichen Blätter. Die Maschine kreiselte um die eigene Achse, sank einige Meter und zerschellte an der Fassade des Massala; Kerosin verpuffte in einem Glutball, die Druckwelle zerstörte sämtliche Fensterfronten der Vorderseite des Hospitals.

Tattoo hatte den Untergang des Hubschraubers gesehen und den Rest des Dramas gehört. »Verflucht, wie kommen wir weg?«

»Wir finden schon einen Weg.« Ordog zerschoss das Türschloss und rannte die Metalltreppe nach unten. Eines stand für ihn fest: Wenn anscheinend die Therapie nicht mehr für ihn infrage kam, würde er wenigstens nicht ohne Sheik gehen. Er durfte den Kons keinesfalls in die gierigen Klauen fallen.

Sie erreichten das oberste Geschoss, in dem überall Glassplitter und zu Bruch gegangene Einrichtungsstücke lagen. Die Feuerlöschanlage hatte sich an verschiedenen Stellen aktiviert und bekämpfte kleinere Brände.

»Hier ist niemand mehr«, sagte Tattoo, nachdem sie sich kurz umgeschaut hatten. Der Liftaktivator war außer Betrieb.

Einer der Bodyguards befand sich in der Stationswache und suchte im Verwaltungsprogramm nach einem Hinweis auf Sheik. »Stockwerk 2«, meldete er.

Sie begaben sich zurück ins Treppenhaus und hörten, wie tief unter ihnen ebenfalls Menschen die Stufen abwärts benutzten. Jeder befand sich auf der Flucht. Nach nicht allzu langem Rennen erreichten sie die angegebene Station. Aus der zerstörten Tür drang dichter Qualm, sie hörten vereinzeltes Stöhnen und Hilferufe, um die sie sich nicht kümmern durften.

Der Bodyguard eilte voraus, fand das Zimmer, in dem sich Sheik befinden sollte, und fand es leer vor. »Verdammt«, fluchte er und schaute Ordog an. »Was jetzt?«

Immer wieder dröhnte das Kreischen der Mini-Guns durch die Fenster zu ihnen, ab und zu flackerte Lichtschein auf, wenn eine Granate detonierte. Die Kämpfe der Kon-Truppen wurden inzwischen im Erdgeschoss ausgetragen.

Tattoo bemerkte, dass die Tür zum Bereitschaftsraum der Ärzte halb offen stand, darin war es dunkel. Das erschien ihr merkwürdig, und sie tastete sich, das Gewehr im Anschlag, langsam vorwärts. Vorsichtig öffnete sie die Tür ganz. Die Überraschung über ihre Entdeckung war groß.

»Kommt her! Hier ist noch ein Aufzug!«, rief sie ihr Team zu sich. Die Erbauer des Massala hatten den Raum als Notfalllift für genau eine solche Gelegenheit konzipiert.

Ordog schlug ihr auf die Schulter. »Gut gemacht!« Er sprang in den Schacht und streckte die Hände nach dem öligen Kabel aus. Er bekam es zu fassen und rutschte flink daran herab; seine verletzte und beinahe vollständig verheilte Schulter schmerzte ein wenig, aber die Stelle hielt. Die anderen drei sausten hinter ihm her.

Im Nu landeten sie auf der Decke der Kabine. Tattoo riss die Klappe des Notausgangs auf und glitt hinab, sicherte und gab das Zeichen, dass alles in Ordnung war. Sie schauten in einen zwei Meter breiten Gang, dessen Wände aus Stahlverschalungen bestanden und deutliche Spuren von Verwitterung zeigten. Der Boden der Wüste war doch feuchter, als man annahm.

Tattoo schaltete ihre Cyberaugen auf Infrarotsicht um und sah sieben Schatten vor sich, der Entfernungsmesser gab ihr 54,32 Meter an. »Da vorne ist jemand«, sagte sie. »Ich kann nicht sagen, wer, aber da ist jemand.«

»Dann mal los«, sagte Ordog und spürte den Boden unter seinen Füßen schwanken. Es dauerte, bis er begriff, dass er schwankte. Er hasste die Auswirkungen der Therapie.

Die beiden Bodyguards, die Saeed ihnen mitgeschickt hatte, schauten ihn vielsagend an und setzten sich an die Spitze. Er kannte die Blicke, die ihm sehr wehtaten. Die gleichen hatte man auch Dice in seinem Rollstuhl zugeworfen.

Alexa blieb stehen und lauschte. »Wir werden verfolgt, Jennings.«

Singh, der neben dem Bett von Abolhassan herlief, bekam einen Kom-Anruf und erbleichte. »Die Anlegestelle ist nicht mehr sicher«, sagte er so leise, dass es nur die beiden Killer verstanden. »Das Rescue-Team hat sich gemeldet. Sie stehen unter schwerem Beschuss und wissen nicht, wie lange sie durchhalten.«

Jennings atmete tief ein. »Das hat keinen Sinn. CAT weiß, dass wir da ankommen werden, und hat sicherlich viele Kräfte am Ausgang zusammengezogen. Okay, Planänderung. Wir gehen nicht zum Dubai Creek.« Er erinnerte sich, dass Singh von einem alten, unverfüllten Bohrschacht gesprochen hatte, den man durch einen Zufall beim Anlegen des Tunnels gestreift hatte. Als das letzte bisschen Öl noch sprudelte, war

2031 sogar mitten in Dubai gefördert worden, um die mickrigen Ressourcen des schwarzen Goldes aus dem Land zu schlürfen. »Wir nutzen den Schacht.«

»Aber da ist nichts außer einem offenen Rohr von anderthalb Metern Durchmesser«, widersprach Singh. »Wie soll ich meine Patienten und die schweren Geräte hinaufbekommen?«

Jennings gab keine Antwort, weil sie den Arzt noch mehr beunruhigt hätte. Die anderen Menschen und Singh gingen ihn nichts an. Er musste lediglich Kraif heil aus der Falle schaffen. »Wir schauen uns die Sache an.«

Sie gingen weiter und erreichten die Zwischenkammer, an deren rechter Wand der Bohrschacht senkrecht wie ein überdimensionales Regenrohr entlanglief. Man hatte ihn mit Eisenplatten umschlossen, damit sich niemand Zutritt in den Notausgang des Massala verschaffte. Einer der Arbeiter hatte aber damals wenigstens so weit mitgedacht, dass er eine mannsgroße Klappe anbrachte, die mit vier Riegeln gesichert war. Vermutlich war der Mann zu faul gewesen, um bei seiner Zigarettenpause zu einem der beiden Ausgänge zu laufen.

Jennings öffnete die Klappe und schaute in den Schacht. Nach unten ging es endlos weiter, aber über sich erkannte er ein Eisengitter, direkt neben dem Loch baumelte eine verrostete Leiter, die aus Eisenschrott und Ketten zusammengesetzt worden war. Er zog sich zurück.

»Es gibt einen Ausgang«, sagte er zu Alexa und Singh. »Darüber ist ein Eisengitter, das wenig Sorge bereitet. Sobald ich draußen bin, suche ich uns was, womit wir die Patienten hinaushieven können.«

»Kann es sein, dass wir unter Oil-Town sind?«,

meinte ein Pfleger. »Das muss der Bereich sein, wo sie eine alte Ölförderanlage umgebaut haben, um den Touristen zu zeigen, wie solche Dinger früher gearbeitet haben.«

»Gut. Dann finden wir auch was, mit dem wir alle aus dem Schacht bekommen.« Er ging zum rechten Ende der Kammer, lud den Granatwerfer und starrte in den Gang, aus dem sie gekommen waren. »Ich sorge rasch dafür, dass uns keiner folgt.« Er wies Alexa mit einer Handbewegung an, den anderen Gang zu sichern. Früher oder später würde CAT seine Gardisten hineinschicken, und dann wollte er sicherlich nicht mehr hier unten sein.

Seine Infrarot-Optik zeigte ihm vier Schatten, die sich wie Profis leicht versetzt nach vorne pirschten und sich gegenseitig Deckung gaben. Dass sie keine Vollrüstung trugen, beschäftigte ihn nicht weiter. CAT könnte Freelancer angeheuert haben, die sie als zusätzliche Spürhunde einsetzten.

Er zielte auf den vordersten der Truppe, dann löste er den Granatwerfer mehrmals aus, um erstens so viele wie möglich von den Gegnern auszulöschen und zweitens die maroden Seitenverschalungen zum Einsturz zu bringen.

»Halt«, zischte der Bodyguard. »Sie sind vor uns und …«

Es knallte dumpf im Gang vor ihnen, einen Lidschlag darauf platzte Saeeds Mann durch den direkten Treffer einer Minigranate. Es zerriss ihn wie eine Figur aus einem brutalen Trid-Cartoon, der grausige Anblick war bizarr und wirkte unreal. Zwei weitere Explosionen folgten, Tattoo und Ordog wurden durch die Druckwelle auf das Blech geschleudert und hörten die Frau laut schreien, dann rieselte Sand auf sie nieder.

»Los, weg!« Tattoo packte Ordog im Nacken an seiner Jacke und rannte nach vorne, in den feinen Staub hinein, den die Detonation ausgelöst hatte. Gleich darauf brach hinter ihnen die Decke ein, Geröll und Sand ergoss sich in den Gang und türmte sich auch über ihnen auf. Glücklicherweise blieb die Schicht locker genug, dass sie Luft zum Atmen besaßen.

»Rühr dich nicht«, knirschte Ordog. »Noch eine Granate überstehen wir nicht.«

Sie lagen still unter ihrer Deckung und warteten ab, um die Täuschung perfekt zu machen. Irgendwann vernahmen sie dumpfe Schüsse, dann aufgeregte Stimmen.

»Weiter.« Ordog stemmte sich vorsichtig auf und achtete darauf, durch die herabrollenden Steine nicht zu viele Geräusche zu machen.

Tattoo schob sich ebenfalls aus dem Dreck und schaute, ob sie einen Hinweis auf die Leibwächterin entdeckte. »Wir sind nur noch zu zweit«, sagte sie.

»Ja, und? Wir sind Stadtkrieger«, gab er zurück und schlich den Gang voran, bis er an eine Biegung gelangte, hinter der anscheinend eine Kammer lag. Er schaute zu Tattoo. »Los!«

Sie stürmten hinein, die Mündungen der FN HAR-Sturmgewehre schwenkten sie ruckartig nach links und rechts und suchten nach Zielen.

»Keine Bewegung«, knurrte Tattoo. »Ich puste jeden um, der zuckt.«

Außer jeder Menge medizinischem Personal, vom Pfleger bis zu Ärzten, wie man an den verschiedenen Kitteln und Outfits erkannte, und vier Krankenbetten erwartete sie nichts. Keine Gardisten, keine Gegner mit Waffen, die für den Angriff mit Granaten infrage gekommen wären. Ein Bett war leer, und in einem anderen saß ... Sheik!

»Hey! Ordog!«, rief Sheik erleichtert. »Schon wieder du? Du bist zu meinem Glück ziemlich hartnäckig.« Er sah, wie dreckig und staubig sein Freund war. »Oh, Mann! Hat Vanderbilt auf *euch* geschossen? Ich schwöre, dass er nicht wusste, dass ihr zu den Guten gehört.«

»Vanderbilt? War das ...«

»... der Runner, der mich aus den Händen von General Genetics befreit hat.« Er stand behutsam auf. »Aber später können wir reden. Wir müssen weg, bevor die CAT-Gardisten kommen.« Rasch fasste er zusammen, wie sie aus der Falle entkommen konnten. »Vanderbilt und sein Kunde sind schon oben.«

»Dann sollten wir ihnen folgen.« Ordog stützte ihn. »Hast du alles, was du brauchst?« Er schaute zu dem Arzt, der seine Hand um einen großen Koffer geschlossen hatte. »Oder müssen wir irgendwas von dem Zeug mitnehmen?« Er räusperte sich. »Ich könnte es nämlich auch gebrauchen.«

»Gardisten«, meldete die Elfin. »Ich sehe vier Mann, Vollrüstung, große Gewehre.«

»Was? Hat es dich auch erwischt?« Sheik blickte zu dem Inder. »Das ist mein Arzt, Professor Singh. Er ist Spezialist für die Therapie.«

»Wenn wir Sie mitnehmen«, sagte Tattoo in ihrer bekannten, uncharmanten Art, »werden Sie Ordog sicherlich behandeln, nehme ich an.«

Singh schaute auf die Leute. »Ich werde es gerne tun. Aber dafür muss alles, was Sie hier sehen, mit an die Oberfläche.«

Ordog zählte und kam auf sieben Personen, davon

zwei bettlägerige, und verschiedene Geräte, deren Sinn sich ihm nicht erschloss. »Die Apparate bleiben hier.«

Singh schüttelte den Kopf. »Nein. Es sind Prototypen. Sie dürfen CAT nicht in die Hände fallen.«

Sie zuckten zusammen, als Tattoo plötzlich schoss. »Los, geht schon. Sie kommen!«, rief sie und blickte dabei weiter geradeaus in den Tunnel. »Zwei habe ich erwischt, aber es wird nicht lange dauern, bis sie Verstärkung erhalten.«

»Die Geräte zuletzt«, befahl Ordog und schaute durch die Klappe. Weiter oben sah er die Sterne am Ende der Röhre scheinen, aber von Vanderbilt oder seinem Team entdeckte er nichts; leise klirrend schlug die Kettenleiter gegen die Innenwand.

Ordog kletterte hinaus und versuchte nicht daran zu denken, dass ihm ein Sturz von einigen hundert Metern bevorstand, falls er abrutschen sollte. Er erreichte das Ende und stieg ins Freie. Die Bauten um ihn herum lagen im Dunkeln, neben der stillgelegten Förderanlage erkannte er zahlreiche Imbissbuden, die Umrisse einer riesigen Achterbahn und andere Fahrgeschäfte, die einsam und finster von den Touristen bis zum Morgengrauen zurückgelassen worden waren.

»Vanderbilt?«, rief er gedämpft. »Stecken Sie irgendwo? Schießen Sie nicht schon wieder auf mich.«

Er bekam keine Antwort. Offenbar hatte sich der Profi zusammen mit seiner Begleitung aus dem Staub gemacht. Es gab ja auch keinerlei Grund für ihn, sich um Singh und die anderen Menschen zu kümmern. Weder eine finanzielle noch eine moralische Verpflichtung.

In seiner Nähe entdeckte er einen alten Förder-Lkw,

der zu seiner großen Freude eine Seilwinde vor der Stoßstange montiert hatte. Ordog löste die Halterung, wickelte das Kabel ab und ließ es in den Schacht hinab. Wie sie die Patienten an dem Haken befestigten, überließ er den Pflegern.

Er stieg in den Lastwagen und schloss ihn kurz, die Elektrobatterie spendete der Winde Saft. Sein Kom klingelte, Sheik war an der Leitung. »Das ist Tattoos Kom«, sagte er. »Da wir keine Funkgeräte haben, muss ich dir so Bescheid geben, wann du uns hochziehen sollst.«

»Alles klar.« Im Hintergrund ratterte es, die Elfin wehrte immer noch Gardisten ab. »Schafft sie es alleine?« Ein Mann, einer der Pfleger, stieg aus dem Schacht und winkte ihm zu. Er blieb am Loch stehen und wollte die Bergung der Patienten überwachen und sie in Empfang nehmen.

»Ja, das hat sie jedenfalls gesagt. Aber wir beeilen uns lieber. Ich glaube, CAT möchte mich und diese Geräte um jeden Preis.« Sheik unterhielt sich kurz mit einem Mann. »Okay, du kannst den Ersten hochziehen.«

Es wurden lange, sehr lange Minuten für Ordog, auch wenn die Zeit als solche nicht schneller oder langsamer verrann als sonst. Es dauerte, bis die Patienten nach oben geschafft worden waren, und es dauerte noch länger, bis die Geräte verzurrt und wie rohe Eier an die Oberfläche gehievt wurden. Sheik stand noch unten und wollte warten, bis er zusammen mit Tattoo den Abschluss bilden konnte, was nicht nur Ordog, sondern auch Professor Singh die Schweißperlen auf die Stirn trieb.

»Wir kommen jetzt hoch«, sagte Tattoo unvermittelt. »Zieh Sheik hoch, ich decke den ...«, sie verstummte, ein Gewehr röhrte brutal laut los, »… Rückzug. Es wird eng, Ordog. Sucht euch oben was, um das Rohr zu schließen. Sie schicken Drohnen, wenn ich das richtig …«, wieder sandte sie eine Salve gegen ihre Gegner, »… gesehen habe! Scheiße, ja, das sind Rotordrohnen! Sie …«

Das Kom starb, meldete »Keinen Empfang« und stellte seinen Dienst ein. Ordog sprang aus dem Lkw, nahm seine Waffe und rannte zum Schacht. Er musste Tattoo beistehen, denn alleine wollte er auf keinen Fall in die ADL zurückkehren.

»Es geht mich nichts an, aber war es richtig?«

Jennings lächelte seinen Kunden an. »Herr Kraif, Sie haben uns bezahlt, damit wir Sie vor dem Tod bewahren, in welcher Form er auch immer daherkommt. Wenn Sie möchten, dass wir diesen Job auf andere ausweiten, müssten Sie dafür noch etwas drauflegen.«

Sie saßen hinter einem Fahrgeschäft, Alexa sicherte die Umgebung. Jennings versuchte, eine Taxizentrale oder ein anderes Transportmittel via Kom zu erreichen, aber er bekam keinen Empfang mehr. CAT hatte einen Weg gefunden, die Kommunikation zu unterbinden.

»Sie wissen genau, dass ich nicht mehr bezahlen kann.« Kraif zupfte an dem Verband, der über seinem Nasenbein lag. Es war eine Schiene, die vorsichtshalber gelegt worden war, denn im Grunde hatten die Magier des Massala hervorragende Arbeit geleistet. Von seiner Schädelfraktur war nicht mehr geblieben als ein ordentliches Kopfweh, aber das ließ sich bestens verschmerzen.

»Zu Ihrer Beruhigung und gegen Ihre moralischen

Vorbehalte, die anderen Leute sich selbst überlassen zu haben: Ich hätte eine Ausweitung des Auftrags auch nicht angenommen. Es ist so schon schwierig genug.« Er schaute zu Alexa. »Wir müssen zur Straße laufen und hoffen, dass wir was finden, in dem wir unsere Fahrt in den Financial District fortsetzen können. CAT hat einen Störsender aktiviert.«

»Okay.« Sie lief zur nächsten Deckung und sicherte von dort die Umgebung. Danach gab sie ihm ein Zeichen, woraufhin Jennings und Kraif zu ihr eilten.

Auf diese Weise legten sie eine gehörige Strecke quer durch den Vergnügungspark zurück und gelangten zum Ausgang, der im hellen Scheinwerferlicht lag. Davor standen zwei Wachleute, deren Bewaffnung aus je einem Gummiknüppel bestand. Niemand rechnete damit, dass man versuchte, den Park nachts mit Gewalt einzunehmen. Noch weniger rechnete man damit, dass nachts jemand aus dem Park ausbrechen wollte.

»Ich mache das.« Alexa stand auf und wurde nach einigen Metern von den Männern bemerkt, die sich erstaunt zu ihr umdrehten. »Verzeihen Sie, aber ich bin in dem Ölgesteinsmuseum eingeschlafen«, sagte sie und näherte sich ihnen weiter. »Darf ich bitte hinaus?«

Sie war dicht genug, um in den Nahkampf zu gehen. Ähnlich wie bei Jennings verliefen ihre Attacken derart schnell, dass Kraif nicht genau sah, was sie getan hatte; aber die Wachleute sanken gleichzeitig auf den Asphalt und rührten sich nicht mehr. Danach schaltete sie die beiden Kameras mit gezielten Schüssen aus.

Jennings nickte und machte sich einen internen Vermerk. Seine Ex musste Upgrades für ihre Reflexbeschleuniger erhalten haben, und sie hielt den linken Arm bei ihren Angriffen sträflich weit nach unten. Sollte er jemals gegen sie antreten müssen – was man in diesem Job niemals ausschließen konnte –, würde er die Lücke in ihrer Deckung nutzen. »Gehen wir, Herr Kraif.«

Sie rannten zum Ausgang, kletterten über das einfache Eisengitter und sprangen auf der anderen Seite auf die Straße, die verlassen vor ihnen lag. Es gab keinen Grund für Taxis, um diese touristenlose Uhrzeit ihre Route am Park vorbei zu legen, und Pkw, die man aufbrechen könnte, sahen sie auch nicht.

»Ich hoffe, Sie sind gut zu Fuß«, sagte Jennings zu Kraif und verfiel in leichten Trab.

»Sicher. Das bringt das Com-Golf mit sich.« Er hielt die Geschwindigkeit seiner beiden Leibwächter locker mit.

Dann erschien ein Scheinwerferpaar vor ihnen, das mit hoher Geschwindigkeit auf sie zuhielt. Von der Höhe der Lichter her schloss Jennings auf einen Transporter. Ein zweiter Wagen scherte hinter dem ersten aus, ein dritter machte die Blockierung der Fahrbahn komplett. In einer breiten Front schossen sie schräg versetzt auf die Gruppe zu. Die Absicht war unmissverständlich.

Jennings hob das AK und setzte eine Minigranate in den Kühlergrill des mittleren Transporters. Zwar gab es eine Explosion und der Wagen geriet ins Schlingern, aber die Panzerung hielt stand.

»Das hat keinen Sinn. Zurück in den Park«, befahl er und rannte zu der Mauer, hinter der sich die Fahrgeschäfte wie die Skelette von modernen Dinosaurier-Mutationen abzeichneten. Alexa und er erklommen das Hindernis spielend leicht, Kraif hatte einige Schwierigkeiten, wuchtete sich dann aber dennoch nach oben. Sie rutschten in dem Moment auf der anderen Seite hinab, als die Transporter die Mini-Türme ausfuhren, ihre Fahrt stoppten und die ersten Gardisten aus dem Inneren sprangen. Die Jagd war noch nicht zu Ende.

»Was wollen die von uns?«, keuchte Kraif.

»Vermutlich halten sie uns für Mitarbeiter des Massala.« Jennings lief rückwärts, das AK-98SE auf die Mauerkrone gerichtet, und schoss, als sich der Helm eines Kon-Mannes zeigte. Die Kugel traf wie immer das Visier, der Gardist gefror in seiner Bewegung und kippte rücklings von der Mauer; sie hörten, wie er auf Blech aufschlug. Offenbar war er auf das Dach eines Transporters gestürzt.

Jennings wusste sich und seine Fähigkeiten einzuschätzen; auch Alexas Qualitäten kannte er sehr genau, aber bei Kraif war er sich nicht sicher. Es war utopisch anzunehmen, dass sie alle Kon-Gardisten ausschalten konnten. CAT war fest entschlossen, niemanden aus dem Massala entkommen zu lassen, und spätestens wenn der Kon seine Magier und Drohnen im großen Stil einsetzte, war ihre Glückssträhne zu Ende. »Wir suchen den Fuhrpark«, gab er neue Anweisungen. »Sie müssen eigene Fahrzeuge haben, um kleine Arbeiten zu verrichten.«

»Wir sind unterwegs an einer Halle vorbeigekommen, die keines von den Touristenschildern trug«, erinnerte sich Alexa. »Kann sein, dass sich darin die Autos befinden.«

Ohne weitere Worte zu verlieren, hetzten sie vorwärts. Gelegentlich hallten Schüsse hinter ihnen, aber da sie sich immer in Deckung bewegten, wurden sie nicht getroffen. Allerdings gelang es ihnen nicht, die Kon-Truppen abzuhängen.

Sie erreichten die Halle, Alexa schoss das Schloss auf, dann stürmten sie hinein und erlebten eine böse Überraschung: Umzugswagen! Rollende Oasen, fahrbare Miniaturbohrtürme, ein lachender Scheich von der Größe eines Trolls und viele andere Motive warteten darauf, dass sie zur nächsten Oil-Town-Parade aus der Halle gefahren wurden.

»Verflixt«, murmelte Kraif. »Mann, das würde mich schon mal reizen, hier eine Partie Golf zu spielen.«

»Wir starten sie alle«, beschloss Jennings und rannte los, um die Autopiloten zu aktivieren, dann befahl er Alexa und seinem Kunden, in das Kamel mit den drei Höckern zu steigen. »Ich komme nach«, sagte er und drückte auf den Knopf, der die Hallentore öffnete. »Ich melde mich bei dir, falls wir uns unterwegs verlieren sollten. Brecht erst aus der Kolonne aus, wenn ich für Ablenkung gesorgt habe.«

Die spielende, blinkende, blökende, Kunstnebel sprühende und Feuerwerk abbrennende Unterhaltungsarmada rollte hinaus und spulte ihr bewährtes Programm ab, weil es den Computergehirnen ziemlich egal war, ob ihre Zuschauer aus Touristen oder Gardisten bestanden. Die Männer schwenkten ihre Waffen umher, sahen aber nichts, auf das sie schießen konnten.

Jennings hatte sich den übergroßen, reitenden Sarazenen ausgesucht. Als er einen Gardisten ummittelbar neben sich stehen sah, lenkte er das Gefährt gegen den Mann und fuhr ihn einfach um. Mit einem lauten *Bong* prallte er von der Verkleidung des Wagens ab und geriet unter die Räder; die Vollrüstung bewahrte jedoch sein Leben. »Tötet die Ungläubigen!«, lachte der Sarazene und schwang sein Schwert, das Pferd wieherte. »Werft die Kreuzfahrer aus dem Land!«

Froh, endlich ein Ziel zu haben, eröffneten die Kon-Truppen das Feuer auf den Wagen. Jennings warf sich auf den Boden und rollte sich zusammen, trat das Gaspedal des Elektroautos ganz nach unten und erreichte immerhin die sagenhafte Geschwindigkeit von vierzig Stundenkilometern.

»Folgt mir, Brüder! Tod den Mördern und Plünderern!«, rief der Plastiksarazene. Eine zu hoch gezielte Granate setzte der Puppe und dem Lautsprecher ein Ende. Das Material fing Feuer, und brennend schnurrte das demolierte Wägelchen weiter voran, verfolgt von den wütenden Gardisten, die aus allen Rohren feuerten. Jennings sprang in einer Kurve ab, rollte sich in einen Graben und hob sein Gewehr. Die Gardisten hatten ihn noch nicht bemerkt, und so gelang es ihm, zwei von ihnen durch gezielte Visiertreffer zu töten, bevor er sich zurückziehen musste.

Er rannte zu dem Schacht, aus dem er gestiegen war. Wenn er Glück hatte, würden sich die Kon-Truppen lieber um die Ärzte als um ihn kümmern. Es war zwar nicht besonders nett von ihm, CAT auf diese Fährte zu locken, aber es bot ihm die Möglichkeit zu überleben. Und das zählte für ihn am meisten. Nach ein paar Metern tauchten Alexa und Kraif an seiner Seite auf. Beide sahen aus, als seien sie einem Feuer mit knapper Not entkommen.

»Frag nicht«, sagte sie düster.

Sheik kam Ordog auf der Kettenleiter entgegen. »Sie kommt gleich, hat sie gesagt«, erstattete er Bericht. »Sie räumt nur noch auf.«

»Ich gehe trotzdem nachschauen.« Er schwang sich auf die äußere Seite der untersten Sprosse, damit der Magier an ihm vorbeiklettern konnte, dann schlüpfte er durch die Klappe in die Kammer und sah, dass sich Tattoo im Nahkampf gegen vier Gardisten zur Wehr setzte.

Ihre Schläge waren für die Männer in den dicken, aber einschränkenden Rüstungen zu schnell. Die Unterarmsporne schlugen Löcher in die Panzerung, mit der enormen Kraft ihrer mechanischen Arme hatten die Angreifer nicht gerechnet. Die Elfin blutete allerdings aus Wunden an der Schulter und am Bein, ein Streifschuss an der linken Hüfte hatte die Panzerung rot gefärbt. Am Boden lagen die Trümmer von mindestens zwei Rotordrohnen.

»Ich bin bei dir«, rief er ihr zu.

»Mach den Gang dicht«, keuchte sie. »Sonst schaffen wir es nicht mehr.« Sie wich dem Hieb eines Gardisten aus und stieß ihm den linken Sporn unterhalb des Kinns in den Hals. Der Mann fiel zu Boden.

Sie tauchte unter dem nächsten Schlag weg, nutzte den Schwung, um ihren rechten Sporn durch ein Visier zu rammen, schleuderte den Gardisten wie an einem Haken hängend gegen seinen Nebenmann und warf beide zu Boden. Dann sprang sie aus dem Stand hoch und trat dem letzten Angreifer mit beiden Füßen vor die Brust, sodass er rückwärts taumelte. Die Zeit nutzte Tattoo, um nachzusetzen, den Helm zu umfassen und das Genick zu brechen.

Ordog hob eines der leichten Maschinengewehre auf, die einmal an der Drohne befestigt gewesen waren, der Gurt schleifte leise klingelnd hinter ihm her. Dann trat er in den Korridor, kniete nieder und gab kurze, beständige Feuerstöße auf die Gestalten ab, die sich auf ihn zu bewegten. Er hörte erst auf, als ihm die Munition ausging und ihn Tattoo an der Schulter packte.

»Sind noch ein paar übrig?«, fragte sie, und ihre Augen strahlten vor Glück. Die Adrenalinpumpe hatte wieder alles gegeben und ihren Körper in eine kleine Ekstase geflutet; dazu kam, dass sie Prügeleien dieser Art liebte. Sie war zu sehr Stadtkriegerin und zu wenig Runnerin.

»Raus hier.« Er warf das MG weg und eilte zur Klappe, die Elfin folgte ihm widerwillig. Sie erklommen die pendelnde Leiter und erreichten das Ende des Schachtes. Eine Skimmer-Drohne zog an ihnen vorbei und hielt es nicht für nötig, sie unter Beschuss zu nehmen. Sie flog an die Oberfläche und orientierte sich, um dem Rigger, der sie steuerte, einen Rundumblick für die Kon-Truppen zu verschaffen. CAT hatte noch lange nicht aufgegeben.

Sheik setzte den Lkw in Gang und fuhr ihn mit Schwung auf das Bohrloch zu. Im letzten Augenblick sprang er heraus. Der Lastwagen rutschte mit dem ersten Drittel über den Rand und blockierte die anderthalb Meter breite Röhre vollkommen. Weder eine Drohne noch ein Gardist würden ihnen durch diesen Aufgang folgen können.

Grinsend kam Sheik auf die Beine. »Na? Wie war ich?«

Ordog versuchte, sein Kom zu aktivieren und Saeed von der neuen Lage in Kenntnis zu setzen, damit er ihnen rasch ein Taxi besorgte. Tattoo schoss derweil auf den Mikroskimmer und pflücke ihn aus dem Himmel.

»Gardisten!«, schrie einer der Pfleger.

»Hört das denn nie auf?«, fluchte Ordog und deutete auf den zweiten Lkw. »Alle auf die Ladefläche. Wenn wir Glück haben, entkommen wir ihnen.« Zwar glaubte er im Augenblick selbst nicht ganz daran, aber das musste keiner wissen. Er setzte sein Leben aufs Spiel, um am Leben zu bleiben. Ein echtes Paradoxon.

An ihnen huschten drei Schatten vorbei, die keinesfalls zu den Kon-Truppen gehörten. Als er Sheik auf sie aufmerksam machte, erkannte sein Freund Vanderbilt und seine Begleitung wieder. Anscheinend waren sie genau in die Arme der Angreifer gelaufen und suchten ihr Glück ebenfalls in der Flucht.

Sheik steuerte den Lkw, Tattoo und Ordog saßen auf der Ladefläche und schossen abwechselnd auf Gardisten und Drohnen, je nachdem, was sich gerade besser als Ziel eignete. Sie selbst wurden kaum unter Beschuss genommen. Offenbar hatten die Truppen den Befehl erhalten, Rücksicht auf die Mediziner und die gelagerten Proben sowie die Patienten zu nehmen. Das rettete ihnen vorerst den Hintern.

Der Lkw erreichte das andere Ende des Parks und durchbrach kurzerhand die Mauer. Anfangs schaffte es das Fahrzeug, über die Trümmer zu rollen, aber dann bockte es die Achse auf einem größeren Mauerstück selbst auf und stand still. Jetzt bekamen die Gardisten die Gelegenheit, auf die sie gewartet hatten.

»Ich zähle fünf«, sagte Tattoo zu Ordog und scheuchte die Menschen von der Ladefläche.

»Sie wagen sich nicht näher heran«, stellte er erstaunt fest.

»Wir haben ihnen wohl ordentlich Angst gemacht«, sagte sie und grinste dabei. Sie wusste genau, dass es nur ein Teilerfolg war, der nicht länger vorhalten würde als maximal zehn Minuten. »Hast du einen Plan?«

»Wenn ich ehrlich bin, nein«, gestand er. »Wir hängen fest.« Er schaute nach hinten, wo die Pfleger die

Patienten auf den Boden gleiten ließen. »Mit denen kommen wir nicht weit. Singh wird sich entscheiden müssen.«

Die Entscheidung blieb dem Arzt erspart. Ein schwarzer Transporter mit CAT-Emblem näherte sich auf der Straße, die vor der Mauer entlanglief, der Mini-Turm fuhr gerade aus und schwenkte das Maschinengewehr in ihre Richtung. »Ergeben Sie sich«, dröhnte eine Lautsprecherstimme. »Sie machen sich des Diebstahls am Eigentum von Cross Applied Technologies schuldig. Sowohl die Patienten als auch die Unterlagen müssen unverzüglich ausgehändigt werden.«

Das Knattern von Rotoren erklang, zwei Hubschrauber näherten sich als dunkle Schemen dem Schauplatz und badeten den Lkw mit grellen Scheinwerfern in weißes Licht. Jetzt gab es kein Entkommen mehr, weder für sie noch für die zweite Gruppe mit Jennings.

»Wir fordern Sie erneut auf, sich zu ergeben«, verlangte die Stimme.

Jetzt wagten sich auch die verbliebenen Gardisten aus ihrer Deckung und rückten vor. Gedeckt von einem MG und zwei schwer bewaffneten Helikoptern, sah es für sie gleich wesentlich besser aus.

Eine Fahrzeugkolonne, bestehend aus vier Kleintransportern, näherte sich ihnen. Sie trugen alle die Aufschrift Al Lachma, und der zweite hatte sogar ein nachgebildetes Riesensteak auf dem Dach, das sich langsam um die eigene Achse drehte. Einer der Hubschrauber schwenkte den Scheinwerfer wie eine Warnung auf das vorderste Fahrzeug, das seine Geschwindigkeit verringerte und anhielt. Ein Araber stieg aus, fuchtelte mit den Armen und deutete auf die Fahrbahn. Er wollte unbedingt vorbei.

»Bleiben Sie zurück«, schallte der Lautsprecher. »Wir sind befugt, die …« Der Sprecher stöhnte auf, dann schrie er gellend. Das Chassis des Wagens blitzte und funkelte, und es knisterte laut. Die Türen des Transporters flogen auf, und die Insassen wankten heraus. Ihre Haut hatte Blasen geschlagen, als seien die Leute bei lebendigem Leib gekocht worden.

Als Nächstes verhielt sich der erste Helikopter merkwürdig. Er sackte wie ein Funken sprühender Stein in die Tiefe, wurde kurz über dem Boden abgefangen und kollidierte dennoch mit der Mauer des Vergnügungsparks; zwei der Gardisten fielen wie vom Schlag getroffen zu Boden, und der zweite Hubschrauber zog die Nase ruckartig nach oben und schoss davon.

»Sind das Ihre Leute, Singh?«, fragte Ordog und sprang vom Lkw. Tattoo folgte ihm.

»Ich weiß es nicht.«

»Das sind Rashids Leute«, jubelte Sheik und eilte in orientalischem Überschwang auf den ersten Wagen zu. Jennings und seine Begleiter kamen um den großen Lkw herum, blieben aber in Deckung und hatten die Waffen schussbereit. Also konnten es auch nicht deren Unterstützungstruppen sein.

»Sheik, komm zurück«, rief Ordog und lief ihm nach.

Da trat eine Frau mit langen schwarzen Haaren aus dem ersten Wagen, die ihm sehr bekannt vorkam. »Cauldron?«

Die hermetische Magierin deutete auf den letzten Wagen. »Keine Zeit für lange Gespräche. Los, alle in den vorletzten Wagen.« Sie schaute zu Jennings und dann auf Alexa. »Sie auch, bitte. Ich habe ein paar Fragen an Sie.« Sie senkte die Stimme zu einem Flüstern: »Frau Du Garotte.«

Regel 15: Wird ein Ball in Ruhe durch etwas bewegt, das nicht zum Spiel gehört (Polizei, BuMoNa, Autos, Critter, Druckwelle einer Detonation), so zieht sich der Spieler keine Strafe zu, und der Ball kann vor dem nächsten Schlag des Spielers zurückgelegt werden. Muss aber nicht.

Auszug aus den All-Area-Combat-Golf-Regeln der International Double A Combat Golf Society

Vereinigte Arabische Emirate, Dubai, Dubai-City,
22. 9. 2059, 00:31 Ortszeit

Singh, Jennings und seine Begleiter, Sheik, Tattoo und Ordog saßen im Innenraum des gepanzerten Transporters und unterhielten sich darüber, wie es nun nach der unvermuteten Rettung weitergehen sollte.

Das Kom funktionierte wieder, nachdem sie einen halben Kilometer zurückgelegt hatten. Sheik sprach mit seinem Halbbruder und traf bereits Vorkehrungen, um Singh, seinem restlichen Team und den Patienten die Ausreise aus Dubai zu ermöglichen. Von einem anderen der sieben Emirate aus, wahrscheinlich Abu Dhabi, würde ihnen das gelingen. Der Arzt wollte nach Paris.

»Notfalls, wenn Sie sich nicht trauen, in ein Flugzeug zu steigen, bestellt Rashid ein Boot, das uns in den Irak bringt. Von dort werden wir ausgeflogen. In einer Stunde geht es los.« Er schaute zu Ordog. »Du hast doch in nächster Zeit kein Spiel, oder?«

»Schon. Aber ich wäre nur eine bessere Zielscheibe.« Er schaute zu Singh. »Wie wollen Sie die Therapie fortsetzen? CAT hat United Treatment und damit alle Krankenhäuser aufgekauft, wie wir jetzt wissen.«

»Nun ja.« Der Inder zwirbelte seinen langen Schnurbart zurecht. »Aber mein Haus hat bei der Erforschung mit einer französischen Charité zusammengearbeitet. Weder UT noch CAT wussten davon. Und Paris wird sich sehr freuen, mich und mein Team zu sehen.«

»Dann stammte die Anweisung, die Unterlagen in Sicherheit zu bringen, gar nicht von UT?«, fragte Sheik.

Singh lächelte. »Doch. Ich wurde gewarnt und gebeten, dem Konkurrenten so wenig wie möglich von unseren Erkenntnissen zu überlassen. Da die Übergabe am Fluss an das UT-Team scheiterte, nutze ich meine bescheidenen Möglichkeiten, um das wertvolle Wissen wenigstens so zu erhalten, dass Cross nichts davon hat.«

Jennings hörte zu und lächelte wissend. Übersetzt hieß das: Singh setzte sich auf eigene Rechnung nach Frankreich ab.

»Paris ist nicht so weit von Mainz entfernt«, sagte Tattoo. »Ich komme dich besuchen, sobald wir in der Wüste fertig sind.« Sie hatte beschlossen, der Magierin bei der Vernichtung des Elementars zu helfen. Sie hatte die Sache in Andorra nicht vergessen. Die Verluste der Black Barons verlangten nach Rache, und diese Gelegenheit bot sich ihr. »Wie lange dauert die Therapie?«

»Es ist nicht ganz so einfach. Wir haben ein neues Genpräparat entwickelt, das auf der Immunität verschiedener Tierarten gegen Krebs beruht. In Ihrem Fall, Herr Stauffer, hemmt das Präparat die Bildung einer anormalen Enzymvariante, die zur unkontrollierten Teilung neuer weißer Blutzellen führt. Dazu mischen wir ein Immunotoxin ein, einen Antikörper, der mit einem von uns entwickelten bakteriellen Toxin gekoppelt wurde. Der Antiköper bindet sich an ein Oberflächenprotein der eventuell entstehenden Leukämiezellen, die dann durch das Toxin abgetötet werden.«

»Das klingt aber sehr speziell. Ich dachte, es hilft gegen alle Krebsarten?« Ordog war beeindruckt.

»Tut es auch, wenn wir das Genpräparat entsprechend variieren. Jedenfalls nehmen wir es an. Wenn wir Ihnen gegen diese aggressive, neuartige Form von Leukämie helfen können, Herr Stauffer, wage ich mich an jeden Krebs heran.«

Jennings verzog den Mund. Damit hatten die Charité und welcher Kon auch immer hinter ihr steckte die Lizenz zum Gelddrucken. Die Umweltschäden der Erwachten Welt vor allem in den Ballungsräumen steigerten die Zahlen von verschiedenen Sorten der Krankheit, Lungenkrebs und Leukämie standen hoch im Kurs.

Sheik nickte. »Dadurch, dass die radikalen Nebenwirkungen der Chemo vermieden werden, bedeutet die Therapie gerade für magisch Begabte den Erhalt ihrer Verbindung zu den astralen Energien. Ich bin das beste Beispiel.«

Auch Cauldron speicherte die Informationen. Man wusste ja nie.

»Wie gesagt, wir forschen noch daran.« Singh schwieg vorsichtshalber. Er hatte in seiner Freude über die Rettung bereits zu viel erzählt.

Cauldron funkte das neue Ziel an die Kolonne weiter, der Al-Lachma-Konvoi änderte seine Route und begab sich an den Ort, wo sich Sheiks Halbbruder aufhielt und endlich, endlich das versprochene Refugium bot.

Jetzt sah Jennings seine Zeit gekommen. »Herr Abolhassan, ich würde Sie bitten, meinem Kunden und uns ebenfalls Unterschlupf zu gewähren. Dafür verzichte ich auf weitere Geldzuwendungen.«

»Jetzt erkenne ich den Mann!«, rief Sheik und deutete auf Kraif. »Du bist der Mann, der eines der großen Lose gezogen hat!« Er schüttelte ihm die Hand. »Meinen Glückwunsch! Sicher kannst du bis zur Ziehung in meinem Haus bleiben.«

»Danke, das ist sehr freundlich«, bedankte sich Kraif erleichtert. »Ich habe nämlich keine Lust mehr, vor den Killern davonzulaufen. Ein sicheres Versteck tut dringend Not.«

Jennings hielt die Luft an, aber Sheik kümmerte sich gar nicht um die Andeutung, dass die Probleme weitaus größer waren. »Auch ich bedanke mich«, sagte er auf Arabisch. Seine graugrünen Augen richteten sich auf Cauldron, und er beugte sich vor. »Warum haben Sie uns geholfen, Frau Peron?«, fragte er sie leise und in der Seattler Stadtsprache, damit niemand sonst etwas von ihrer Unterhaltung hörte. »Nur wegen Ihrer Bekannten?«

»Nicht nur.« Sie zögerte, dann deutete sie auf Alexa. »Ich habe sie wiedererkannt. Sie hat mich damals in Stuttgart aus einer brennenden Fabrikhalle befreit und die Kontakte in die Schweiz hergestellt. Dank ihr bin ich im Klinikum gelandet und konnte meinen Sohn retten.«

Jennings musterte ihre Züge. »Frau Peron, machen Sie mir etwas vor? Sie wollen was Bestimmtes von ihr, das über Dankbarkeit hinausgeht.«

»Ginge Sie das was an?«

»Da ich sie momentan bezahle, durchaus. Wenn Sie etwas beabsichtigen, das gegen die Gesundheit oder das Leben dieser Dame gerichtet ist, müsste ich einschreiten.«

»Sie vergessen, dass ich eine Magierin bin.«

»Aber Sie haben Schwierigkeiten mit dem Zaubern, sonst hätten Sie Ihre Macht vorhin gegen die Gardisten eingesetzt, richtig?« Jennings beobachtete sie. »Oder Sie sparen sie auf, um gegen Rose Abongi anzutreten. Was ich übrigens sehr bedauere, denn sie bezahlte pünktlich und sehr gut.«

»Sie halten sich für sehr schlau.«

»Nein, nicht sonderlich. Aber ich bin lange genug im Geschäft.« Er lächelte. »Mikrowellen.«

»Was?«

»Die Waffe, mit der sie die Leute im Transporter, die Gardisten in den Rüstungen und die Hubschrauberbesatzung durchgekocht haben. Das waren Mikrowellen, nicht wahr? Und dieses Riesensteak auf dem zweiten Transporter ist die getarnte Abschussvorrichtung. Das ist großes Kino, Frau Peron. Wer auch immer Ihnen dieses Spielzeug besorgt hat, solche Kontakte hätte ich auch gerne.« Er gab Alexa ein Zeichen, und sie kam zu ihnen. »Also, Frau Peron, stellen Sie Ihre Frage.«

Es passte Cauldron gar nicht, diese Unterredung vor einem Zeugen zu führen. Da sie aber keine andere Möglichkeit sah, ließ sie sich darauf ein. »Sie erinnern sich an den Tag, an dem Sie mich aus der Halle holten, Frau Du Garotte?«

Die Killerin nickte.

»Was geschah, nachdem Sie mich in den Krankenwagen gebracht hatten?«

»Worauf wollen Sie hinaus?«

»Sie sagten mir nicht, dass es einen zweiten Wagen und ein Team in Feuerschutzanzügen gab, das danach in die Halle ging.« Ihre Augen starrten sie feindselig an. »Hat dieses Team Xavier Rodin geborgen?«

»Warum sollte ich Ihnen darauf eine Antwort geben?«

»Weil ich Ihnen ansonsten mit einem simplen Kom-Gespräch die Killer der ganzen Welt auf den Hals hetze, die Ihren Herrn Kraif umlegen wollen.«

»Sag es ihr«, seufzte Jennings, der erkannt hatte, dass die Magierin nicht bluffte.

»Ich habe einen Ruf als Runnerin zu verlieren. Wenn ich es mir mit dem Konsortium verscherze, bekomme ich nie wieder Aufträge«, begehrte sie auf.

»Sie meinen sicherlich Aztech.« Cauldron sprach langsam und betont aus, was sie wusste. »Ich habe mich umgehört und weiß, wer hinter dem Klinikum steckt.«

Jetzt stand Alexa der Schrecken ins Gesicht geschrieben. »Dann werden Sie erst recht verstehen, dass ich Ihnen nichts sagen kann.«

»Und wenn ich Sie anheuern würde?« Sie zückte einen Credstick. »Da sind 10 000 Nuyen drauf. Mit der Einwilligung von Mr. Jennings könnte ich Sie nach dem Auftrag in Dubai für meine Sache in der Schweiz unter Vertrag nehmen. Sie werden mir bei der Befreiung von Xavier helfen. Aber Sie sollten in Anwesenheit der anderen Leute in den Transportern kein Wort darüber verlieren. Es sind Aztech-Truppen.«

Jennings hielt sich raus. Da Cauldron Alexa nicht mitten in seinem Auftrag abwerben wollte, überließ er es seiner Ex, eine folgenschwere Entscheidung zu treffen.

Alexa nahm den Stick. »Ihr Freund lebt noch«, raunte sie. »Wir haben ihn aus dem Feuer gezogen.«

»Wie geht es ihm?«

»Er hatte Verbrennungen dritten Grades, die Ärzte mussten die komplette Haut austauschen. Wegen der starken inneren Verletzungen, die nicht von den Trümmern stammten, haben sie ihn in ein künstliches Koma versetzt.« Sie lächelte und tat so, als plaudere sie über irgendwelche gemeinsamen Erlebnisse, damit keiner der anderen Runner Verdacht schöpfte. »Den Aufenthaltsort werde ich Ihnen aber erst verraten, wenn das hier alles zu Ende ist und Sie mich bezahlen.«

Cauldrons Gefühlswelt hellte sich mit einem Schlag auf. Sie fühlte sich unglaublich gut. Wenn es ihr nun noch gelang, ihren Sohn und ihren Mann aus der Klinik zu befreien, dann hätte sie alle Menschen um sich versammelt, die ihr etwas bedeuteten. Das waren zwei Runs. Die wichtigsten in ihrem Leben. Sie zweifelte nicht mehr daran, dass es ihr gelingen würde, Abongi und den Elementar zu vernichten. Danach würde Aztech zu spüren bekommen, was es bedeutete, eine Feuermagierin zu täuschen und zu hintergehen.

Aus der überschwänglichen Freude wurde lodernde, heiße Wut. Man hatte sie betrogen, sie wegen des vorgetäuschten Todes von Xavier leiden lassen. Das würde das Klinikum nicht heil überstehen.

»Frau Peron«, kam es über ihr Funkgerät. »Wir nähern uns der angegebenen Adresse.«

Cauldron wandte sich an Jennings. »Hier trennen sich unsere Wege wieder. Ich wünsche Ihrem Kunden alles Gute und dass er den Hauptgewinn zieht.«

Der Transporter stoppte, die Schiebetür wurde geöffnet, und die Runner stiegen, bis auf Tattoo, aus.

»Vielen Dank«, verabschiedete sich Jennings mit einem Nicken und hielt das Gewehr locker in der Hüfte. Er sah für einen Moment wie eine seltsame Doppelwerbung für Waffen und Anzüge aus. »Frau Du Garotte wird Sie anrufen, sobald wir den Auftrag abgeschlossen haben.« Er zog die Tür zu, und die Fahrt ging weiter.

Tattoo sah die Magierin an. »Sie freuen sich ziemlich drauf, oder?«

Cauldron nickte. »Es wird mir ein unendliches Vergnügen sein, die Existenz des Dschinns zu beenden.«

»Ich möchte auch eine Aufgabe«, bestand die Elfin und zeigte ihre Reißzähne. »Lassen Sie Abongi mir.«

Vereinigte Arabische Emirate, Dubai, Dubai-City,
22. 9. 2059, 00:54 Ortszeit

Die Gruppe stand vor dem schmiedeeisernen Tor eines riesigen Anwesens, hinter dem zahlreiche farbig beleuchtete Brunnen plätscherten. Das Haus war eine Mischung aus englischem Kolonialstil, orientalischer Filigranheit und purer Verschwendungssucht. Blattgold blinkte hier und da, Mosaiken aus winzigen Steinchen schufen beeindruckende Motive an den Wänden. Der Komplex musste einige Millionen Nuyen gekostet haben.

Jennings' Profiaugen suchten nach Kameras und anderen Sicherungseinrichtungen, entdeckten aber keine. Keine offensichtlichen. Die Architekten hatten alle perfekt in das Bauwerk integriert.

Das Tor öffnete sich, aus dem Haupteingang trat die bekannte Gestalt Rashid bin Saeeds, hinter ihm standen bereits zwei neue Leibwächter. Verluste wurden schnell ersetzt.

»Allah sei Dank! Da ist mein geliebter Ali!«, rief er und ging die Treppe hinab.

»Rashid!« Mit einem Freudeschrei warf sich Sheik in die Arme seines Halbbruders. »Danke, dass du mich befreien ließest.« Er deutete auf Jennings, Alexa und Kraif und stellte sie der Reihe nach vor.

»Also, wenn Sie diesen Bart nicht hätten und eine andere Haarfarbe, würde ich schwören, dass Sie dieser Ausländer sind, der das letzte Los der Al-Lachma-Lotterie gezogen hat«, meinte ihr Gastgeber.

»Ich bin es auch«, seufzte er und bekam dafür von Jennings einen bösen Blick.

Rashid schüttelte ihm die Hand. »Dann drücke ich Ihnen die Daumen, dass Sie der Glückliche sind.«

Kraif seufzte. »Ja, ich hätte ein wenig Glück dringend nötig.«

Jennings sah, dass ein Kombi mit abgedunkelten Scheiben langsam an dem Anwesen vorbeifuhr. Viel zu langsam für seinen Geschmack. »Könnten wir bitte reingehen, Herr Saeed?«, fragte er. »In Anbetracht der Umstände unserer Ankunft und dem Hintergrund der Gentlemen«, er deutete auf die Ärzte, die verloren herumstanden, »wäre es besser, wenn wir uns nicht zu lange im Freien aufhalten. Satelliten sehen alles.«

»Sicher. Sie haben Recht.« Rashid deutete auf die Treppe. »Hier entlang bitte.« Einige Bedienstete eilten die Stufen hinab und halfen, die Patienten zu tragen. Die Ärzte und Pfleger verschwanden mit ihnen in einem Seitentrakt des Anwesens. Die Runner folgten den Brüdern in den Empfangsraum.

Auch hier war viel Geld in die Einrichtung investiert worden: schwarze Mahagoni-Möbel, Clubsessel, Gobelins an den Wänden, Prunkgefäße aus Gold und Silber, Zierwaffen und dazu Deckenventilatoren, die sich leise surrend drehten.

Sie setzen sich an einen niedrigen Tisch und wurden sofort von Frauen in orangefarbenen und roten Saris umschwärmt, die ihnen Getränke und Snacks reichten. Die Brüder nahmen einen starken Mokka, die anderen lehnten dankend ab.

»Alle Vorbereitungen wurden getroffen, wie du gewünscht hast«, sagte Rashid zu Sheik. »In einer halben Stunde wird ein Kleinbus kommen, der dich, die Ärzte und Herrn Stauffer abholt. Von Abu Dhabi aus geht heute Nacht noch eine Privatmaschine nach Paris.« Ihm wurde eine Wasserpfeife gereicht, und er nahm einige Züge, bevor er sie weiterreichte. »In den Nachrichten war die Rede von schweren Gefechten, die sich die Polizei mit Fundamentalisten geliefert haben will.« Er lächelte. »Welcher Kon steckte dahinter? Welche Feinde hast du dir gemacht, Ali?«

Sheik lachte und gab eine rasche Zusammenfassung ab. »Und nachdem wir von der Magierin hierher gebracht wurden, sind wir endlich in Sicherheit«, sagte er erleichtert und paffte an der Wasserpfeife. »Du hast daran gedacht, dass Herr Vanderbilt und seine Begleiter noch einige Tage meine Gäste sein werden?«

»Ich habe alles arrangiert. Wie du es wolltest.« Rashid deutete eine Verbeugung an.

Ordog grinste unentwegt. »Weißt du, dass ich dich wegen der Scheich-Story, die du immer erzählt hast, für den größten Lügner der ADL gehalten habe?«

»Das haben viele, mein ungläubiger Freund.« Sheik deutete auf die Pracht um sich herum. »Das ist im Vergleich zu dem, was mir zusteht, noch bescheiden. Meine Familie kommt aus Ras al-Khaima, wir haben uns früher durch Öl und in den Jahren danach durch Diamantenhandel ein Vermögen aufgebaut. Als mein Vater starb, beanspruchte mein jüngerer Bruder jedoch die Firma für sich und drohte mir, mich und unsere gesamte restliche Familie zu töten, wenn ich nicht freiwillig das Land verlassen würde. Ein Attentat scheiterte, und ich erkannte, dass es besser wäre, im Ausland mein Leben zu verbringen und zusammen mit meinem Halbbruder in aller Ruhe den Gegenschlag vorzubereiten.« Er schmauchte wieder, es roch wunderbar nach Vanille. »Meine Familie erfuhr von meinem Aufenthaltsort und holte mich nach Dubai, damit ich von hier aus die Vorbereitungen vorantreiben kann.«

»Wie weit sind sie gediehen?«

»Sehr weit. Wir haben Djalal isoliert und mehrere seiner Konten eingefroren. Vor dem Gericht läuft ein Verfahren wegen Steuerhinterziehung und Betrugs, das wir in die Wege geleitet haben.« Sheik grinste. »Ich gebe ihm noch ein halbes Jahr, dann haben wir ihn. Sobald er vor dem Gericht aus dem Land flüchten will, ist er geliefert.« Er klopfte Rashid auf die Schulter. »Mein treuer Halbbruder hat die Fäden in der Hand und steuert die Vernichtung.«

»So ist es«, verkündete Rashid strahlend, zückte sein Kom und stand auf. »Entschuldigung, aber ich muss nur noch mal nachfragen, wo der Kleinbus bleibt.«

Jennings unterdrückte ein Gähnen. »Ich möchte nicht unhöflich sein, doch wäre es möglich, dass wir uns zurückziehen können? Herr Kraif ist noch ein wenig angeschlagen, und auch ich wäre froh, nach den Aufregungen des gestrigen Tages etwas Ruhe zu bekommen.«

Sheik nickte. »Kein Problem. Ihre Zimmer sind vorbereitet.« Er winkte eine der Damen herbei und befahl ihr, die Gäste zu den Unterkünften zu bringen. »Ich bedanke mich nochmals für Ihr Eingreifen, Herr Vanderbilt. Oder Mr. Jennings? Wie auch immer.«

»Wie auch immer. Und immer wieder gerne, Herr Abolhassan. Wenn Sie Unterstützung gegen Ihren Bruder benötigen, lassen Sie es mich wissen. Gerne sende ich Ihnen ein Angebot.« Er und seine Begleiter erhoben sich. »Ihnen alles Gute, Herr Stauffer. Und nichts für ungut wegen der Sache im Tunnel.« Sie gingen, die Bedienstete führte sie.

»Der Bus ist schon da«, meldete Rashid. »Wenn ich euch dann nach draußen bringen darf?« Er schritt zur Tür, und man folgte ihm; das Forschungsteam wurde zusammengerufen und auf die Abreise vorbereitet. Man hatte ihnen einfache, bunte Kaftane gebracht, damit sie nicht sofort als Mediziner erkannt wurden.

Vor der Tür stand ein Überlandbus, der nicht zu schäbig, aber auch nicht zu auffällig war. Niemand würde das Gefährt in den Straßen von Dubai-City besonders beachten. Der Fahrer war ein Araber, das Begleitkommando im Bus glich Touristen, um den Anschein zu wahren.

»Der Mann hinterm Steuer, Mustafa, weiß Bescheid.« Rashid umarmte seinen Bruder. »Kehre sofort aus Paris zurück, sobald du vollkommen genesen bist. Dann vernichten wir Djalal endgültig.«

Die Ärzte stiegen bereits ein, die Geräte wurden in den Laderaum des Busses verladen. Man hatte sogar daran gedacht, improvisierte Befestigungen für die Liegen der Patienten zwischen den Sitzen anzubringen, damit sie während der Fahrt sicher lagen.

»Ich stehe tief in deiner Schuld, Rashid«, sagte Sheik gerührt und umarmte ihn nochmals. »Allah möge dich segnen.«

»Allah möge auch dich segnen.« Rashid lächelte.

Sheik stutzte. Es war ein Lächeln, das er noch niemals bei Rashid gesehen hatte, ein kaltes, berechnendes Lächeln, das die Augen nicht erreichte und maskenhaft wirkte. Vielleicht bildete er es sich nach dem langen, aufregenden Tag auch nur ein.

Er stieg nach Ordog in den Bus und setzte sich neben ihn. Der Stadtkrieger hatte sein Gewehr nicht abgegeben und würde es erst aus der Hand legen, wenn sie in der Maschine nach Paris saßen und einigermaßen in Sicherheit waren. Noch war der Run nicht zu Ende. Jennings hatte ihn vorhin auf den Kombi aufmerksam gemacht.

Der Fahrer startete den Motor, das Begleitkommando nahm die hinteren Plätze im Bus sowie die an den Ausgängen ein. Ordog musste an einen Gefangenentransport denken.

Sie fuhren die Kiesauffahrt hinab, das Tor öffnete sich langsam. Mustafa setzte den Blinker nach links und bog ab.

Ordog sah den schwarzen Kombi jetzt auch. Er stand schräg gegenüber der Einfahrt; ein dicker Mann in einem hellbraunen Kaftan lehnte an der Beifahrerseite und starrte in den Innenraum, als suchte er nach jemanden; in seinem Mundwinkel steckte eine Zigarette, die er plötzlich ausspuckte. Er riss eine Enfield AS7 hoch, zielte auf den Vorderreifen des Busses und drückte ab.

Die ersten Schüsse des Schrotgewehres überstanden die kugelfesten Reifen noch, dann war der Hagel zu viel für das Material, und es öffnete mehrere Löcher, aus denen die Luft entwich. Mustafa brüllte arabische Flüche, denn was anderes konnte es bei dieser Betonung nicht sein, zerrte mit aller Kraft am Lenkrad und bewahrte den Bus davor, mit der Leitplanke zu kollidieren.

»Was sind denn das für Kamelficker?«, rief einer aus dem Begleitkommando auf Englisch und sprang auf. »Ruf die Zentrale an, sie sollen das Response-Team sofort schicken.« Er und drei weitere Männer machten sich einsatzbereit. »Mustafa, halt an.«

Ordog drückte den Sicherungshebel seines FN HAR nach unten. »Sheik, das sind Kon-Truppen! Dein Halbbruder hat uns verpfiffen.« Er schaute sich um. »Bist du fit genug, ein paar Sprüche abzubrennen?«

»Ich habe es seit meiner Therapie nicht mehr versucht. Professor Singh hatte mir davon abgeraten, weil die Anstrengung zu groß sein könnte.« In seinen Augen stand das pure Unverständnis. »Wieso sollte er so etwas tun?«

»Geld?«

Sheik betrachtete ihn abschätzig. »Er ist mein Halbbruder, dem ich über alles vertraue. Zudem hat Djalal seine Frau getötet. Nichts könnte ihn dazu bringen, mit ihm zusammenzuarbeiten.«

»Wie auch immer – wir müssen weg von hier. Mit den Ärzten.« Der Bus hielt an, die Hintertür öffnete sich, und die vier getarnten Gardisten sprangen hinaus, um sich um den Kombi zu kümmern. Damit blieben drei Gegner im Bus, die ihn aber vorerst nicht beachteten.

Ordog zögerte nicht. »Hey, wie spät ist es?«, fragte er, drehte sich dabei und richtete den Lauf wie zufällig auf den Gardisten neben ihnen. Noch bevor der Mann Antwort geben konnte, trafen ihn die Kugeln in Hals und Kopf; die Scheibe hinter ihm wurde durchlöchert und sprang, der Leichnam rutschte blutspritzend unter den Sitz.

Mustafa zog eine Pistole und feuerte auf den Runner, der sich fallen ließ und den Fahrer mit einem Feuerstoß in den Unterleib ausschaltete, dann wälzte er sich herum und zielte auf den nächsten Gegner.

Die Gardisten an der Hintertür erhoben sich. Dadurch bekam Ordog den rechten von ihnen auf die Anzeige der Smartverbindung, das Fadenkreuz wanderte auf den Kopf – und verschwand. Seine ganze Sicht verschwand für einen winzigen Moment.

Hätte er am Tisch beim Essen gesessen, vorm Trid oder sonst wo, wäre der Aussetzer nicht sehr schlimm gewesen, aber während eines Gefechts entschieden diese winzigen Sekunden über Leben und Tod.

Ordog spürte mehrere Treffer, die von seinem linken Oberschenkel über den Bauch bis zur rechten Brust wanderten. Es schmerzte höllisch, aber anders als echte Projektile. Er verstand, dass die Männer noch Betäubungsmunition verwendeten, die bei ihm ihre Wirkung verfehlten. Es kam öfter vor, dass Gelgeschosse nichts ausrichteten. Anscheinend hatten die Gardisten den Befehl erhalten, das Leben der Gefangenen zu schonen. Immerhin war das Blut mit den wertvollen Inhaltsstoffen einiges wert. Auf die Zukunft gerechnet vermutlich Milliarden Nuyen.

Die Cyberaugen lieferten wieder Bilder. Ordog sah Sheik schräg vor sich stehen und lautlos gestikulieren, im gleichen Moment griff sich der Gardist an den Kopf und sackte zusammen.

»Es geht noch«, keuchte der Magier und hielt sich an einer der Querstangen fest, »aber es tut weh. Lange kann ich das nicht, Ordog.«

Der zweite Angreifer zielte auf Sheik und traf ihn in den Oberkörper. Aufschreiend ging er zu Boden und fiel auf den Runner. Ordog schob ihn fluchend zur Seite, hielt den Lauf ungefähr in die Richtung des Gardisten und schoss, um ihn in Deckung zu zwingen, bis er sich unter seinem Freund herausgegraben hatte.

»Was geht hier vor?«, rief Singh. »Herr Stauffer, was soll das?«

»Das sind Leute eines Kons, Professor. Wir sollen in eine Ark geschafft werden.« Ordog kroch unter zwei Sitzreihen entlang, dann federte er in die Höhe und suchte nach dem letzten Angreifer. Er war verschwunden.

Schüsse erklangen vor dem Bus. Der Kombi war vollkommen durchlöchert, zwei Männer lagen auf der Straße und regten sich nicht mehr, wie er aus den Augenwinkeln bemerkte.

»Ein Kon? Aber Herr Saeed hat uns doch …«

Da tauchte der verbliebene Gardist in der letzten Reihe auf. Er erschien hinter den Sitzen wie eine Klappscheibe auf dem Schießstand, richtete eine Pistole auf den überraschten Runner und drückte ab.

Die Kugeln hätten Ordog mit Sicherheit getroffen, wenn Sheik nicht gewesen wäre. Er hatte sich nicht auf seine Magie verlassen, sondern warf sich gegen den Freund und riss ihn um. Sie prallten gegen das Fenster und rutschten auf den Boden.

Warme Flüssigkeit sickerte auf Ordogs Hals. »Sheik?« Er hob den Kopf des regungslosen Mannes. Das linke Auge existierte nicht mehr, die Gelgeschosse hatten ihn mehrfach im Gesicht und ins Ohr getroffen; einen Puls fühlte er nicht. »Scheiße, nein!«

Er wartete, bis der Gardist nachsehen kam, was seine Schüsse ausgerichtet hatten, dann jagte er ihm eine Salve in den Körper. Der Mann fiel rückwärts gegen die geborstene Scheibe und stürzte aus dem Bus.

»Singh, kümmern Sie sich um Sheik«, befahl Ordog und setzte sich auf den blutgetränkten Fahrersessel. Mustafas Leiche schleuderte er achtlos auf die Treppe.

Er schloss die Hintertür und gab Gas, um sich und die Mediziner in Sicherheit zu bringen. An welchem Ort das auch immer sein konnte.

Ihm fiel nur einer ein.

Vereinigte Arabische Emirate, Dubai, Dubai-City,
22. 9. 2059, 01:13 Ortszeit

Jennings hatte seine Waffen zerlegt, gereinigt und wieder zusammengesetzt und wollte sich in sein Bett legen, da hörte er die Schüsse auf der Straße. Es war demnach kein Zufall gewesen, dass der schwarze Kombi vor dem Anwesen aufgetaucht war.

Prinzipiell misstrauisch, ob die Sicherheitsvorkehrungen des pompösen Anwesens ausreichten, zog er sich wieder an und freute sich, dass man ihm einen neuen Anzug zurechtgelegt hatte; dass er über den Schultern und dem Kreuz etwas spannte, lag an seinem enormen Körperbau. Üblicherweise bevorzugte er Maßanfertigungen.

Er nutzte den Durchgang zu Kraifs Zimmer. Der Com-Golfer lag friedlich unter der Decke und schlief. Der zweite Durchgang öffnete sich, Alexa kam von der anderen Seite herein. Auch sie trug ein neues Kleid, das modisch mehr am Orient angelehnt war, darüber lag ihr altes Sakko. In der Rechten hielt sie ein in Oil-Town erbeutetes Sturmgewehr. »Hast du es auch gehört, Jennings?«

»Was denkst du, weswegen ich hier stehe?« Er rüttelte Kraif an der Schulter wach. »Tut mir Leid, aber wir müssen weiter. Anscheinend hat es jemand geschafft, sich an unsere Fersen zu heften.«

»Ach, verdammt«, ärgerte sich der Mann und stand auf, nur mit einer Unterhose bekleidet. Die Farbunterschiede seiner Haut, Weiß und Dunkelbraun, wurden sehr drastisch sichtbar und wirkten ulkig. »Diese Wette war das Dümmste, was ich jemals in meinem Leben gemacht habe.« Mit seinen Sinnen noch immer etwas in Morpheus' Reich, schlüpfte er in seine Kleidung. Hastig klebte er sich seinen Schnurbart wieder an.

Sie eilten durch den schwach beleuchteten Gästetrakt.

»Wir gehen seitlich über die Mauer«, entschied Jennings. »Ich nehme an, dass die Leute vor der Tür den Bus irrtümlich angegriffen haben, weil sie dachten, Sie befänden sich darin«, erklärte er Kraif. »Gut für uns. Aber ich fürchte, dass dieser Kombi noch mehr Schmeißfliegen angezogen hat.«

»Wo gehen wir hin?«, fragte Alexa.

»Financial District.« Jennings schaute auf die Uhr. Bis zum Ablauf der Wette blieben etliche Stunden. Sehr lange Stunden.

Sie erreichten die Balkontür. Jennings wollte sie öffnen, doch sie war verschlossen. Er konnte sie aufbrechen, aber er wollte ungern etwas beschädigen, weil er es womöglich bezahlen müsste. In diesem Haus sah einfach alles teuer aus.

»Können Sie mir sagen, wohin Sie möchten?« Der Strahl einer Taschenlampe fing sie ein.

»Wir würden die Gastfreundschaft von Herrn Saeed und Abolhassan nicht länger beanspruchen«, sagte Jennings. »Es ist uns etwas dazwischengekommen, das unsere Anwesenheit an einem anderen Ort verlangt.«

»Warten Sie bitte«, sagte die Stimme hinter der Lampe. »Ich sage rasch Bescheid.« Weil der Mann nicht annahm, dass Jennings Arabisch beherrschte, unterhielt er sich laut mit der Zentrale. »Ich glaube, sie haben was bemerkt. Schick die anderen sofort her. Das Arschloch aus Muskeln macht sicherlich Scherereien.«

»Verstanden«, kam es verzerrt aus dem Komgerät. »Willst du auch noch was wetten?«

»Ja. Setz für mich fünfhundert auf Tod.« Der Mann räusperte sich und redete auf Englisch weiter. »Gut. Wir veranlassen das sofort.«

»Danke. Übrigens, falsche Entscheidung.« Jennings zog und schoss auf einen Punkt ein Stückchen oberhalb des Lichts, und die Lampe fiel ebenso wie der Mann zu Boden. Jetzt nahm der Runner es auch in Kauf, Dinge in diesem Haus zu beschädigen, da er eine sehr gute Ausrede besaß. »Sie wissen über die Wette Bescheid, Herr Kraif«, erklärte er knapp, schnappte sich den Toten und warf ihn gegen die Scheibe, die daraufhin zerbarst. So schnell öffnete man eine Tür. »Gehen Sie davon aus, dass es bis zur Mauer eine sehr unschöne Sache wird.«

Sie rannten los und hetzten über den Rasen, der grün und kurz wie eine Golfanlage vor ihnen lag. Bis zur Mauer gab es nur wenig Deckung, und so war es den zum Leben erwachenden Scheinwerfern ein Leichtes, sie zu erfassen.

Jennings schoss sie aus; dabei sah er fünf Verfolger, die ihnen mit Gewehren im Anschlag hinterherhetzten, und zwei Schwebedrohnen, die an den Männern vorbeizogen. Vermutlich wollte der Rigger, der sie steuerte, das Kopfgeld für Kraif kassieren.

Alexa und ihr Kunde gelangten an die Mauer. Sie stützte ihn und warf ihn mehr nach oben, als dass er kletterte. Anschließend sprang sie hinauf und feuerte von der erhöhten Position aus auf die Drohnen.

Schwebedrohnen waren glücklicherweise aus technischen Gründen nie schwer gepanzert. Ihr Vorteil bestand in der Wendigkeit, aber solange sie der Rigger wie die Tontauben in geraden, leicht vorhersehbaren Bahnen bewegte, brachte ihnen selbst das nichts. Alexa schaltete sie rasch hintereinander aus und bestrich die Männer mit einem wohlgezielten Feuerstoß, während Jennings die Mauer erklomm und auf der anderen Seite hinabsprang.

Kraif hockte auf dem Boden und hielt sich den Knöchel. »Autsch, ich bin schief aufgekommen«, sagte er mit zusammengebissenen Zähnen. »Ich glaube, ich habe mir den Fuß gebrochen.«

Alexa hüpfte herunter, sie hielt sich die rechte Seite. »Streifschuss. Nichts Schlimmes.«

Jennings warf sich den Mann über die Schulter und rannte los, seine Ex sicherte den Rückzug. Das Haus in Dubai-City an dem herrlichen Strand hatte er sich redlich verdient.

Ihre Flucht, die recht vielversprechend begonnen hatte, endete nach zwei Straßenzügen vor der Mündung zweier Maschinengewehre. Eine Gruppe von zehn Männern und Frauen in Synthleder-Klamotten hatte sie in einer Seitenstraße unvermittelt umzingelt, die Ingram Vailant MGs wurden von grimmigen Orks mit orientalischem Einschlag gehalten. Ihre neuen Widersacher sahen nach einer hiesigen Gang aus.

Jennings gab Alexa ein Zeichen, noch nichts zu unternehmen.

»Da sind sie ja!«, meinte ihr Anführer grinsend, der im Hintergrund auf einer Chopper saß und sich eine Zigarette ansteckte. »Da können wir uns die Mühe sparen, bei Abolhassan zu klingeln.«

»Lasst uns gehen«, sagte Jennings und setzte Kraif zu Boden.

»Sicher. Wenn einer von euch mir und meinen Leuten das Kopfgeld von zwanzigtausend Nuyen und die zehn Riesen bezahlt, die ich mit der Wette verdienen kann.«

»Noch einer, der auf meinen Tod gesetzt hat.« Kraif stützte sich an einer Laterne ab. »Wie beruhigend.«

Alexa zog ihren Stick. »Da sind dreißigtausend.« Sie ließ die Ziffern aufleuchten, sodass der Mann und alle anderen der Bande sie sahen, wackelte mit dem Stick und schleuderte ihn weit nach links, irgendwo in die Dunkelheit. »Holt sie euch.«

Und tatsächlich rannten vier der Angreifer auf der Stelle los, um die wertvolle Beute zu sichern; auch die Schreie ihres Anführers konnten sie nicht disziplinieren.

Diese Ablenkung wurde sofort genutzt. Jennings eröffnete das Feuer und schaltete zuerst die beiden Orks mit den Maschinengewehren aus. Die Kugeln drangen den Metas durch die Köpfe und beendeten das Denken, noch bevor die Zeigefinger den Befehl vom Gehirn erhielten, sich zu krümmen und einen Stahlregen gegen die Menschen zu senden. Sie knickten einfach zusammen, aber ein MG löste beim Aufprall auf den Boden doch noch durch einen Zufall aus. Die Querschläger sirrten vom Asphalt in alle Richtungen davon, trafen die eigenen Leute und die Runner.

Jennings spürte einen Einschlag in seiner Schulter, scherte sich aber nicht weiter darum und schickte noch zwei Ganger tot auf die Straße; Alexas Waffe brüllte auf und beendete ebenfalls das Leben zweier Gegner.

Dann erwiderte die Bande den Beschuss. Jennings hörte seine Ex aufschreien, danach ihren Körper und die Waffe fallen. Er selbst bekam Treffer in den Oberkörper und in den Bauch, die schmerzhaft, aber nicht tödlich waren. Die Dermalpanzerung an den empfindlichsten, wichtigsten Stellen hielt.

Er warf sich schützend über Kraif und sah den Gullydeckel neben dem Mann. Der Ausweg aus einer in seiner Sicht prekären Situation eröffnete sich gerade noch rechtzeitig.

Die Druckwelle der gewaltigen Explosion, die sich hinter ihnen und mitten unter den Gangern ereignete, hob ihn wie ein Blatt an und schleuderte ihn davon; mit ihm flogen Alexa und Kraif. Mehrere Maschinenpistolen ratterten, die er dem Klang nach als Uzis erkannte.

Er rollte sich herum, nahm die Stelle ins Visier und versuchte zu erkennen, was sich dort tat. »Kraif, leben Sie noch?«

»Ja«, kam die Antwort. »Aber Ihre Ex rührt sich nicht mehr.«

Zwischen den Gangern sprangen fünf schwarz gekleidete Gestalten umher, schossen und stachen die Angreifer einen nach dem anderen nieder, dass es für Jennings eine Freude war, zuzuschauen. Da waren eindeutig Profis am Werk. Profis, die ebenso hinter dem Kopfgeld her waren wie die Dubai-Rocker.

»Puls?«

»Was?«

»Sie sollen ihren Puls fühlen!«

Jennings zielte auf die erste Gestalt, um sie mit einem Schuss zu erledigen. Es musste schnell gehen, solange sie sich noch mit den Gangern beschäftigten und sich nicht um ihn kümmern konnten. Es blieb an ihm hängen, sich lebend aus der Lage zu retten.

»Geschätzte hundertachtzig«, meldete Kraif.

Ein Schatten sprang über ihn hinweg, und schon hatte ihm der Unbekannte das AK aus der Hand gerissen. Jetzt langte er nach der Max-Power.

»Iye«, sagte eine leise Stimme neben ihm. »Wenn

Sie nicht sterben möchten, tun Sie nichts. Wir sind zum Schutz von Herrn Kraif hier. Wie Sie. Oyabun Makahaschi würde es bedauern, von Ihrem Tod zu hören.«

Jennings wandte den Kopf und sah ein eindeutig asiatisches Gesicht neben sich, das spitze Ende eines Tanto zielte genau auf sein Ohr. Die Klinge zitterte nicht ein winziges bisschen. »Hai. Wakarimas«, erwiderte er und verbarg seine Erleichterung vor dem Yakuza.

Vereinigte Arabische Emirate, Dubai, 4 Kilometer vor Hatta, 22. 9. 2059, 02:31 Ortszeit

Cauldron rutschte den Abhang zum See hinab und landete neben dem flachen Kiesstrand des Wadis, Steinchen rollten ins Wasser und plätscherten leise; die Spiegelglätte wurde durchbrochen, kleine Wellen schlugen hoch und zerstörten das perfekte Abbild des Nachthimmels.

Die schwarze Löwin, die sich zum Schlafen am jenseitigen Ufer unter einem Felsvorsprung zusammengerollt hatte, hob den Kopf, die Augen schimmerten im Licht der Sterne auf. Abongi bevorzugte es wie alle Gestaltwandler, in ihrer angeborenen Form zu erscheinen, und empfand das Dasein als Mensch oftmals als notwendige Last, um sich unter den anderen Zweibeinern ungestört bewegen zu können.

»Endlich habe ich dich gefunden«, rief Cauldron über das Wasser hinweg, und ihre Stimme hallte von den steilen Wänden wider. »Wie fühlt es sich an, alles verloren zu haben, Abongi?«

Die Löwin kroch tiefer in den Schatten und verschwand für einige Momente aus der Sicht der Magierin, dann kam sie in ihrer menschlichen Gestalt unter dem Stein hervor. Es war ihr gleichgültig, dass die Frau sie nackt sah. »Du bist nicht alleine gekommen. Ich rieche noch jemanden. Jemanden, den ich kenne.« Sie witterte in die kühle Luft, dann schaute sie zu dem Steilhang neben sich. »Es ist diese Elfin. Sie hat mich damals verletzt.«

Cauldron erkannte, dass der Elementar sprach. Tattoo hatte sich in Andorra todesmutig und völlig respektlos mit ihren Unterarmspornen auf den Windelementar in seiner manifestierten Form gestürzt. »Ja, ich habe die Elfin dabei, Dschinn. Sie hat noch eine Rechnung mit dir offen. Genau wie ich.«

Tattoo zeigte sich an der oberen Kante, die Hände lagen an den Griffen der Sai-Gabeln, die sie an die Oberschenkel geschnallt trug. Ein zweites Paar hing auf ihrem Rücken. »Dieses Mal reiße ich dich in Stücke, Windgeist!« Sie hüpfte die Schräge hinab und surfte auf dem Schutt in einer Staubwolke nach unten. Sie kam zehn Meter hinter Abongi zum Stehen. »Du hast lange genug gelebt.«

Abongi befand sich in keiner beneidenswerten Lage. Um einen Kampf kam sie nicht mehr herum, und wenn der Elementar beschloss, sich lieber aus ihr zurückzuziehen und den Wirtskörper zu verlassen, könnte sie dabei sterben. Die Aufhebung der überirdischen Symbiose rief bei dem Verlassenen einen geistigen Schock, ein Trauma hervor, das schwer zu verdauen war. »Ich schicke dich zu deinen toten Freunden«, fauchte sie und trabte auf die Elfin zu.

Tattoo zog die Sai-Gabeln und wappnete sich gegen den Angriff. Sie wusste von Cauldron, dass die Besessene über enorme Behändigkeit und Kraft verfügte, die sie durch die Macht des Elementars verliehen bekam. Gleichzeitig besaß sie genügend Vertrauen in die eigenen Fertigkeiten. Sie betete zu dem Gott der Elektronik. Ihre Cyberware durfte im anstehenden Kampf keinen Aussetzer haben.

Cauldron sah, dass sich Abongi zuerst um Tattoo kümmern wollte. Sie würde mit ihren magischen Kräften erst eingreifen, wenn es notwendig war. Sie watete durch den flachen Teil des Wasserlochs, um sich näher ans Geschehen zu bringen; dabei rief sie die fünf Elementare herbei, die ihnen die Klinik als Verstärkung gesandt und die im Astralraum auf Abruf zur Verfügung gestanden hatten.

Die Magierin hielt sich bereit, einen Schutzzauber hochzuziehen und um Tattoo zu legen, durch dessen Barriere kein Zauberspruch gelangen würde. Abongi sollte nur die Möglichkeit bleiben, sich physisch mit der Stadtkriegerin zu messen. Cauldron ließ sich bei ihrem Zauber von den Elementaren unterstützen, die ihr von ihrer astralen Energie abgaben und das Wirken von Magie erleichterten.

Der Kampf zwischen Abongi und Tattoo begann. Die Afrikanerin nahm im Laufen ihre wahre Löwinnengestalt an, attackierte ansatzlos und unglaublich schnell. Die Kombination aus Gestaltwandlerin und Elementar konnte es mit der Verbindung aus Metamensch und Maschine aufnehmen.

Tattoo parierte den ersten Angriff mit ihren Sai-Gabeln, indem sie die heranfliegenden Pranken einfach zur Seite drosch. Einem normalen Wesen hätte das bereits die Unterarme gebrochen, doch die Zähigkeit der Gestaltwandlerin trotzte der Wucht des Aufschlags. Die Adrenalinpumpe schlug an, Tattoos Körper verwandelte sich in einen Hochleistungsreaktor.

»Komm schon, Miezekatze.« Die Elfin grinste und bleckte ihre Reißzähne. »Meine Zähne sind schärfer als deine.«

Abongi duckte sich flach an den Boden, der Schweif peitschte, dann sprang sie. Das dachte zumindest Tattoo und wich entsprechend aus. Aber die Löwin hatte mit der Pranke nach dem linken Bein gezielt, die Krallen bohrten sich tief in Elfenfleisch.

Es tat unglaublich weh, der Schmerz zuckte auf und wurde von der Elektronik im Kopf sogleich unterdrückt. Dafür rammte Tattoo der Gestaltwandlerin die rechte Sai in die linke Schulter, schob die nadelartige Klinge bis zu den beiden seitlichen Fanghaken ins Fleisch; dann drehte und bückte sie sich blitzschnell. Abongi wurde durch den Widerhakeneffekt mitgezogen, flog über Tattoos Rücken und landete mit dem Bauch nach oben im Staub.

Die Elfin stieß mit der anderen Sai-Gabel nach der Kehle, aber Abongi riss sich los und rollte zur Seite. Sie sprang zwei Schritte zurück, die Waffe zog sie sich mit den Zähnen aus der Wunde, die sich zu schließen begann. Fauchend sprang sie gegen ihre Gegnerin.

»Ja, komm zu mir!« Tattoo machte einen Satz nach vorn, zog dabei eine neue Sai-Gabel aus der Rückenhalterung und stach mit einer fließenden Bewegung in die Körpermitte Abongis. Unter den tödlichen Hieben der Löwin tauchte sie weg, auch wenn ihr verletztes Bein mit neuen, kräftigeren Schmerzen rebellierte.

Die Gestaltwandlerin rammte sich die Zweitwaffe der Elfin etwa zwanzig Zentimeter unter der Achselhöhle tief in den Brustkorb und unterstützte mit ihrer Eigenbewegung die Kraft des Angriffs. Ein heißer Schmerz schnitt durch ihre Lungen und behinderte sie beim Luftholen. Es war, als breite sich brennendes Benzin in ihnen aus, das sich mit jedem schwachen Atemzug weiter entfachte.

Sie prallten zusammen, fielen in tödlicher Umarmung auf die Erde. Ein Prankenhieb zeichnete rote Furchen in Tattoos Gesicht und machte sie für einen winzigen Moment benommen. Abongi schnappte zu.

Tattoo erahnte die Attacke gegen ihre Kehle. Sie zückte die vierte Sai-Gabel und spießte sie in den Hals der Afrikanerin. Die mechanischen Arme hielten der Kraft der Löwin stand und hinderten die Zähne daran, sich in sie zu senken; rund um die Wundränder sickerte sofort Blut. Mit ihrer letzten Waffe durchbohrte sie das Herz der Gegnerin, die keinerlei Gegenwehr mehr leistete. Die Auswirkungen der Treffer waren einfach zu übermächtig.

Abongi löste sich von ihr, machte zwei taumelnde Schritte von ihr weg und stand noch aufrecht, die drei Griffe ragten aus ihrem Körper und ließen sie wie ein modernes Kunstwerk erscheinen, als ein Symbol für ein unterdrücktes und gequältes Afrika. Sprechen und atmen konnte sie nicht mehr, ihr Kehlkopf war zerstört. Sie schwankte, fiel vornüber, fing sich ab und kroch durch den Staub, kam näher und näher zu Tattoo und öffnete die Kiefer, um sie zu beißen.

Die Elfin ging in die Knie, griff in die Schnauze und störte sich nicht an den scharfen Zähnen, die durch die Kunsthaut schnitten. Ihre Metallfinger darunter waren dagegen immun. »Ich helfe dir, vor deinem Tod die Klappe noch einmal weit aufzureißen, Schätzchen.« Es krachte laut, als sie den Unterkiefer mit einem brachialen Ruck aus der Verankerung riss. Tattoo ließ ihren rechten Unterarmsporn hervorschnellen und schlug schräg durch den Gaumen hinauf bis zum Gehirn.

Abrupt erschlaffte der mächtige Löwinnenkörper. Rose Abongi war tot.

Cauldron überwachte die Astralebene und hatte bemerkt, dass der Dschinn kurz vor dem Ableben seiner Wirtin ausgefahren war; die Aura Abongis dagegen erlosch. Sie war besiegt. Der Dschinn hingegen, im Astralraum ein mächtiges, blaues Leuchten, erstarkte wieder, seine alten Kräfte kehrten zusehends zurück.

»Du hast meinen Respekt mehr als verdient, Cauldron«, sagte er. »Daher mache ich dir erneut das Angebot: Lass mich in dich fahren. Zusammen können wir neu beginnen und über ein Imperium herrschen, das …«

Cauldron lächelte und formte voller Konzentration einen Spruch, um den Dschinn zu bannen, dann schleuderte sie die aus astraler Kraft geschaffenen Zauber gegen ihn.

Der Elementar konterte und behauptete sich gegen den Angriff. Ein Blitz schnellte hinterher und traf Cauldron, die rückwärts taumelte und in den Sand des Wadis stürzte. Sofort setzte der Dschinn nach und kam tosend auf sie zu, doch die anderen Elementare warfen sich gegen ihn und hielten ihn lange genug auf, bis Cauldron eine Barriere errichtet hatte.

»Das wird dir gar nichts nützen!«, säuselte der Dschinn und zerstörte Cauldrons ersten astralen Helfer. »Du wirst mich niemals vernichten können.«

Cauldron sah, wie Tattoo durch das seichte Ufer des Wadis gesprintet kam, sie ohne anzuhalten packte, über die Schulter warf und weiterrannte. Das bedeutete, dass die Elfin den entscheidenden Funkspruch bekommen hatte: Die Vorbereitungen waren abgeschlossen.

»Du flüchtest?« Der Dschinn lachte sie aus. »Ich lasse dich nicht entkommen, Cauldron. Mein Angebot wird entweder angenommen, oder derjenige, der es ausschlägt, stirbt.« Er zerstörte einen weiteren Feuerelementar, der seiner Macht nicht gewachsen war.

»Haltet ihn auf«, befahl Cauldron den verbliebenen drei, obwohl sie genau sah, dass sie keine Chance gegen den Dschinn hatten. Ihre weltlichen Verbündeten in der Schweiz hatten ihr absichtlich schwache Elementare geschickt, nahm sie an, damit sie im Kampf gegen den Dschinn starb. Auf diese Weise müssten sie nicht fürchten, dass sie zurückkehrte und Anspruch auf ihren Sohn erhob.

Der Dschinn fiel zurück und kämpfte gegen die Elementare, wodurch Tattoo einen Vorsprung erlief. Davonrennen war angesichts der Geschwindigkeit von mehreren Tausend Stundenkilometern, die ein astrales Wesen erreichen konnte, nicht möglich. Darum ging es auch gar nicht. Sie musste aus dem Wirkungsbereich einer sehr weltlichen Waffe gelangen.

Der Dschinn hatte alle seine Gegner besiegt und flog tosend heran; dabei setzte er seine Kräfte ein und formte eine gigantische Windhose, in welcher der Sand wirbelte. »Ich schäle euch beiden gleich das Fleisch von den Knochen«, rief er.

Dann wurde der Sturm langsamer und verharrte auf der Stelle. Plötzlich wandte er sich nach links und hielt auf den Al-Lachma-Transporter zu, der hinter einer Düne geparkt stand. Im letzten Moment hatte er die eigentliche Gefahr erkannt. Zu spät.

In dem Augenblick, als die Windhose den Wagen erfasste und ihn zwei, drei Meter anhob, detonierten die Sprengladungen rund um das Wadi. Sand- und Geröllfontänen stiegen weit hinauf in den Nachthimmel und überragten sogar die Ausmaße des Wirbelsturms. Die Druckwelle raste brüllend heran und fegte Tattoo und Cauldron von den Beinen. Schmerzhaft peitschten die Sandkörner die ungeschützte Haut.

Gerade als sie dachten, es wäre überstanden, und sich aufrichteten, stieg ein Lichtblitz aus einem der Transporter auf und stürzte sich in das, was die erste Sprengung von dem Wasserloch übrig gelassen hatte.

»Eine Rakete!« Cauldron erbleichte. Das war nicht abgesprochen gewesen. Sie warfen sich erneut in den

Sand, spürten das Zittern, das durch die Erde lief und das in einer gewaltigen Eruption hundert Meter hinter ihnen gipfelte. Sie hörten das dumpfe Grollen, eine Hitzewoge brandete über sie hinweg, und dann fiel heißer Sand auf sie nieder, ehe eine neuerliche Wand aus Staub heranwehte und ihnen die Sicht raubte.

»Eine Mini-Atombombe?«, fragte Tattoo und stand auf, tastete nach der Magierin und nahm sie an der Schulter, um sie nicht zu verlieren. Ihre Cyberaugen schalteten auf Infrarot um. Damit erkannte sie einen immensen Hitzepunkt an der Stelle, wo sich einst das Wadi befunden hatte.

Cauldron askennte die Region, ohne vollständig in den Astralraum einzutauchen. Der Bereich, wo die Rakete eingeschlagen hatte, lag verbrannt und tot vor ihr. Es gab nichts Lebendiges mehr in diesem Sand, keinen Zusammenhalt mehr mit der Ganzheit der Natur. Ein Stück abgestorbenes Fleisch an einem Körper.

Auch der Dschinn war verschwunden. Mit der Vernichtung des Wadis, des Lebensquells, waren auch seine Macht und seine Existenz vergangen. Die Erwachte Welt wurde von einer Gefahr weniger bedroht. »Keine Atombombe«, gab sie Entwarnung. »Irgendetwas Thermisches und Chemisches.«

»Der Dschinn?«

»Ausgelöscht.«

Tattoo lachte böse. »Es wurde auch Zeit.« Die Sandschleier legten sich, sie erkannte die staubüberzogene Magierin vor sich. »Hey, wir sind gar kein schlechtes Team.«

»Wenn es am schönsten ist, soll man aufhören«, gab sie zurück. Sie hob das Kom an die Lippen. »Aber noch war es nicht am schönsten. Teil zwei beginnt. Code: Helena.«

»Waren Peron und die Elfin noch im Wadi?« Filligan, der Einsatzleiter des Unternehmens, betrachtete die Monitore, die durch die Restlichtverstärkung nichts als Staubbilder lieferten. Erst mit Infrarot erkannten sie die nähere Umgebung, doch sobald sie in Richtung Wadi schwenkten, wurde der Bildschirm rot wie ein Pavianarsch.

Die Mischung hatte es in sich gehabt. Ein stufenweise zündender Sprengkopf, der vor dem Eindringen in den Boden noch über der Oberfläche eine Thermalladung zündete und die Umgebung im Umkreis von fünfzig Metern mit 2000 Grad Celsius durchglühte. Derweil bohrte sich die Spitze auf zwanzig Meter hinab und detonierte, wobei eine aggressive Bakterienart freigesetzt wurde. Die Bakterien verhinderten, dass auf dem Boden jemals wieder etwas wuchs, und fraßen Chemikalien und Öl jeglicher Art. Entgiftung auf die harte Tour.

Geplant waren diese Raketen, die es in unterschiedlich großer Ausführung gab, für die Bekämpfung von Giftsümpfen, in denen toxische Geister ihr Unwesen trieben. Danach wäre mit ein wenig Erdarbeiten neues Bauland entstanden.

»Ich sehe nichts«, meldete der Sicherheitsrigger. »Das Uplink zum Satellitensystem wird gestört. Zu viel Dreck.«

Filligan steuerte die Kamera zu dem auf der Seite liegenden, eingedrückten Transporter, der von der Windhose erfasst worden war. Einige Leute krochen aus dem Seitenfenster. »Schick die Drohnen raus. Sie sollen die beiden Frauen finden und erledigen. Die anderen Teams sollen aussteigen, den Wagen sichern und Team drei helfen. Wir müssen weg, bevor die Scheichs uns die Kamelpatrouille auf den Hals hetzen.«

Der Rigger betrachtete die rote Fläche. »Da wird die Forschungsabteilung jubeln, wenn wir ihnen die Bilder zeigen.« Etwas Schweres, Metallisches schlug gegen die Seitenwand. Der Rigger schwenkte die Kamera und betrachtete die Außenwand des Transporters.

Ein verhältnismäßig kleiner, dafür sehr breit gebauter Elf in einem sandfarbenen Nomadengewand hatte einen kreisrunden Gegenstand von einem Meter Durchmesser am Blech befestigt und setzte einen weiteren an; sie hörten den Schlag. Dann machte er einen Schritt rückwärts und betrachtete zufrieden sein Werk und hob den Daumen in Richtung Kamera.

»Wo kommt der denn her?« Der Rigger zoomte heran.

»Knall den Idioten ab!« Filligan befahl zweien seiner Leute, nach draußen zu gehen, aber da sprang ihn die Wand vor sich an. Er bekam den Monitor mitten ins Gesicht, ein langes, spitzes Stück Transporteraußenhaut fuhr von hinten durch den Bildschirm und nagelte ihn auf Filligans Kopf fest. Der Einsatzleiter starb, ohne zu wissen, was geschehen war.

Der Elf im Freien grinste, als er sah, wie die Panzerminen synchron zündeten. Sie waren so konstruiert, dass sie auf der einen Seite ihre verheerende Wirkung in den Innenraum abgaben, während ihre Außenseite praktisch unversehrt blieb. In seinem Nebenberuf als Waffenhändler saß er an der Quelle für dieses Spielzeug.

Er trat an die Hecktür und öffnete sie. Qualm drang heraus, im Inneren herrschte ein Chaos aus zu Kleinschrott verarbeiteter Elektronik und verstümmelten Menschenleibern. Was einen A31-2 Schwarzkopf-Panzer zerlegte, hatte mit einem leicht gepanzerten Van keine Schwierigkeiten. »Hier Lombaire. Ich bin fertig. Wie sieht es bei euch anderen aus?«

»Hier ist Sam«, sagte eine Frauenstimme. »Mein Transporter ist ausgeschaltet. Ich habe die Drohnen deaktiviert. War viel zu leicht.«

»Hier Priest. Odin war mit mir und hat mir einen Sieg über meine Feinde gewährt, wenn ich es richtig sehe.« Der Kanal blieb eine Sekunde geöffnet, dann hörten sie zwei Schüsse. »Also, jetzt bin ich mir ganz sicher.«

Der Elf grinste immer noch, während er zu dem Transporter ging, aus dem die Verletzten kletterten; er zog seine HK Urban Combat. »Gut. Wir treffen uns am Wagen mit Peron und Tattoo …«

»Tattoo? Ist das nicht die Stadtkrieg-Spielerin?«, fragte Sam aufgeregt. »Cool. Ich kenne sie nur aus dem Trid.«

»Genau, das ist sie.« Lombaire ging an dem ersten Mann vorbei und streckte ihn mit einer Salve aus der Maschinenpistole nieder, dann zielte er auf den zweiten und erschoss auch ihn. Sein Auftrag lautete, niemanden lebendig zurückzulassen. »Zieht euch zurück, ich bin gleich bei euch.« Er beendete das Gespräch, dann pochte er gegen die Seitenwand des Fahrzeugs. »Hallo? Lebt noch jemand?«

»Ja«, kam es schwach. »Wir sind eingeklemmt.«

»Moment, ich ändere das.« Er langte unter sein Nomadengewand, worunter sich die Teilpanzerung verbarg, und pflückte zwei Granaten vom Gürtel. Sicherungsbügel weg, ab durchs Fenster damit und zwei Schritte zurücktreten. Es krachte zweimal dumpf. Die Hecktür wurde durch den Überdruck aufgesprengt, aber ansonsten beschränkte die Panzerung den vernichtenden Splitterhagel einzig auf den Innenraum.

Lombaire klopfte nochmals auf das Blech. »Hallo?«

Niemand antwortete mehr.

Regel 19: Der Spieler darf seinen Ball nicht an jedem Ort auf dem Platz für unspielbar erklären, es sei denn, der Ball ist in einem Wasserhindernis, das tiefer als 5 Meter ist, oder einem schwer gepanzerten Fahrzeug.
Ob der Ball unspielbar ist, unterliegt einzig und allein der Entscheidung der Spielleitung, mit der sich der Spieler über sein Kom abstimmt.
Er muss jedoch versuchen, die Spielbarkeit mit den beschriebenen eigenen Hilfsmitteln wieder herzustellen. Dabei ist auf die Umgebung und Kollateralschäden zu achten. Der Einsatz von Sprengstoffen aller Art ist auf ein Minimum zu beschränken.
Gewonnen hat, wer am Ende des Spiels 1. lebt und 2. die wenigsten Schläge benötigt hat, um ordnungsgemäß einzulochen.

Auszug aus den All-Area-Combat-Golf-Regeln der International Double A Combat Golf Society

ADL, Groß-Frankfurt, Frankfurt/Flughafen,
26. 9. 2059

Holdo stand am Gepäckband und war der glücklichste Mann der Erwachten Welt. Es war 23.31 Uhr, seine Maschine aus Dubai war vor einer halben Stunde gelandet, und seine gefälschten Papiere hatten der Überprüfung standgehalten.

Wie gerne hätte er es herausgeschrien, dass der Fluch ein Ende genommen hatte! Seit einer Stunde und sechzehn Minuten musste er nicht mehr fürchten, von einem Killer erschossen zu werden. Er würde es genießen, durch dunkle Ecken zu gehen, mitten auf einem Marktplatz zu stehen oder sich am Fenster zu zeigen.

Die letzten Tage in der Obhut von Oyabun Makahaschis Leuten brachten ihm die absolute Sicherheit. Der Yakuza-Chef war nicht über Nacht zu einem Menschenfreund geworden, sondern litt schlicht und ergreifend unter der Angst, dass Kraif starb, ehe er seine Schulden bei seinem Sohn beglichen hatte. Und nebenbei hatte der Oyabun viel Geld darauf gesetzt, dass Kraif überlebte. Bei einer haushohen Quote machte er somit doppelten Reibach.

Holdo kümmerte es nicht. Er hatte es überstanden, und auch er hatte auf sein Überleben gewettet und müsste, wenn er sich nicht sehr verrechnete, Besitzer von 760 000 Nuyen sein. Jennings saß in Dubai-City zusammen mit dem Los und wartete auf die Ziehung.

Sollte es gewinnen, kämen nochmals neun Millionen dazu, eine hatte Holdo Jennings abgetreten. Mit dem Rest würde er sich die teuerste Golf-Ausrüstung der Welt kaufen.

Alles wandte sich zum Guten. Selbst die deutsche Polizei hatte die Fahndung nach ihm eingestellt, nachdem er kurz vor seinem Abflug aus Dubai mit dem leitenden Beamten, Spengler, per Kom gesprochen und seine Version des Mordes an Poolitzer berichtet hatte. Auflage war, dass er sich sofort nach seiner Ankunft in Frankfurt an das BKA wandte, um einen Termin für ein Protokoll zu vereinbaren. Dieser Spengler schien ein netter Mann zu sein.

Endlich sah er seinen Koffer und nahm ihn an sich. Er schlenderte aus dem Terminal 3, trat in die kühle, regnerische Frankfurter Nacht und sah das kleine Café, aus dem er vor einer Woche in aller Hektik geflüchtet war. Café Abflug. Er bemerkte den Namen jetzt erst und dachte an Jennings, den abgebrühten Profi, der nach dem Tod seiner Ex-Frau mit einem Schlag das Sorgerecht seiner Tochter bekam. Das würde das Leben des Runners und Killers gehörig durcheinander bringen.

Er betrat das gut besuchte Café, schwang sich auf den letzten freien Hocker am Tresen und bestellte einen Latte Macchiato.

»Sie strahlen aber«, sagte die Frau, die ihn schon vor einer Woche bedient hatte. »Und braun gebrannt sind Sie auch. Urlaub?«

»Abenteuer-Urlaub«, nickte Holdo. »Eine Woche lang. Dubai-City.«

»Dubai«, grübelte der Gast neben ihm, ein Mann in einem schon etwas älteren Geschäftsanzug. »Gab es da nicht vor kurzem Terroranschläge?«

»Nein, das waren Auseinandersetzungen zwischen Kons«, berichtigte Holdo.

»Das habe ich gleich gesagt«, bemerkte die Frau und nickte. »Die hauen sich derzeit richtig gegenseitig auf die Finger, heißt es.« Sie schaute sehr wichtig zwischen den Männern hin und her. »Einer meiner Gäste hat mir das verraten. Die führen einen Krieg. Jeder will den anderen übernehmen.«

»Ach was?«, sagte der Mann und grinste.

Holdo hätte jetzt von seinen Erlebnissen mit United Treatment, Cross Applied Technologies und den anderen berichten können, aber es hätte ihm sowieso keiner geglaubt. Also rief er Mousse an. Bei ihr war besetzt. »Ruf mich zurück, wenn du fertig bist. Ich bin in dem kleinen Café am Terminal 3. Und ich möchte gerne das, was du mir versprochen hast.« Er lächelte und freute sich auf das erste Mal mit ihr. Er hatte in den letzten Tagen, an denen es endlich ruhiger war, oft an sie gedacht.

Er aktivierte den Bildschirm im Tresen und las die letzten News der ADL. Nach einer halben Stunde nahm er seinen Palmtop, wählte sich auf den Schattenland-Server und überprüfte im Online-Wettbüro die abschließende Quote. Die Anzeige stand bei 1 : 53! Damit stieg auch sein Gewinn.

»Scheiße, ich bin reich«, raunte er zufrieden. Auch ohne Lottogewinn. Er versuchte, bei Spengler anzurufen, und bekam ein Freisignal. Er wartete, rührte seinen Latte um und schaute auf den Monitor, auf dem die Abflüge und Ankünfte aufgelistet standen. »Entschuldigung, aber Ihre Anzeige ist defekt«, sagte er zu der Bedienung und hielt ihr seine Uhr hin. »Sehen Sie, es ist 00.17 Uhr.«

»Nein, es ist 21.17 Uhr.«

»Niemals!«

»Spengler«, kam es aus dem Kom.

»Hier ist Kraif«, sagte er rasch. »Warten Sie einen Moment, bitte.«

Der Gast neben ihm hielt sein Armband-Kom hoch. »21.17 Uhr, junger Freund, sehen Sie? Kann es sein, dass Sie übersehen haben, Ihre Uhr umzustellen?«

Holdo wurde schlecht, richtig kotzübel. Jetzt fiel es ihm wieder ein: Dubai war Europa drei Stunden voraus! Er hatte wirklich vergessen, die Zeiten abzugleichen.

»Herr Kraif?« Spenglers Stimme klang fordernd. »Sie sind schon in der ADL? Das ist aber mutig. Ich habe da etwas von einer Wette gehört ...«

Holdo sah, wie die Quote eben auf 1 : 62 stieg. Man hatte mitbekommen, dass er gelandet war. Seinen Mördern blieben 58 Minuten, ihn aus dem Leben zu befördern. »Scheiße«, raunte er, sein Kreislauf sackte in sich zusammen. »Herr Spengler, holen Sie mich bitte sofort vom Flughafen ab. Ich gehe zurück ins Terminal 3.« Er warf einen Zehn-Ecu-Chip auf den Tresen und eilte hinaus.

Prompt lief er einem dunkelgrauen Ford Mustang vor den Kühler. Bremsen kreischten, die Stoßstange fegte ihn von den Beinen, und er landete auf der Motorhaube. Durch die Frontscheibe sah er Typen mit langen schwarzen Ledermänteln und Sonnenbrillen, die ihn feindselig anstierten. Runner!

»Ihr kriegt mich nicht!«, schrie er, rutschte herunter und sprintete auf den Eingang zu. Sein Koffer mit den Andenken war ihm gleichgültig.

Da traten ein Mann und eine Frau in auffällig unauffälligen Anzügen aus der Tür, beide schauten ihn an und langten gleichzeitig unter ihre Sakkos. Noch mehr Runner! Fluchend wandte sich nach rechts und rannte in einen Mann hinein, der ohne Zweifel ein weiterer Runner war: groß, breit, kompakt und ein langer Trenchcoat, unter dem sich sein Waffenarsenal verbarg, und eine Golftasche, in der er bestimmt die Gewehre transportierte.

Holdo trat ihm geistesgegenwärtig in den Schritt und schickte ihn auf den nassen Bürgersteig. Um wenigstens etwas zu haben, mit dem er sich verteidigen konnte, schnappte er sich ein 7er Eisen und ein Päckchen Bälle – Nahkampf und Fernkampf. Er rannte die Straße entlang und bog um die Ecke; dort drückte er sich gegen die Wand, den Golfschläger erhoben und bereit, ihn einem Verfolger überzuziehen.

Eine ATT-Schwebe-Drohne flog vorsichtig und in vier Metern Höhe heran, auf ihrer Unterseite stand groß POLIZEI geschrieben. Die Kameras surrten leise, sie suchten nach dem Verrückten, der die Menschen attackierte.

»Oh, Gott sei dank!«, rief er und winkte mit den Armen. »Hier bin ich. Ich brauche Polizeischutz! Man will mich umbringen.«

Ein gerüsteter Bundesgrenzschutz-Trupp bog um die Ecke: fünf Mann, Teilrüstungen, HK227S und absolut humorfrei. Sie hielten ihre Maschinenpistolen im leichten Anschlag, immer bereit, die Mündungen ganz zu heben und abzudrücken. »Sie da!«, befahl ihr Anführer. »Legen Sie sofort den Golfschläger auf den Boden, und heben Sie die Hände.«

Holdo traute in seinem akuten Anfall von Hyperparanoia nichts und niemandem mehr. »Kann ich erst Ihre Dienst-ID sehen?«

Der Mann hob die Augenbrauen. »Zentrale, es ist doch ein Verrückter«, gab er über ein Kehlkopfmikrofon durch. »Kein All-Area-Combat-Golfer.« Er richtete seine Aufmerksamkeit auf Holdo. »Sobald ich

Ihnen Handschellen angelegt habe, zeige ich Ihnen die Karte, einverstanden? Bewahren Sie bitte Ruhe, Bürger.«

Seine Männer rückten langsam vor.

Über Holdo hinweg flog plötzlich eine Granate und rollte den ersten BGSlern vor die Füße, dann ging sie auch schon hoch. Es gab eine gewaltige Explosion, Splitter flogen umher und verletzten sowohl Holdo als auch die Grenzschützer.

Die Drohne senkte sich ruckartig ab und schoss mit ihrer eingebauten automatischen Schrotflinte auf die fünf Männer und pinnte sie auf den Boden; zwei krochen hinter die Mauer in Deckung, drei blieben tot oder verletzt zurück. Die Drohne nahm die Verfolgung auf.

Holdo hob verwundert den Kopf und schaute auf die Mülltonnen, zwischen denen er lag. Er hatte nicht einmal mitbekommen, dass ihn die Explosion von den Beinen gehoben und nach hinten geschleudert hatte. Seine Ohren piepsten, er blutete aus mehreren kleinen Fleischwunden, ein Schrapnell steckte in seinem Unterschenkel. Der Schock bewahrte ihn davor, seine Schmerzen laut in dic Welt zu schreien.

Ein Schatten fiel über ihn, dann erschien eine Frau an seiner Seite. »Holdo, du lebst immer noch?«

Er drehte den Kopf und schaute in das Gesicht seiner Buchmacherin. »Mousse?«

Sie lächelte ihn traurig an und streckte den Arm aus. Er dachte, sie würde ihm aufhelfen wollen, aber zu Holdos Entsetzen hielt sie eine Walther Palm Pistol in ihren Fingern. »Es tut mir so unendlich Leid. Aber ich kann nicht zulassen, dass du gewinnst.« Klackend rastete der Schlagbolzen hinten ein. »1 : 67. Das … würde mich ruinieren.«

Jetzt brach eine Welt für ihn zusammen. »Du … ich dachte, du würdest was für mich empfinden?«

Sie schluckte, aber ihre Hand zitterte nicht. »Warum bist du auch nicht bei Golf geblieben, anstatt auf die Bühne zu torkeln und diese bescheuerte Wette loszutreten?«

Er sah an ihren braunen traurigen Augen, dass sie wirklich abdrücken würde. Der Selbsterhaltungstrieb erwachte, und in seiner Hand hielt er immer noch das, womit er am besten umgehen konnte.

Ansatzlos drosch er mit dem Golfschläger zu, das Eisen traf den Lauf der Waffe und schlug sie der Frau aus den Fingern. Ein Schuss löste sich und verfehlte seinen Kopf um höchstens drei oder vier Zentimeter. Er schwang den Schläger ein weiteres Mal und zertrümmerte ihr linkes Knie. Kreischend brach sie zusammen. Wenige Sekunden darauf erschien ein zweiter Trupp Bundesgrenzschützer.

Mousse rutschte von Holdo weg und lehnte sich schluchzend an die nasse Mauer. »Ich bin erledigt«, heulte sie undeutlich. »Sie werden mich kaltmachen. Ich bin erledigt.« Sie schlug sich die Hände vors Gesicht. Von ihr ging keine Gefahr mehr aus.

Sie wurden gefesselt und in einen Transporter geladen, der sie zum Hauptgebäude des BGS auf dem Flughafengelände zum Verhör brachte. Sicherer ging es nicht mehr.

Als Holdo um 22.16 Uhr in den kleinen Raum gebracht wurde, wo ein dicker, gemütlicher Mann mit Schnauzbart und in einem zu engen Iron Maiden T-Shirt auf ihn wartete und sich als Vigo Spengler vorstellte, hätte er ihn am liebsten umarmt. Die Wette war endlich und endgültig erloschen.

Schweiz, Kanton Vaud, Lausanne,
24. 9. 2059, 07:51 MEZ

»Wie geht es mit der Therapie voran?« Tattoo saß in ihrem Hotelzimmer und sprach in das Kom. Der kleine Bildschirm zeigte ihr Ordogs Gesicht, hinter ihm erhob sich der Eiffelturm und neben ihm stand einer der Pfleger, mit denen er aus Dubai-City abgereist war. Ihr kam es so vor, als sei er nicht mehr ganz so anämisch. Und er hatte sogar ein bisschen an Gewicht zugelegt. Er sah vitaler, lebendiger aus.

»Sehr gut. Mach dir keine Sorgen.« Er lächelte in die Optik. »Professor Singh leistet ganze Arbeit.« Dann wurde er ernst. »Sheik ist tot. Gestern ist er gestorben.«

»Scheiße«, entfuhr es ihr. »Hat die Therapie ...?«

»Nein. Er kam bei einem Feuergefecht ums Leben. Ein paar CAT-Truppen wollten uns in letzter Sekunde abfangen, und er hat eine Ladung Betäubungsmunition ins Gesicht bekommen. Der Schuss ins Auge, meinte Singh, hat sein Gehirn irreparabel zerstört.«

»CAT? Wie hatten sie euch denn gefunden?«

»Sheiks Halbbruder hat uns verpfiffen. Dachten wir zuerst. Aber Jennings hat herausgefunden, dass der Halbbruder schon lange tot ist. Stell dir vor: Wir haben Sheik direkt zu seinem jüngeren Bruder Djalal gebracht.«

»Der, der ihn umbringen wollte?«

»Ja. Entweder hatte Djalal sich mit plastischer Chirurgie das Gesicht verändern lassen, oder es war irgendein magischer Trick, mit dem er uns verarscht hat. Aber den schnappe ich mir.«

»Den schnappen *wir* uns. Gemeinsam.« Sheik war also tot. Tattoo schwieg ein paar Sekunden. Damit wurde Ordog ungewollt zu dem wichtigsten Probanden der wertvollen Antikrebstherapie. Das gefiel ihr gar nicht. »Wenn dir die Weißkittel Ärger machen, Ordog, sag es«, zischte sie. Wichtige Dinge, und mehr waren Patienten für Forschungsabteilungen sicher nicht, würden sie ungern aus ihren Fängen lassen. »Ich komme mit Cauldron vorbei und hole dich raus.«

Er lachte. »Ihr seid echte Freundinnen geworden, was?«

»Nein«, winkte sie ab. »Aber sie hat mir einen guten Job angeboten.«

»*Job*? Du bist Stadtkriegerin, Tattoo, keine Runnerin!«

»Ich weiß. Es ist nur ein Auftrag. Sozusagen aus Gefälligkeit.« Sie druckste herum. »Ich kann dir am Kom nichts sagen. Zu gefährlich.« Die Elfin berührte den Monitor und das Ordog-Pixelgesicht. »Ich komme dich besuchen, sobald wir fertig sind.«

»Also gut. Ich sage dir dann, wo wir uns treffen können.« Er hob grüßend die Hand. »Sag den anderen einen schönen Gruß. Sie sollen die Meisterschaft für mich gewinnen.«

»Mach ich.« Sie lächelte und unterbrach die Verbindung. Nach einem langen Durchatmen kehrte sie in den kleinen Frühstücksraum zurück, in dem ein seltsames Sammelsurium an Gestalten saß. Sie stammten alle aus den Schatten Seattles.

»Morgen.« Sie grinste Lombaire an, den kleinen, aber athletisch gebauten Elfen mit den schulterlangen schwarzen Haaren.

»Morgen.« Dessen stahlblaue Augen wanderten an

ihrer Figur entlang, während er sich eine Scheibe Pressmarmelade aufs Brot legte. Sie und er waren – abgesehen von den spitzen Ohren – so viel Elf, wie ein Ball eckig war. Er trug eine schwarze Lederhose und eine Panzerjacke, die inmitten des edlen Ambientes des Saals proletenhaft wirkte. »Bisschen spät, oder? Unser Freund Priest hätte dir beinahe alles weggefressen.«

Der Mann, den er meinte, saß ihm gegenüber und hatte ein geschätztes Alter von vierzig Jahren. In den Augen der Straße im Grunde Schrott, veraltet, schlachtreif. Die grauen Strähnen in seinen halblangen, blonden Haaren fielen erst auf den zweiten Blick auf. Wenn er stand, war er so groß wie die Elfin, wirkte sehr muskulös und stämmig. Aus seiner Vercyberung machte er keinen Hehl. Die schwarzen Augenschilde, seine Robe und das Auge Odins darauf ließen ihn, wenn er sich nicht bewegte, wie die Statue eines archaischen Wikingerkriegers aussehen. »Ich habe morgens eben Hunger, Spidy. Nur von Kaffee kann ich nicht leben.« Er reichte ihr die Kanne herüber.

»Es ist ja noch genug da.« Sam zwinkerte. Sie war mit Absätzen genauso groß wie Priest, kam vom Körperbau jedoch mehr an Tattoos heran. Es war eine Mischung aus trainierter Athletik und Sexappeal, ähnlich wie diese Gymnastiksuperweiber, die World-Aerobic-Championship-Wettbewerbe austrugen.

Ihre feuerroten langen Locken hatte sie mit mehreren Haargummis gebändigt, damit sie nicht bis zur Hüfte hingen. Die sehr enge, giftgrüne Kunstlederhose schuf zusammen mit der grünen Jacke und dem roten Kunstlederbody darunter so viel Kontrast, dass sich beinahe die Tapeten aufrollten.

Sam zeigte gerne viel Schultern und Bauch. Was Tattoo irritierte, war, dass sie zwar einem Ork glich, aber bei weitem nicht diese Grobschlächtigkeit besaß.

»Danke«, sagte Tattoo und goss sich Kaffee ein.

Cauldron trat ein, streng in Schwarz gekleidet und die Haare schwarz gefärbt. Sie setzte sich an den freien Platz und betrachtete ihre Truppe.

Keine Metas, hatte sie Grave gebeten, und das war dabei herausgekommen. Aber es gab keinen Grund, sich zu beschweren. Den Job in der Wüste hatten sie perfekt erledigt.

»Guten Morgen«, grüßte sie. »Wir haben noch zwei Stunden Zeit, bevor unsere Unterstützung mit dem Feuerwerk beginnt. Das Team von CMR wird die magischen Barrieren ausschalten, zwei Decker kümmern sich um die internen Absicherungen.« Sie beschrieb mit dem Zeigefinger einen Kreis. »Wir gehen hinein und holen raus, was mir gehört.« Sie verteilte Speicherchips. »Darauf stehen die genauen Anweisungen, die Lagepläne, die Beschreibungen der Handgriffe, deren es bedarf, um den Tank mit meinem Sohn darin fachgerecht abzukoppeln.« Sie schaute alle der Reihe nach ernst an. »Es darf nicht ein einziger Fehler geschehen. Ich bezahle zu gut, um Fehler zu verzeihen.« Sie deutete auf die Tür. »Gehen Sie auf Ihre Zimmer, und lernen Sie die Informationen auswendig. Wir sehen uns um halb zehn in der Tiefgarage.«

Ohne ein Wort zu sagen, standen die Seattler Runner auf, nahmen die Chips und ihre Kaffeetassen und ließen Cauldron und Tattoo zurück.

»Alles in Ordnung mit Ordog?«, erkundigte sie sich, während sie nach Tee suchte.

»So weit, so gut.« Kurz fasste sie das Gespräch mit ihrem Gefährten zusammen.

»Das klingt doch hervorragend. Es läuft alles.« Cauldron grinste die Elfin an. »Weißt du, dass ich dir damals am liebsten einen Feuerball zwischen die Augen gesetzt hätte, als du mich abgeholt hast? Du hast mir nicht mal mit dem Gepäck geholfen«, sagte sie in Anspielung auf ihr erstes Zusammentreffen. »Und jetzt ziehen wir einen gemeinsamen Run durch.«

»Dazu wärst du nicht gekommen. Ich bin schneller als du«, gab Tattoo feixend zurück und spielte mit dem Chip. »Es ist schon seltsam. Poolitzer hatte dich damals angerufen, und heute ist der Schnüffler tot.«

»Die Welt hat einen nervigen, aber guten Reporter verloren, das ist sicher.« Cauldron nippte an ihrem Tee. Sie fühlte kein Mitleid, nach wie vor nicht. Ihre eigenen Angelegenheiten waren ihr wichtiger.

Tattoo schwieg, schob sich ein Stück Croissant in den Mund und dachte nach. Im Gegensatz zu den anderen Runnern war sie tiefer in die Aktion gegen die Klinik eingeweiht worden. »Du denkst immer noch, dass es besser ist, zu CMR zu gehen?«

»Ja.«

»Du wechselst nur den Kon. Hast du nicht Angst, dass es in Mannheim genauso läuft wie hier und dass sie dich übers Ohr hauen?«

»Die Gefahr besteht.« Die Magierin nickte. »Aber es ist ein derzeit sympathischerer Kon als Aztech. Aztech hat mich bewusst in dem Glauben gelassen, dass ich einen geliebten Menschen für immer verloren hatte. Sie halten Xavier für ihre Experimente irgendwo auf der Welt gefangen.« Sie goss sich Milch in ihren Tee. »Das werde ich ihnen nicht verzeihen.«

Sie schwiegen wieder.

Cauldron hatte selbst lange über ihre Lage nachgedacht, aber es blieb ihr nur diese Möglichkeit. Durch den Tod von Du Garotte, noch bevor sie über den Verbleib Xaviers hatte Auskunft geben können, versiegte die letzte einfach erreichbare Informationsquelle. Nun würde sie sich eben eine neue schaffen und den netten Professor Mannli aushorchen, bis er alles herausschrie. Ihr Auftauchen würde alle überraschen, denn sie wurde nach dem Vorfall in Hatta für tot gehalten. CMR erklärte sich bereit, Ressourcen für ihre Rache bereitzustellen und ihren Sohn aufzuziehen, solange sie in der Weltgeschichte umherreiste und Xavier suchte.

Sie lachte auf, ohne dass Freude in dem Laut lang. »Es ist schon seltsam. Zuerst habe ich mich ganz auf die Vernichtung von Abongi konzentriert, und kaum habe ich es geschafft, sie und den Dschinn zu vernichten, lege ich mich mit dem nächsten Gegner an.«

»Anlegen ist gut. Indem du die Klinik platt machst, wirst du dir einen Todfeind schaffen.«

»Dann steht es zwischen Aztech und mir unentschieden.«

Tattoo stand auf. »Ich bin auf meinem Zimmer und lerne die Infos, damit ich für das Spiel fit bin.« Sie lächelte. »Ich meine, für den Run.«

Cauldron erhob sich ebenfalls und ging zum Fenster. Sie schaute über den Genfer See hinweg zu der Stelle des nebelumwaberten Nordufers, an der sich die Klinik hinter einer hohen Mauer aus Bäumen verbarg. Sie würde keine Gnade gewähren. Nichts hielt sie dabei auf, ihre Familie zusammenzufügen. Erst bekam sie ihren Sohn zurück, danach ihren Mann, mochten sich ihr noch so viele Kons und Gegner entgegenstellen.

Merkwürdigerweise wurde sie sich bewusst, dass sie sich verhielt wie eine Löwin. Sie beschützte ihr Rudel und kämpfte darum. Abongi und sie hatten doch etwas gemeinsam gehabt.

Vereinigte Arabische Emirate, Dubai, Dubai-City,
30. 9. 2059, 20:31 Ortszeit

Djalal saß vor dem Plasma-Trid in seinem Anwesen, umgeben von fünf seiner besten Leibwächter, und verfolgte die Sondersendung zur Ziehung des großen Loses der Al-Lachma-Lotterie.

Seit er die Identität von Rashid bin Saeed angenommen hatte, erfüllten sich die meisten seiner Träume. Er besaß die Macht, die er wollte. Mit dem Tod seines älteren Bruders gehörte ihm alles und zwar hochoffiziell: Konten, Aktien, Häuser und Hotelanlagen in Dubai. Er spielte mit dem Gedanken, ein Testament zu verfassen und Saeed ganz offiziell bei einem Unfall sterben zu lassen. Ein plastischer Chirurg würde ihn danach erneut umarbeiten, denn er mochte das Antlitz von Saeed nicht besonders. Ein neues Gesicht, eine Mischung aus diversen Schauspielern, gefiel ihm doch besser.

In seinen Händen hielt er einen der zehn Chips mit der aufgeprägten Nummer. Er hatte ihn einem anderen Gewinner für 50 000 Nuyen und unter Androhung von Schlägen abgekauft, und nun fieberte er dem Moment entgegen, in dem der Zufallsgenerator die Zahlen anzeigte.

»Bist du schon aufgeregt?«, fragte ihn Sharkim, einer seiner Freunde, und zog an der Wasserpfeife. »Was machst du mit den zehn Millionen?«

»Sinnlos ausgeben«, antwortete Djalal. Die erste Zahl wurde eingeblendet – und sie passte! »Oh, ich habe Glück!«, rief er und schlug dem Mann auf die Schulter, und sofort begann ein großes Palavern, denn eine Ziffer nach der anderen stimmte mit dem Aufdruck auf dem Chip überein. Vermutlich war es Absicht, damit die Spannung für die insgesamt neun hoffnungsvollen Chipbesitzer im Studio und natürlich für das Publikum unerträglich wurde.

Djalal hatte darauf verzichtet, zum Sender zu fahren und an der Gala teilzunehmen. Er fürchtete sich vor der Rache von CAT, denen er Sheik in die Hände hatte spielen wollen. Aber der Bus mit seinem Bruder kam niemals beim Kon an; später war die Leiche von Ali in einem verunglückten Fahrzeug aus dem Dubai Creek gezogen worden. Das Bild des Erschossenen war durch die Nachrichten gegangen. Die Polizei suchte nach den unbekannten Tätern, ohne eine Spur zu haben. Die verwendete Gelmunition gab es wie Öl am Strand von Dubai.

»Ruhe«, brüllte Djalal und sprang aus dem Kissenlager. Er hielt es nicht mehr aus, während die Zahlenkolonnen in rasender Folge über den Trid rauschten. Verschiedene Ziffern blinkten auf und erloschen wieder, dazwischen gab es Schnitte in den Zuschauerraum, wo die neun Losinhaber mit angespannten Gesichtern saßen. Darunter befand sich auch ein kleines europäisches Mädchen mit kurzen schwarzen Haaren und graugrünen Augen, dessen Gesicht Djalal irgendwie bekannt vorkam. Sie besaß eine gewisse Ähnlichkeit mit jemandem, den er schon einmal gesehen hatte.

Dann erschien der Moderator wieder, ein junges, dynamisches Modell, das einmal für die Al Lachma Premium Beef Filets geworben hatte. »Und die letzte Zahl lautet ...«, wieder die flirrenden Anzeigen, bis sie in einer digitalen Explosion verschwanden und sich aus den Flammen eine Ziffer formte, »... eins!«

»Scheiße!«, schrie Djalal, warf seinen Chip mit der Endziffer sieben auf den Boden und trampelte darauf herum, bis er in kleine Stückchen zerfallen war. Damit hatte er 50 000 Nuyen für nichts ausgegeben.

Die Scheinwerfer wanderten über die Kandidaten, und schließlich hob das Mädchen die Hand.

»Das ist nicht erlaubt!«, beschwerte sich Djalal. »Sie ist noch viel zu klein. Sie darf nicht daran teilnehmen.«

Zwei Hostessen brachten das Mädchen zu dem Moderator, der in die Hocke ging und sie an sich drückte. »Herzlichen Glückwunsch, meine Kleine! Du brauchst deinen Namen nicht zu nennen. Es muss niemand wissen, wie die Gewinnerin heißt. Und jetzt schauen wir uns dein neues Zuhause an.«

Falsche Nuyenscheine regneten aus der Studiodecke, und die Regie schickte den Mann und das Mädchen auf eine virtuelle Schnellreise auf die Insel The World II. Das Studio verschwand und wich einem hellen, bezaubernden Strand und einem azurblauen Meer; einige Meter vom Strand entfernt lag das Anwesen, das mit dem von Djalal durchaus konkurrieren konnte. Die Augen des Mädchens leuchteten glücklich, auch wenn eine rührende Grundtraurigkeit nicht weichen wollte.

»Du besitzt von jetzt an eine Villa mit zweihundertfünfzig Quadratmetern Wohnfläche und ein großes Grundstück mit eigenem Strand, Palmengarten, Hydrokulturen, eigenem Hauspersonal sowie einem Shadowcat Boot aus dem Haus Yamatetsu, welches das Unternehmen noch obendrauf gelegt hat«, verkündete er die Einzelheiten, dann schaute er zu den anderen Kandidaten. »Und Sie, verehrte Damen und Herren, gehen auch nicht leer aus. Lösen Sie Ihren

Chip gegen eine lebenslange Eintrittskarte in die Vergnügungsparks von Dubai-City und ein Jahrespaket Qualitätsechtfleisch von Al Lachma ein!«

Djalal betrachtete die Splitter auf dem Teppich. »So eine Scheiße!«, schrie er.

Der Moderator lächelte das Mädchen an. »Na, sind deine Träume in Erfüllung gegangen?«

Sie schaute in die Kamera. »Erst, wenn der Mann gestorben ist, der schuld ist, dass meine Mama tot ist.«

Das Haus-Kom meldete sich bei Djalal. »Ein Al-Lachma-Transporter ist vorgefahren. Er möchte das erste Fresspaket liefern«, meldete die Torwache.

Der Moderator blickte verunsichert in die Kamera, streichelte ihr über die kurzen, schwarzen Haare. »Ja, dann wünschen wir dir mal, dass …« Er war aus dem Konzept gebracht worden.

»Aber mein Papa macht das schon«, lächelte sie stolz. »Er hat es mir versprochen. Er hält immer, was er mir verspricht.«

»Oh, das ist natürlich … toll. Äh …« Er lauschte auf die Regieanweisungen, die er über seinen Ohrstecker bekam. »Wir geben zurück zur Werbung und sind gleich wieder da.«

Djalal lachte. »Die war gut. Das hat mir gefallen.« Er wies einen seiner Leute an, die zerstörten Reste des Chips aufzusammeln. »Gib das den Typen von Al Lachma, und sag ihnen, dass nirgends steht, dass das Ding intakt sein muss.« Er stellte sich ans Fenster und schaute hinaus.

Der Transporter war werbewirksam in Fleischfarben gehalten, auf dem Dach drehte sich ein künstliches Steak, und aus kleinen Öffnungen wehte der synthetisierte Geruch von gebratenem Fleisch. Al Lachma wusste, wie man den Hunger weckte.

Djalal runzelte die Stirn. Wie hatte ihn Al Lachma eigentlich gefunden?

Das Steak verharrte und zeigte Djalal die breite Front, eine Sekunde darauf wurde ihm brennend heiß. Schreiend fiel er zu Boden, und er glaubte, sein gesamter Körper stünde in Flammen; metallische Gegenstände um ihn herum begannen zu knistern und zu funken wie der Goldrand von Geschirr in einer Mikrowelle.

Sein Blut, das Wasser in seinem Leib, jede Zelle in ihm kochte und wurde zerstört. Er schrie gurgelnd und reckte flehend die Hände. Die Haut schlug Blasen und barst, Blut und Wasser quoll hervor und lief auf die Teppiche.

Einer seiner Freunde kam auf ihn zu und wollte ihn greifen, zuckte jedoch auf der Stelle zurück, als er in den Bereich trat, wo die Strahlung ihre volle Wirkung entfaltete. Die dicken Mauern boten einen gewissen vorübergehenden Schutz, doch vor dem Fenster war die Dosis absolut tödlich.

Erst nachdem Djalals Körper an mehreren Stellen aufgeplatzt war und es keine Rettung mehr für den Mann gab, drehte sich das Steak auf dem Al-Lachma-Wagen wieder und bestrich die Umgebung mit einer hohen Dosis Mikrowellenstrahlung. Schreiend brachen die heranstürmenden Sicherheitsleute zusammen, andere sprangen zurück hinter die Wände.

In aller Ruhe rollte der Wagen zum Tor, dann öffnete sich die Seitentür, und ein dunkelblonder Mann in einem hellen Geschäftsanzug stieg aus. Er langte in den Innenraum und nahm einen Mehrfach-Raketenwerfer heraus, stellte sich breitbeinig auf den Weg und löste in schneller Reihenfolge aus. Zischend ritten die Raketen auf dem blassweißen Abgasstrahl gegen die Wände und durch die Fenster und detonierten.

Jennings betrachtete zufrieden die Wirkung der Sprenggeschosse, die für den Häuserkampf entwickelt worden waren. Große Teile der sündhaft teuren Fassade wurden abgesprengt und gaben den Blick in die Räume dahinter frei. Ein guter Auftakt.

Achtlos schleuderte er den leeren Werfer in den Brunnen, dessen Wasser durch die Mikrowellen mittlerweile kochte, und nahm den nächsten aus dem Transporter. Es stand noch viel zu viel von dem Haus, und er hatte genügend Raketenwerfer mitgenommen.

Er schaute auf die Uhr seines Koms. In genau zwei Minuten müsste er aufbrechen. Zeit genug, um alles in Schutt und Asche zu legen. Er pflegte Versprechen zu halten, die er gegeben hatte.

Exakt eine Minute und zweiundvierzig Sekunden später verließ er das Gelände und stieg in den dunkelblauen Lamborghini Ocaso, der dreißig Meter entfernt am Straßenrand parkte. Von dort aus zündete er die Napalm-Brandbombe in dem Al-Lachma-Transporter, im Rückspiegel sah er den Glutpilz aufsteigen, kokelnde Trümmerteile regneten nieder und schlugen knapp hinter dem Ocaso auf die Straße. Er wollte keine Spuren hinterlassen.

Jennings fuhr los, passierte die entgegenkommenden Polizeifahrzeuge mit den vorgeschriebenen dreißig Meilen pro Stunde und fuhr mit offenem Verdeck hinunter zum Dubai Creek, wo Eloise auf ihn wartete. Dabei ließ er das eingebaute Kom die Nummer von Kraif wählen.

Das Gesicht des Com-Golfers erschien. Es sah müde und frustiert aus. »Ja?«

»Herr Kraif, ich wollte mich noch einmal für Ihre Großzügigkeit bedanken«, sagte er. »Sie haben tatsächlich gewonnen. Wohin soll ich Ihnen die neun Millionen überweisen?«

Kraif schwieg. »Das ist mein letzter Tag in Freiheit, Herr Vanderbilt. Morgen trete ich meinen Knastaufenthalt an.«

»Aber nicht wegen Mordes, oder?«

»Nein. Die Polizei verfolgt eine andere Spur. Mich haben sie wegen der Golf-Matchs bekommen.« Er zuckte mit den Achseln. »Sind aber nur zwei Jahre und 25 000 Ecu Geldstrafe. Dazu kommen noch ein paar Tausender Schadenersatz für zertrümmerte Einrichtungen.«

»Das tut mir Leid zu hören, Herr Kraif. Wenigstens ist es kein Problem, die Strafe zu bezahlen.«

»*Jetzt* nicht mehr. Nach dem Lottogewinn.«

»Sie müssten mit der Wette doch viel Geld …«

Kraif schüttelte den Kopf. »Die Bank ist gesprengt worden, Herr Vanderbilt. Und Mousse wurde festgenommen und das *Competition* dichtgemacht. Es konnte nichts ausbezahlt werden.« Er schaute sich um. »Ich muss noch ein paar Sachen packen und Golfschläger polieren. Ich sende Ihnen die Daten.« Er nickte ihm zu. »Danke für alles, Herr Vanderbilt.« Der Bildschirm wurde schwarz.

Jennings schnalzte mit der Zunge. Das war hart für seinen einstigen Kunden. Ohne das Los hätte er von seiner Wette überhaupt nichts gehabt.

Er beschleunigte den Ocaso vorsichtig und bog auf die Schnellstraße. Vorerst würde er das Runnerleben aufgeben, um sich um seine Tochter zu kümmern. Sie sollte nicht auch noch ihren Vater verlieren. Dass Alexa tot war, belastete das Kind schon genug. Ihn weniger.

Ein bisschen mehr Ruhe tat ihm auch gut. Die Kons fänden schnell Ersatz für ihn; es gab genug Männer und Frauen seines Schlages, die sich in die Firmen-Kriege stürzten.

Und wer wusste schon, ob er nicht eines Tages ins Geschäft zurückkehrte. Oder seine Tochter. Eloise konnte für ein kleines Mädchen bereits sehr gut mit Pistolen umgehen. Talent war vererbbar.

ADL, Norddeutscher Bund, Proteus Arkoblock Cuxhaven, 30. 9. 2059, 21:31 MEZ

»Das sind doch sehr schöne Blutwerte, Herr Stauffer«, sagte Professor Singh und strich sich den Schnauzer zurecht. »Es ist mir eine Freude, Ihnen mitteilen zu dürfen, dass die Therapie bei Ihnen ebenso anschlägt wie bei Ihrem leider verstorbenen Freund.« Er tätschelte den Arm, in dem zwei dicke Injektionsnadeln steckten, an denen wiederum Schläuche hingen, durch die Flüssigkeit und Austauschblut in Ordogs Leib gepumpt wurden. »Die Metastasen, die sich in der Leber und in Ihrer Pankreas gebildet haben, bekommen wir damit auch in den Griff.« Er nickte den umstehenden Ärzten von Proteus zu. »Wie ich bereits in der Teamsitzung andeutete, ist der Patient in der Lage, innerhalb eines halben Jahres vollkommen vom Krebs zu genesen. Die Werte bestätigen meine Versprechungen.«

Beifälliges Gemurmel, dann zog sich die kleine weiße Heerschar aus dem Raum zurück.

Singh ging als Letzter, blieb auf der Schwelle stehen. »Herr Stauffer, wann wollten Sie Ihre Freundin anrufen?«

»Heute Nachmittag.«

»Gut. Ich sage den Deckern Bescheid, damit sie Ihnen wieder einen so schönen französischen Hintergrund zaubern wie beim letzten Mal. Paris sah besser aus als in Wirklichkeit. Haben Sie auf den Verkehrslärm und die Gespräche der virtuellen Passanten geachtet? Faszinierende Technik, nicht wahr?«

Ordog war das ziemlich egal. Es spielte mit, weil er

musste. »Und wie machen wir das, wenn sie mich besuchen möchte?«

Singh seufzte. »Nun, das wird leider nicht gehen, Herr Stauffer. Sie werden ein halbes Jahr lang in meiner Betreuung bleiben müssen. Ich bin sicher, dass Proteus es Ihnen an nichts mangeln lässt, um sich wohl zu fühlen. Mit Ausnahme von Besuchern eben.« Er wandte sich um. »Das ist der Preis, den Sie für Ihre Heilung bezahlen müssen.« Das Stahlschott schloss sich hinter dem Arzt.

Ordog schaute auf das friedliche Meer hinaus und hörte das leise Surren, mit dem sich die Kamera bewegte und ihn näher heranzoomte. Vierundzwanzig Stunden Beobachtung. Und er hatte es sich selbst eingebrockt, als er in Dubai zur neu entstehenden Proteus-Niederlassung gefahren war. Damals hielt er es für eine gute Idee, sich Proteus an den Hals zu werfen.

Damals.

Dann hatte er durch einen Zufall in einem Behandlungszimmer auf einem Bildschirm das Logo von CAT gesehen …

Von **SHADOWRUN** erschienen in der Reihe
HEYNE SCIENCE FICTION:

1. Jordan K. Weisman (Hrsg.): *Der Weg in die Schatten* · 06/4844

TRILOGIE GEHEIMNISSE DER MACHT

2. Robert N. Charrette: *Laß ab von Drachen* · 06/4845
3. Robert N. Charrette: *Wähl deine Feinde mit Bedacht* · 06/4846
4. Robert N. Charrette: *Such deine eigene Wahrheit* · 06/4847

5. Nigel Findley: *2 X S* · 06/4983
6. Chris Kubasik: *Der Wechselbalg* · 06/4984
7. Robert N. Charrette: *Trau keinem Elf* · 06/4985
8. Nigel Findley: *Schattenspiele* · 06/5068
9. Carl Sargent: *Blutige Straßen* · 06/5087

TRILOGIE DEUTSCHLAND IN DEN SCHATTEN

10. Hans Joachim Alpers: *Das zerrissene Land* · 06/5104
11. Hans Joachim Alpers: *Die Augen des Riggers* · 06/5105
12. Hans Joachim Alpers: *Die graue Eminenz* · 06/5106

13. Tom Dowd: *Spielball der Nacht* · 06/5186
14. Nyx Smith: *Die Attentäterin* · 06/5294
15. Nigel Findley: *Der Einzelgänger* · 06/5305
16. Nyx Smith: *In die Dunkelheit* · 06/5324

17. Carl Sargent/Marc Gascoigne: *Nosferatu 2055* · 06/5343
18. Tom Dowd: *Nuke City* · 06/5354
19. Nyx Smith: *Jäger und Gejagte* · 06/5384
20. Nigel Findley: *Haus der Sonne* · 06/5411
21. Caroline Spector: *Die endlosen Welten* · 06/5482
22. Robert N. Charrette: *Gerade noch ein Patt* · 06/5483
23. Carl Sargent/Marc Gascoigne: *Schwarze Madonna* · 06/5539
24. Mel Odom: *Auf Beutezug* · 06/5659
25. Jak Koke: *Funkstille* · 06/5667
26. Lisa Smedman: *Das Luzifer Deck* · 06/5889
27. Nyx Smith: *Stahlregen* · 06/6127
28. Nick Polotta: *Schattenboxer* · 06/6128
29. Jak Koke: *Fremde Seelen* · 06/6129
30. Mel Odom: *Kopfjäger* · 06/6130
31. Jak Koke: *Der Cyberzombie* · 06/6131
32. Lisa Smedman: *Blutige Jagd* · 06/6132
33. Jak Koke: *Bis zum bitteren Ende* · 06/6133
34. Stephen Kenson: *Technobabel* · 06/6134
35. Lisa Smedman: *Psychotrop* · 06/6135
36. Stephen Kenson: *Am Kreuzweg* · 06/6136
37. Michael Stackpole: *Wolf und Rabe* · 06/6137
38. Jonathan Bond/Jak Koke: *Das Terminus-Experiment* · 06/6138
39. Lisa Smedman: *Das neunte Leben* · 06/6139
40. Mel Odom: *Runner sterben schnell* · 06/6140
41. Leo Lukas: *Wiener Blei* · 06/6141

42. Stephen Kenson: *Ragnarock* · 06/6142
43. Lisa Smedman: *Kopf oder Zahl* · 06/6143
44. Stephen Kenson: *Zeit in Flammen* · 06/6144
45. Markus Heitz: *TAKC 3000* · 06/6145
46. Björn Lippold: *Nachtstreife* · 06/6146
47. Markus Heitz: *Gottes Engel* · 06/6147
48. Markus Heitz: *Aeternitas* · 06/6148
49. Harri Assmann: *Auf dem Sprung* · 06/6149
50. Harri Assmann: *Töne der Unendlichkeit* · 06/6150
51. Markus Heitz: *Sturmvogel* · 06/6151
52. Harri Assmann: *Elementares Wissen* · 06/6152
53. Markus Heitz: *05:58* · 06/6153
54. Ivan Nedič: *Die Anfänger* · 06/6154
55. Markus Heitz: *Jede Wette* · 06/6155